二拠点修行生活

2 KYOTEN SHUGYO SEIKATSU

～異世界転移したと思ったら
日本と往復できるらしい。
異世界で最弱、日本では全身麻痺だが、
魔法が無限に使えるので修行し続ける～

橋下悟

[ill.] Noy

TOブックス

CONTENTS

illust:Noy
design:Hotal Ohno(musicagographics)

01　病室と異世界のはざまで

ここは……どこだろう……か。

暗闇………。

真っ暗闇だが………それは僕自身がまぶたを閉じていたからだ、ということにすぐに気が付く。

………ゆっくりと目を開けようとする。

眩しいな……。

長時間光を浴びていないような、そんな感覚がある。目に入ってくる光が強く感じるため、ゆっくり……ゆっくりと目を開けようとする。

………………あれ？

左目のまぶただけが開く。右目が開かない、というより感覚が無いのか？

左目も見えにくい。ここは……ここは一体どこなんだ？

「……まさん」

何か聞こえる。人の声だろうか。声も左からしか聞こえないな。

「狭間《はざま》さん」

僕を呼ぶ声だ。

「狭間さん、聞こえますか？」

「…………………」

ダメだ。声を出そうと思ったけどうまく出せない。

「…………………」

僕は目を上下に動かしてみる。

「意識が戻ったみたいですね。先生を呼んできます」

看護師さんだった。ということは、ここは病院か？　僕は意識を失っていたんだよな。身体は
……動かないな。どうしてこうなったんだっけ？

！！！！！！！！

突然頭の中に、記憶が湧き上がってきた。僕は、事故にあった。トラックに轢かれて、それから
死んで、異世界に転生したんだ！

ちょっと待ってくれ！

なんで⁉

何故病室なんだ？

僕は死んだんじゃなかったのか？

異世界での生活はなんだったんだ？

「……ぁ…………ぁ…………」

僕は声にならない声を上げる。

ダメだ……身体が動かない……。

感覚もない。まさか……全部夢だったのか？

ははは…………夢ならなんでチートにしてくれないんだよ。

異世界での僕の能力は、農民以下の攻撃力と、幼児以下の魔力。

何だったんだ？　１ヶ月も異世界で生活したんだぞ。全て僕の妄想ってわけだな…………。

僕には……僕には努力しかない。努力ならば誰にも負けない。そう思って、必死で魔法を習得した。

［炎魔法：Ｌｖ０］

僕の魔力では、マッチの火と変わらない。でも……嬉しかった。初めて自分の手から火が出たとき。異世界では、３歳か４歳で出せるようになるらしいけど。

ははは……どんな世界だよ……。

僕は、妄想でも努力し続けるしか能が無いんだな……。

…………。

身体が動かないし、感覚がない。

僕は…………僕はどうなってしまうんだ？

…………。

いや！　僕には、努力がある！

努力ならだれにも負けない！

兄さんのためにも、高校へも復学するんだ！
妄想の世界でも努力し続けるくらいだ。
1ヶ月間、才能のない魔法をひたすら頑張った。
［炎］！
心の声を絞り出す。
［炎］！
［炎］！
［炎］！
［炎］！
え⁉
視界が赤くなる。
これは……？
燃えている？
熱さは感じない。
身体に感覚が無いからだろうか。
「なんで病室に火が‼」
看護師さんが先生を呼んできてくれたのか？
ジリリリリリッ！
警報機がけたたましく鳴る。

僕は……意識を失った………。

♻

目覚めると、宿屋の一室にいる。

あれ？　さっきのは、夢？

僕は、１ヶ月間を過ごした古い木造の宿屋にいる。４畳くらいの部屋に、ベッドとクローゼットが１つ。小さな窓が１つだけある、天井の低い部屋。汚くはないが、古い宿屋だ。

夢……だったのか？

痛っ！

右太ももに強い痛みを感じる。火傷《やけど》だ。太ももに20ｃｍくらいの大火傷がある。

その火傷に気が付くと、痛みがどんどん増してくる。汗が、じんわりと出てきた。火傷の痛みがシャレにならない。

そうだ。僕は、病室で炎魔法を撃った夢を見た。

身体の感覚は無かったけれど、右手から火が出ていたのか？

……わからない。

そもそも、どっちが夢なんだ？

今いるのは異世界。これが夢だというのだろうか？

いや、今起きているんだから、病室が夢なのか。

寝ぼけて魔法を撃ってしまったのだろうか。

だとしたら、この火傷の前に起きるよな……。

じゃあ、向こうもこっちも現実で、身体を共有しているのか？

だとすると、向こうの怪我をこっちに持ってきたことになる。

けれど、それなら事故の傷はどうなっているんだ？

僕の身体は、火傷だけで普通に動く。

クソッ！

にしても痛みが酷いな……汗もすごい。

熱が出ているかもしれない。とにかく、この傷をなんとかしないと……。

傷を治すなら教会か。教会なら有料で傷の治療をしてくれる。それでもこの傷を治すのには結構なお金がかかりそうだ。

痛っ！

火傷に刺すような痛みがはしる。火傷に変な感覚があるな。

何かで触れられているような感覚だ。痛みが激しくなる。

何だ？

これは…………。

消毒液や、薬が火傷に塗られている？

まさか…………この身体は、向こうの世界とつながっているのか？

今この火傷が、病室で処置を受けているとしたら、この現象にも納得できる。

しかし、考えてもよくわからないな。どうしても、事実と感情が混ざってしまう。

今はとにかく痛い。HPも結構減っているだろう。

!!

そうだ！

ステータス！

ステータスを確認しなくちゃ。

この世界では、自分のステータスが確認できる。ステータスは自分だけが確認でき、他人には見えない。僕は、ステータスを呼び出す。

狭間圏《はざまけん》
【　　　　　】
ＨＰ：８／27＋１　ＭＰ：10／10＋１　ＳＰ：２／２
力：７　耐久：４　俊敏：４　技：４　器用：５　魔力：３　神聖：３　魔力操作：２
［炎魔法：Ｌｖ１］＋１　［風魔法：Ｌｖ０］Ｎｅｗ

え!?

３つも上がっている……。しかも［風魔法］の習得もしている……。

おかしい。明らかにおかしい。僕はこっちの世界に来て、１ヶ月間魔法の訓練をしまくった。寝る時間以外全てを魔法の習得に使った。

1ヶ月間のステータス上昇は、MP+1と魔力操作+2、それから［炎魔法］だけだ。これは特に成長が遅いなどではない。魔物と戦えばもっとステータスは上昇するそうなのだが、自分だけで訓練する場合はこんなものらしい。

そして、おかしいのはそれだけではない。MPが全快だ。自分の［炎魔法］を使ったのならば、MPが減っているはず。

この世界では、MPの回復手段があまりない。MP回復ポーションなるものがあるらしいが、超高価でめったに出回らない。それに、MPは放っておけば自然回復する。時間が経てば回復するので、緊急時以外はそんな高価なアイテムは普通使わない。

ただし、この自然回復のスピードに問題がある。1日に最大MPの3割くらいしか回復しないんだ。だから、自分の［炎魔法］で火傷をしたならば、必ずMPは減っているはず。

でも、僕のMPは全快だ……。

わからない……。

この火傷のせいもあるだろうが、初めて異世界に来たときくらい混乱している。

汗がすごい……。気温とは関係なく、汗が吹き出てくる。痛みのせいだ。1歩も動きたくないが、教会へ行かなくては……。

「うぅ…………」

重い腰を上げて、なんとか立ち上がる。

痛っ！

立ち上がると、当然太ももに痛みがはしる。猛烈に痛いが、歩けないほどではない。この部屋は2階だ。手すりを使いながら、1階へ下りる。

「おう！　兄ちゃん！　どうしたんだ？」

僕が険しい表情でゆっくりと階段を下りていると、宿屋の主人であるダイオンさんが声をかけてくれる。

ダイオンさんは、短髪の赤髪。同じく赤いひげをはやした、恰幅の良い中年男性だ。こっちに来てから随分とお世話になっている。

「どうやら自分の魔法でこうなってしまったみたいです」

僕は火傷をダイオンさんに見せる。

「うわ！　こりゃひでぇな。自分の魔法でってどういうことだよ？」

ダイオンさんが顎に手を当て、顔をしかめながら聞いてくる。

「それが……よくわからないんですよね。寝ぼけていたんでしょうか？」

「おいおい！　寝ぼけてたってこうはならねぇだろ」

「でも、起きたらこうなってたんですよ。それで、教会へ行って治療をしてもらおうと思いまして」

「あぁ～……教会はたけぇぞ。よし！　ちょっと待ってろ！」

そう言うと、ダイオンさんは僕の返事も聞かずに奥へ行ってしまった。

しばらくすると、奥からダイオンさんと奥さんがやってくる。

「見てくれよ、かあちゃん」

「あらら……こりゃひどいね」

奥さんのカミラさんだ。ダイオンさんと同じく、中年で恰幅が良い。

長い黒髪をまとめて、お団子にしている。身体が大きいためお団子が小さく見える。

「ほら、ちょっとかしてごらん」

カミラさんが腕まくりをして、僕の火傷に手を近づける。彼女の手が淡く光りだす。

[回復魔法]だ。

すっと痛みが引いていく……。

「おぉ！　ありがとうございます！」

「とりあえずの応急処置だよ。教会みたいにすぐに全部治るってわけじゃないからね」

それでも痛みが引いたのは大きい。

「今日は大人しく部屋で休んでろ。治療の代金は安くしといてやるからな」

ダイオンさんが僕の肩をボンボンと叩きながら言う。

お金はとるんだな。まぁ、そりゃそうか。

「ありがとうございます！　今日は部屋で魔力操作の練習でもしてます」

「それがいい」

ダイオンさんは、またかよ、という呆れた表情で言う。確かに、こっちに来てからそれしかしていないけど……。

部屋に戻り火傷を確認する。火傷が小さくなって、痛みもあまりない。

ＨＰも回復したかな？　ベッドに腰掛けてステータスを確認しておく。

狭間圏《はざまけん》
【――――――――】
HP：15／27　MP：10／10　SP：2／2
力：7　耐久：4　俊敏：4　技：4　器用：5　魔力：3　神聖：3　魔力操作：2
[炎魔法：Lv1]　[風魔法：Lv0]

そうだ！　[風魔法]　だ！
新しく習得したんだった。使ってみよう。
僕は右手をかざし、風を意識する。右手の手のひらから風が巻き起こる。
扇風機の弱くらいの強さだろうか。相変わらずしょぼい……。
僕の魔力は3だからまぁこんなもんだろう。
そして、

MP：9／10

となってしまう。

僕の場合だと、1日で3くらいしかMPが回復しない。［炎魔法］や［風魔法］の訓練をすると、あっというまにMPが枯れてしまうんだ。だから、普通は幼少期にこういう訓練をしておくらしい。MPは使えば使うほど最大値が上がっていく。毎日3割程度のMPを消費しておけば、15歳くらいには200~300くらいにはなるという。

そして、僕のステータスがいかにしょぼいかが分かる。でも僕はこの1ヶ月で訓練をしまくった。それがステータスの魔力操作：2だ。これは、自分の体内の魔力を移動させたり、出したりするものだ。といっても、僕は出すことはできないが。体内の魔力を循環させ、意識することで魔力操作のステータスが上がった。

この訓練なら、魔力を外に出さないのでMPを消費しない。それをひたすらに続けていたら［炎魔法］が習得できたんだ。

そのあとは、1日に3回ほどの［炎魔法］とひたすら魔力操作の訓練。異世界からやってきた、ということで何らかの特殊能力があるかもと思って努力し続けた。今のところ……なにもない。

こっちの世界の平民が、何の努力もしないで大人になったステータスのようだ。力や耐久に関しても、何もしない平民以下らしい。こっちの平民は、普通に生活をしていても力や体力を使うんだろう。僕は高校生で、それをやっていない。

本来ならば、お金を稼ぐ手段が無いので完全に詰んでいる。しかし、異世界に転移してきて、ノートやシャーペンも一緒に持ってきた。筆記用具がこんなに大金になるとは思ってもみなかったな。たしかに異世界から見れば、かなりの技術だ。それを売ってやりくりをしているけれど、そろそろ仕事を探さなければ……。

そんなことを考えながら、魔力操作の訓練をする。

もう少しステータスが上がれば、外に出した魔力の塊を自由に動かしたりできるらしい。それができると、魔法を遠くの狙った場所に撃てるようになるようだ。

頭の先に魔力を集中させる。そのまま集めた魔力を時計回りに流していく。右肩、右腕、右肘、右手……指先はまだうまくできない。魔力の塊をそれほど小さくできていないんだ。そのまま時計回りに一通り回って、最後に目に集中させる。ここまでに、だいたい3時間くらいかかる。最初の頃は半日かかったんだ。

しょぼいなりには成長しているな。

魔力を目に集中させたまま目を開くと、うっすら霧のようなものが見える。これが魔素だ。この魔素を空気中から取り入れることで、MPが自然回復している。そうだ、MPの自然回復がもったいない。そう思って［風魔法］を撃っておく。

MP：3／10

しかし、この程度では何の能力も上がらないな。朝のステータス上昇は一体何だったのだろう。3つも上がっていた。

あれはやっぱり夢だったのか？

そんなことを考えながら横になる。よし！　就寝直前まで魔力操作だ！　僕は寝ながらも魔力操作を続けた。

そして目覚めるとそこは病室だった……。

♻

目を開ける。

開けるといっても、左目だけだ。右目は開けることができない。ここは、病室だろう。無機質な天井が見える。

ぼーっとするな……やはり異世界は夢だったのか……？

……………………。

絶望してはいけない。僕はこれまで、何でも努力で解決してきた。身体が動かせなくてもできることがある。そう……夢で見た異世界。そこで僕は、寝ながらも魔力操作をしていた。こんなふうに……。

……………………。

え⁉

これは……できる……。

魔力の感覚がある……魔力操作ができるのか⁉

ちょっと待て！

ステータスだ！

ステータスを確認してみよう！

狭間圏《はざまけん》

【―――――】

ＨＰ：20／27　ＭＰ：10／10　ＳＰ：2／2

力：7　耐久：4　俊敏：4　技：4　器用：5　魔力：3　神聖：3　魔力操作：2

【炎魔法：Ｌｖ1】【風魔法：Ｌｖ0】

見える！

見えるぞ！

やっぱり僕は異世界と繋がっているんだ！

妄想かもしれない……いや……この際妄想でも構わない！

僕は魔力操作をしながらステータスを確認する。能力に変わりは無い。何も上がっていないな……。

ん？

あれ？

ＭＰ……。

ＭＰが全快している。

ちょっと待てよ……。

僕は魔力を目に集中させる。ゆっくり……ゆっくりと目を開ける。

!!

真っ黒だ。何も見えない。魔力の集中を解くと、病室の天井が見える。

もしかして、こっちの世界は魔素が濃いのか？

誰も魔法が使えないから？

魔素も消費されない？

よし！　試してみよう。

僕は首を少しだけ動かしてみる。首だけは少し動くようだ。

病室には……誰もいないな。

［風魔法］

布団がほんの少し動く。

やっぱりだ！

僕の右手から［風魔法］が出ている。身体に感覚が無いから、風があたっているかはわからない。

だけど、布団の動きがかすかに見える。

［風魔法］を10発撃ってみる。そして、ステータス確認。

MP：10／10

ＭＰが……減っていない。

やっぱり……こっちの世界は魔素が濃いから、ＭＰが減らないんだ。

それから2時間くらいだろうか。だれも人が来る気配が無いので、［風魔法］をひたすら撃った。

そして、ステータスを確認する。

狭間圏《はざまけん》
［────］
ＨＰ：23／27　ＭＰ：22／22＋12　ＳＰ：2／2
力：7　耐久：4　俊敏：4　技：4　器用：5　魔力：3　神聖：3　魔力操作：2
［炎魔法：Ｌｖ1］　［風魔法：Ｌｖ2］＋2

凄い……たったの2時間でＭＰ［風魔法］が上がっている。ＭＰが減っていないのに、最大ＭＰが上がっているということは、もしかしたら消費してすぐに回復しているのかもしれない。

その後、医師と看護師が来て火傷の治りの早さに驚いていた。いろいろな質問をされたのだが、早く［風魔法］の強化がしたかったので寝たふりをした。

そしてそれから、1日中［風魔法］を撃ち続けた。

♻

どうやら眠っていたらしい。

目覚めると、木造の古い宿屋。

やっぱり……頭がややぼーっとするけれど、僕は異世界と日本を往復している。日本での僕は、病室のベッドで寝ているんだ。昨日は［風魔法］を撃ちまくった。

ステータスはどうなっているんだろうか。

> 狭間圏《はざまけん》
> 【――――】
> HP：20／27　MP：57／57＋35　SP：2／2
> 力：7　耐久：4　俊敏：4　技：4　器用：5　魔力：3　神聖：3　魔力操作：2
> ［炎魔法：Lv1］　［風魔法：Lv5］＋3　［エアカッター：Lv0］New

凄い！

1ヶ月あれだけ頑張って殆ど上がらなかったステータスが、1日で上がっている。新しい風魔法まで習得したようだ。

夢じゃない……どちらの世界も夢じゃないんだ……。

僕は力強く拳を握る。

02　初めての魔物

日本での魔素を上手く利用すれば、異世界でも成長できる。当面の目標は回復魔法の習得だ。日本で回復魔法が使えるようになれば、身体が動くようになるだろう。魔法の習得にはある程度のステータスが必要だ。

けれど、必要なステータスには個人差があるので一概にいくつとはいえないらしい。僕の場合は、［炎魔法］のあとに［風魔法］を覚えたけれど、これも人によっては違うらしい。最初に［回復魔法］を覚える人もいる。そのあたりは個人の能力差によるものなんだろう。

まずは道具屋へ行って情報収集だ。

僕は宿屋を出て、道具屋へ向かう。この街は、まさに中世ヨーロッパという感じだ。他の街に比べ、ある程度大きな街のようで、石畳の道もある。1番大きな通りだ。

宿屋の近くには飲食店がいくつか並んでいる。それも安宿にふさわしい、安い飲食店だ。この世界の食事は、意外にも悪くない。日本の食事に比べれば遠く及ばないが、実際の中世ヨーロッパよりははるかに上手いだろうと思う。

特に冒険者が携帯食料を持つため、保存食はそこそこ食える。パンと干し肉だが、そんなに悪くない。そして飲食店街を過ぎると道具屋がある。僕は道具屋の主人にもかなり助けられた。最初に筆記用具をいくつか買い取ってもらったんだ。そして、そのお金で未だに生活をしている。

木造2階建ての道具屋に入ると、古い建物に似つかわしくない美しい女性がいる。

カルディさんだ。170cmくらいの身長に、長く美しい桃色の髪。年齢は……20代前半くらいだろうか。失礼になるので、聞いてはいないが。この世界では珍しい眼鏡をかけており、なんとも知的な印象を受ける。

「やぁ、あなたですか。また珍しいものでも？」

「いえ、手持ちの道具はあのとき全て売ってしまいましたので、もう持っていませんよ」

「あぁ、そうでしたね」

カルディさんは少し残念そうな顔をする。手持ちは全部だと何度も言ったのに、未だに聞いてくる。筆記用具が相当気に入ったようだ。

「ただ、それがまた手に入るかもしれません」

「どういうことです⁉」

カルディさんがカウンターから身を乗り出して聞いてくる。いつも物腰が柔らかく、あまり感情を表に出さない人だと思っていたんだけれど……。

「いえ……まだなんとも言えないんですが、［回復魔法］と［ストレージ］を習得できれば可能性があります」

「話が見えませんね……詳しくお願いします」

カルディさんには、僕が日本から来たことを話してある。筆記用具という不思議な道具に興味津々で、その道具の説明をするときに話したんだ。カルディさんは、道具を見て僕が日本という異世界から来たことをあっさり信じてくれた。そして、そのときにある程度こっちの世界についての常識を教えてくれた。ダイオンさんの宿屋も紹介してくれたんだ。それから、今日本と異世界を往復できるかもしれないことについて話した。

「ほぉ！　ほぉほぉほぉ！」

やはりカルディさんは興味津々だ。

「なるほど！　なるほど！　確かに［回復魔法］が最優先事項になりますねぇ」

「はい、まず［回復魔法］を習得して身体が自由に動くようになったら［ストレージ］で向こうのものを持ってくることができる可能性が出てきます」

［回復魔法］は名前の通り、対象の傷を癒やし回復する魔法だ。［ストレージ］というのは、盗賊系のスキルで、アイテムを自分専用の空間に保存できるというもの。アイテムの出し入れができるのはもちろん、レベルによっては保存したアイテムの劣化が起きない。攻撃魔法や攻撃スキルと違って、日常生活でも使うスキルだから、カルディさんから説明を受けたことがあるスキルだ。この2つを習得することで、日本のアイテムをこっちに持ってくることができる可能性がある。まぁ実際にやってみなければわからないが……。

「それで、ステータスの底上げが必要だと思うんです」

「そうですねぇ、そのとおりです」

新しい魔法やスキルの習得には、それなりのステータスが必要だ。

「それなんですが、［風魔法］を使い続けることで［風魔法］とMPの上昇は見られたんですが、魔力が上がらないんです」

「それはそうでしょう。基礎ステータスのほとんどは、魔力を持った生物を攻撃しなければ上がりません」

カルディさんは、中指でメガネを持ち上げながら教えてくれる。

「魔物ってことですか？」

「まぁ基本的にはそうなりますね。ただ、人間も魔力を持っていますから、人間への攻撃でもステータスは上がります」

「いや……それはちょっとやめておきます」

強くなりたいとはいっても、流石に人を攻撃する気にはなれない。しかも、僕のステータスでは返り討ちにされることは間違いない。協力してくれる人がいれば……いや、やっぱりあんまり人に攻撃したくはないなぁ……。

「そうですね、やめておくことをオススメします」

カルディさんはそのへんも分かってくれている。情報として、そういう方法もあるんだということを教えてくれたんだろう。

「では、魔物の討伐ですね？」

僕はワクワクしてきた。平均を大きく下回るステータスでは、魔物の討伐など絶対に無理だった。だからこの1ヶ月間ひたすら魔力操作をしてきたんだ。魔物の討伐ということは、ギルドへ行ってクエストなんかをこなすんだろうか。そのあたりは、あえて聞いていなかった。ステータスが低すぎるし、下手に希望を持たないほうが良いと思っていたからだ。でも、鍛えることができれば魔物討伐クエストができるかもしれない。

「うーん……どうでしょうね」

カルディさんはやや険しい表情をしている。

「魔物の討伐は無理でしょうか？」

「今すぐには厳しいでしょうね。ちょっとこちらへ来てください」

カルディさんは裏口から外へ出る。僕もカルディさんのあとに続き、道具屋の裏庭へ行く。カルディさんの自宅と道具屋の間には小さな裏庭がある。自宅の脇には小さな雨よけがあり、そこにはたくさんの薪があった。そのうち1つを取って、裏庭の中心へ置く。

「では［エアカッター］をこの薪に使ってみてください」

「はい！　わかりました！」

僕は元気良く答える。新しく習得した［エアカッター］はおそらく攻撃魔法なんだろう。この薪を真っ二つに切ってやる！

「［エアカッター］！」

ザッ……小さな音が鳴る。

「え……？」

［エアカッター］の名の通り、薪をカッターで傷つけた程度だ。薪に少し傷がついただけ……これならナタを持って、振りかぶったほうが何倍も攻撃力がありそうだ。

「これって……魔力が低すぎるってことでしょうか」

「そうですねぇ、加えて［風魔法］のレベルが低いこと、さらには［エアカッター］自体が攻撃魔法というよりは、生活の中で使う程度の魔法なんです」

せっかく覚えた新しい魔法が、戦いでは使えそうにない。

「普通に武器防具を揃えて殴ったほうが早いですよね？」

「それもそうなんですが、今の狭間さんのステータスでは危険すぎます」

「………………」

「魔物討伐はしばらく無理でしょうね」

「そうですか……」

あぁー……てことは、しばらくまた魔力操作の訓練だろうか。

「ただ、他にも方法があります」

カルディさんがメガネを持ち上げながら言う。

「魔物討伐は無理でも、生け捕りにした魔物に魔法を撃ち込めば良いんですよ」

「魔物って生け捕りにもするんですか？」

「そうですねぇ、食用の魔物がメインですが」

「そうか、魔物は食べたりもするんですね」

そうだった。この世界では、魔物の肉を食べたりもする。何の工夫もしていない保存食用の魔物については、生きたままでも売っているようだ。

「では、市場へ行きましょう」

「はい、でもお店はいいんですか？」

「いいんですよ」

カルディさんはこちらを見てニコリと微笑む。まぁ本人がいいと言っているのだから大丈夫なんだろう。

「ありがとうございます」

「いえいえ、あの不思議な道具が手に入る可能性があるのなら、なんてことはありません」

カルディさんはそう言うと、自宅の方へ颯爽と行ってしまう。と思ったら、小さな肩掛けバッグを1つ持ってすぐに出てきた。

「では、行きましょう」

「はい！」

市場は歩いて10分くらいのところにある。この街アインバウムは端から端まで、5kmくらいだろうか。基本的に買い物をする場所は1箇所に集中している。だから、宿屋、道具屋、市場はそれほど離れていないんだ。

僕が転移してから1ヶ月あったので、街の様子は概ね理解している。治安が良いかと言われれば、そうでもないわけだが、今のところ犯罪に巻き込まれたことはない。危険なのは街の外らしく、街の中にいれば魔物の危険も含め、比較的に安心して生活できる。街についてそれなりに理解しているが、市場で売っている魔物に関しては全くわからない。ましてや、ステータス上げに食用の魔物を使うなんて考えもしなかったな。

こうして魔物の売り場をきちんと見るのは初めてだ。思ったよりも禍々《まがまが》しくないな。食用の魔物だからか、それほどグロいのはいないみたいだ。メインは魚の魔物らしく、日本の生鮮市場に近いのかもしれない。

「どうですか？」

　僕はどの魔物が良いのか全くわからないので、カルディさんに聞いてみる。

「そうですねぇ……どれも美味しそうなのですが……今の狭間さんには割高になってしまいますね。一応この辺の魔物も、魔法を撃ち込めばステータスは上がると思います。ただ、食用の魔物は需要がたくさんあるので高いんですよ。今の狭間さんでしたら、もう少し安価な魔物でも充分にステータスが上がると思います」

　なるほど、確かにそのとおりだ。今の僕は別に美味い魔物を求めてはいない。

　にしても、美味しそうだろうか？　魚は魚でも、凄い牙が生えていたり、エラが刃物のように鋭かったりする魚がいる。

「たまにステータス上昇用の魔物も売っているんですが……まぁ買うのは基本的に貴族かお金持ちでしょうね。子供が魔法を撃てば安全にステータスが上げられますから。しかし、今日は無いみたいですね」

「そうですか。後日出直します？」

「いいえ、ギルドへ行きましょう。捕獲のクエストを出します」

「捕獲のクエスト……ですか？」

　ギルドっていうのはクエストを出すこともできるのか。

「そうです。すぐに行きましょう」

「は、はい。わかりました」

カルディさんは早足で進む。凄いな、この行動力は。できるキャリアウーマンって感じだ。美しい髪をなびかせ、颯爽と歩いていく。

「ギルドでは、様々なクエストを受け付けています。魔物の討伐、行方不明の捜索、アイテムの収集」

カルディさんは歩きながら話をする。カルディさんは謎の多い女性だ。年齢もそうだが、よく分からないことが多い。分かっていることは、彼女の行動には無駄がないこと。きっと合理的で無駄が嫌いな性格なんだろう。

「今回は魔物の生け捕りをクエストとして依頼します。ホーンラビットという魔物をご存じです？」

「ごめんなさい、魔物についてはほとんど知識がありません」

「50ｃｍくらいのうさぎで、頭に大きな角があります。基本的にはこの角で攻撃をしてきます。爪や牙もありますが、それほど脅威ではありません。角さえ折ってしまえば、子供のステータス強化にはうってつけなんですよ」

「なるほど」

子供のステータス強化か……。

「そのホーンラビットの依頼をクエストとしてギルドに依頼します。冒険者がその依頼を受けて、ギルドにホーンラビットを持ってきてくれるんです。そして、私はギルドへ報酬を渡し、その約90％が冒険者に入ります。ホーンラビットはたくさんいるので、初心者のクエストとしては最適なんです。依頼を出せば、今日中に1匹は手に入ると思いますよ」

カルディさんに説明を受けているうちに、歩いて道具屋を通り過ぎ、ギルドへと到着する。ギルドは木造ではなく、石造りだ。レンガできっちりと造られている。中に入ると、20～30人くらい入れるホールと、奥に受付がある。受付の両側には左右に通路と階段があり、2階へと続いている。結構広い建物だ。そして、1階の壁際には掲示板があり、数人の冒険者らしき人が掲示板を見ている。

僕はギルドへ入るのは初めてだ。クエストを依頼するわけでも、冒険者でもないから、今までの僕には必要がなかった。カルディさんは、慣れた様子で受付へ向かう。受付には、スキンヘッドのムキムキなおじさんがいる。受付がムキムキである必要があるんだろうか……。

「おぅ！　カルディさん！　今日の薬草はまだです！」

「そうですか、まだ昼間ですからね。しかし、今日は違います」

「薬草じゃないんですか？　珍しいですね……」

これだ。カルディさんの謎。カルディさんに対して、この受付の人のほうが年齢や立場が上のように見える。しかし、こういった人物もカルディさんには皆敬語を使う。それに対して、カルディさんは誰にでも敬語を使うため、上下関係がよくわからない。この世界の常識的な何かなのかとも思ったが、どうもそうでも無いらしい。カルディさんに対してだけのように見受けられる。

「はい、ホーンラビットの捕獲です」

「おぉ！　そりゃ助かります。若いヤツらのクエストがあんまり無くて。干し肉用ですか？」

「いいえ、彼のステータス用です」

イカツイおじさんがこっちをまじまじと見てくる。

「彼は狭間さん、うちの店のお得意様です」

カルディさんが、僕を受付の人に紹介してくれる。

「狭間さん、こちらギルド受付のドグバです」

「よろしくお願いします！」

僕は元気よく挨拶しておく。これだけガタイの良い人に挨拶をするので、自然と力が入る。

「おいおい……その歳からステータス上げか？　まぁこっちはクエスト依頼を受けるから別にいいんだけどよぉ」

異世界では、12歳くらいまでにステータス上はほとんどやっておく。12歳になると、今度はクエストをこなす側になるわけだ。そりゃ、18歳の僕が10歳くらいの子と同じことをしようとするわけだから、こういうリアクションになるだろう。

「そんで、何匹いるんです？」

「そうですね。とりあえず3匹くらいでいいでしょう」

「はいよ、3匹ですね。750セペタです」

「わかりました」

そう言うと、カルディさんがお金を出そうとする。

「ちょっと待ってください。僕が出します」

これは僕の訓練のためだ。さすがにここまでやってもらい、さらにお金を出してもらうのは忍びない。

「いいえ。いいんです。その代わり、どうなるか見届けさせてください。あとは、例の道具も私に独占させてください」

カルディさんは美しい笑顔でそう言ってくれる。しかし……目が怖い。これは、僕がいくら言ってもお金を出させてくれないだろう。謎の圧力がある……。

今の宿屋が1泊300セペタだから、2.5泊分。結構な値段だ。ちなみに僕の所持金は約4万セペタ。筆記用具は5万セペタで買い取ってもらったんだ。確かに、今後の生活を考えると、ここで出費を抑えられるのはありがたい。

「それでは私は自分の店に戻ります。夕方またここでお会いしましょう。それまでは、修行は魔力操作だけにしておいてください。MPは全快の状態にしておいてくださいね」

「わかりました。ありがとうございます!」

僕はウキウキしながら宿屋へ戻る。[回復魔法]と[ストレージ]を習得できれば、とりあえずこの世界でお金には困らないだろう。そろそろ仕事をと考えていたので、非常に助かる。仕事と言っても、ステータスの貧弱な僕ができる仕事は限られている。そんなには稼げないだろう。カルディさんはMPを全快にしておけって言っていたな。確認しておこう。

MP:55/57

[エアカッター]の消費MPは2か。夕方までは時間があるから、あと2発は撃っておいたほうがいいな。僕は何もない空間に[エアカッター]を2発撃ち、その後は恒例の[魔力操作]をひたすら続ける。今日も時計回りに魔力を何周も回す。地味な作業だ。

夕方になり、ギルドへ向かう。既にカルディさんが、受付にいる。

「やぁ、1匹いるみたいですよ」

「ギルドの檻に1匹入れといたぜ」

「ありがとうございます」

「残りの2匹は、明日の昼くらいにはくんじゃねぇかと思います」

「では、また明日も来ますね」

カルディさんと外へ出る。入口横に台車があり、その上に檻が乗っている。中にはでかいうさぎ、ホーンラビットがいる。捕獲されてやや元気が無いように見える。台車を引いて道具屋へ着くと、カルディさんがナタを持って檻を開ける。手慣れた様子でホーンラビットの角を持ち、ナタを振りかぶる。

「ハッ！」

バキッ！

ホーンラビットの角が見事に折れる。そしてカルディさんは、暴れるホーンラビットを押さえつけながら手足を縛る。道具屋とは思えないほどの、素晴らしい手際だ。

「素晴らしい手際ですね」

僕は思ったままの感想を言う。

「うちでは魔物の解体作業をすることもありますからね。それに子供が10歳くらいまでは、親がこうやって仕留めやすいようにするんですよ」

うーん……やはり僕のステータスは10歳以下なのね……。

「だからどこの家庭もこれくらいはできますよ。さぁ、［エアカッター］を撃ち込んでください」

「はい！　［エアカッター］！」

　バシュッ！

「シギャァ！」

　ホーンラビットがうめき声を上げ、小さなキズができる。そして、怒りの形相でこちらを睨みつけている。ちょっと怖いな……しかし、魔法の威力は相変わらずのしょぼさだ……。

「そうです。そのままMPが枯渇するまで撃ち込みましょう」

「わかりました！　［エアカッター］！　［エアカッター］！　［エアカッター］！」

　僕はそのまま28発連続で撃ち込んだ。なんというか……動物を虐待しているようだ。しかもMPの使いすぎだろうか。とにかく気だるい。身体はなんとも無いのに、50mダッシュを何度もやらされたような不思議な感覚だ。

「MP切れです……」

「それではステータスを確認しましょう」

　魔力：4＋1
［炎魔法：Lv1］　［風魔法：Lv5］　［エアカッター：Lv1］＋1

「上がってます！　上がってますよ！　魔力と、［エアカッター］が1ずつ上がっています！」

「おめでとうございます。それでは、次はこちらをお使いください」

　カルディさんから小さな短剣を渡される。

「えっと？」

「今からホーンラビットを解放します。この短剣を使い、自分の力で倒してみてください。大丈夫です。角は折っていますし、［エアカッター］で既に瀕死です」

「ちょ……」

「ではいきますよ！」

そう言うと、カルディさんはホーンラビットを縛っていた縄をほどき、僕の方へ放つ。

「シギャァッ！」

散々魔法を撃ち込まれて、ブチ切れているようだ。真っ直ぐにこちらへ突進してくる。

これはやばい！

ドスッ！

僕はとっさに身体を反らしたが、軽くふっとばされてしまう。痛い……今のは角が残っていたとしたら、結構まずいのではないだろうか。

僕は慌てて構える。

「シギャァッ！　ギャァッ！」

また突進をしてくる。瀕死ではなかったのか。

ドッスン！

僕の構えなど気にせずに突進してくる。僕は、構えたままふっ飛ばされる。

「ケホッ！　ケホッ！」

お腹に入った。猛烈に痛い……。

「ホーンラビットの攻撃は単調です。突進に合わせて短剣を突き出してください」

「は、はい！」

カルディさんがアドバイスをくれる。せめて魔物と戦うなら前もって言ってほしかったんだけど……。

「シギャァッ！」

3度目の突進だ。確かにコイツは突進しかしてこないな。僕は短剣を前に突き出し構える。

50cmのうさぎだ。でかい……怖い……。

ホーンラビットは、僕の突き出した短剣を無視して突進してくる。

ドシャッ!!

ホーンラビットが短剣に突き刺さると同時に、踏ん張りが利かない僕はふっ飛ばされる。短剣が刺さったホーンラビットもそのままふっ飛んでいく。

「うぅ……」

構えた短剣に思いっきり質量がのしかかった感じだ。手がビリビリとしびれている。僕はしびれていない左手をついて、ふっ飛んでいった方向を確認する。ホーンラビットが短剣に刺さったままピクピクしている。流石にもう絶命するだろう。

パチパチパチ……。

「やりましたね」

カルディさんが、笑顔で拍手をくれる。

「なんとか……しかし不細工な勝ち方でした」

「いえいえ、初めてにしては上出来ですよ」

「この世界じゃ、12歳くらいの子があれを倒すんですよね？」

「えぇ。ホーンラビットでしたら、訓練で10歳未満の子供でも戦うことがあります」

うげぇ……小学生ですか……。

「ステータスはどうです？」

「あぁ、そうでした」

僕はステータスを確認する。

力：8＋1

「おぉ！　力が1上がっています！」

「おめでとうございます。［盗賊］のジョブを得るためには、魔力以外のステータスも必要ですからね。明日もこんな感じでステータス強化をおこなっていきましょう」

「なるほど、わかりました。ありがとうございます！」

ジョブというのは、僕のステータスの

［――――］

の部分だ。

僕はステータスが低すぎて、何1つジョブを得ていない。ステータスが上がっていくと、セットできるジョブが出るようだ。

僕はカルディさんにお礼を言って宿屋へ帰る。既にヘロヘロだが、寝るまで［魔力操作］の訓練が待っている。

部屋につくと、身体を拭いて横になる。ちなみにこの宿屋には風呂はない。基本的に庶民の家には風呂がないので、身体を拭くだけだ。しかし今日は疲れたな……おかげでステータスが3つも上がった。

そして僕は魔力操作をしながら眠りについた。

03　回復魔法習得を目指して

目覚めると、無機質な天井が見える。

病室だ。しばらくは頭がぼーっとするな。異世界から切り替わるときは、いつも意識が朦朧とする。特に、病室で目覚めるときはこんな感じだ。

少しだけしか動かない首を頑張って動かしてみる。今日も病室には誰もいない。

僕は［風魔法］を撃ち続ける。

しばらくすると、看護師さんがやってきた。僕はできるだけ1人の時間を多く取りたいので寝た振りをする。点滴を取り替えたり、オムツを交換したりしてくれているようだ。

…………。

感覚は無いが排泄はされているようだ。オムツを交換されているときはどうしても気分が沈む。

〔回復魔法〕さえ習得してしまえば、こんな気分を味わわなくてすむ。

兄さんは、元気にしているだろうか。兄さんのためにも、一刻も早く〔回復魔法〕を習得しなければ……。

それから看護師さんが部屋を出ていったあとに、また〔風魔法〕をひたすら撃ち続けた。こころなしか、布団の動きが大きくなっているような気がする。〔風魔法〕のレベルが上がったのだろうか。

〔風魔法〕を撃ち続けていたら、眠ってしまったようだ。病室で起きている時間はそれほど長くはない。だいたい6~8時間くらいだろう。意識も完全にはっきりするわけではないので、だいたいは気がついたら寝ている。

そして、いつもの木造の宿屋。やっぱりやや頭がぼーっとする。ただし、病室で目覚めたときよりはだいぶマシだ。

あ、そうだ。ステータス確認。

【――――――】
狭間圏《はざまけん》
HP：27/27　MP：96/96+39　SP：2/2

力：8　耐久：4　俊敏：4　技：4　器用：5　魔力：4　神聖：3　魔力操作：2
［炎魔法：Ｌｖ１］　［風魔法：Ｌｖ10］＋5　［エアカッター：Ｌｖ１］

凄まじい上昇だ。病室ではやることがないので、ひたすら［風魔法］を鍛えることができる。この調子だと、一般人くらいのＭＰならすぐに到達できそうだ。今日もカルディさんに鍛えてもらおう。

「よし！」

自分の頬を両手でパシッと叩く。ぼーっとする頭をしゃっきりさせよう。僕は宿屋を出て、足早に道具屋へ向かう。

道具屋のカウンターには、カルディさんが肘をついて座っていた。

「やぁ、お待ちしていましたよ」

「はい！　今日もよろしくお願いします！」

僕は元気よく挨拶をする。カルディさんは無言でニコリと微笑むと、中庭へ出る。

「あれ？　今日はギルドへ行くんじゃないんですか？」

「えぇ、既に行ってきました」

カルディさんはそう言うと、中庭の中央を指差す。そこには、既に角が折られ、手足が縛られたホーンラビットがいた。

「おぉ！　ありがとうございます！」

さすがカルディさんだ。相変わらず仕事が早い。

「では、今日も［エアカッター］を撃ち込んでください」

「はい！　［エアカッター］！　［エアカッター］！　［エアカッター］……」

僕は昨日と同じように、［エアカッター］を撃ち込んでいく。

「シギャァッ！」

本日のホーンラビットもお怒りの様子だ。相変わらず動物虐待のような光景だが、こちらの世界ではごく当たり前のことらしい。魔物は動物と違って、本能的に人を襲う。そういった面から、動物を痛めつけるのとは全く別だ。だから、食用にするのにも魔物が多い。まぁ単純に美味いのもあるだろうが。

「ちょっと待ってください……」

カルディさんが眉間にシワを寄せる。これまで見たことがない表情だ。

「もう30発ほどは撃ち込んでいますね？」

「えぇ、そうですね」

「昨日消費したMPも完全には回復していないはずでは？」

カルディさんが顎に手を当て不思議そうに聞いてくる。

そうだった。MP回復については、詳しくは話していなかったんだ。

「実は……」

僕は日本でMPが回復し続けることと［風魔法］を撃ち込み続けたことを伝えた。

「馬鹿な……そんなことが!?　ありえない……いや……しかし実際に魔法を撃っている……」

いつも冷静で知的なカルディさんは、筆記用具以外のことでは取り乱さない。しかし今は珍しく動揺している。

「…………………」

「…………………」

カルディさんは考え込んでしまった。

そして、ふと気がついたようにこちらへ向く。

「まだMPは残っているんですか？」

「はい、あと15発くらいは撃てると思います」

「!!」

彼女は目を大きく見開く。確かに、こちらの世界のMP回復速度からすればあり得ない計算だ。

「わかりました……では実際にMPが枯渇するまで撃ち込んでください」

「はい、わかりました」

僕は言われたとおり［エアカッター］を撃ち込み続けた。16発ほど撃ち込み

MP：1／97＋1

となった。

おかげさまで、身体が鉛のように重い。

「本当に……MPが大幅に増えているようですね」

「はい、そうなんです」

「威力も上がっていますね……」

「［風魔法］のレベルも5ほど上がって10になったからでしょうか」

「なるほど……」

確かに昨日より威力が上がっているように見える。［エアカッター］を撃ち込んだ回数が多いこともあり、ホーンラビットは昨日よりも瀕死だ。今解放したところで、動くことはできないだろう。

「しかし……［風魔法］まで……」

カルディさんはまた考え込んでしまったようだ。

「すみません……疑っていたわけではないのですが、確認したかったのでMPを使い切ってもらいました。身体が重いでしょう？」

「いえいえ、もともとMPを使い切る予定でしたので」

「今日はMPを残してもらう予定だったんですよ」

「そうなんですか？」

「えぇ、MPというのは貴重なものなのです。事実が知れ渡ってしまえば、あなたを監禁してMPを有効に使おうとする輩が現れる可能性が高いです」

「それは怖いですね……」

「ですから、この話は内密にしておきましょう」

「了解です」

「それでは休憩にしましょう」

カルディさんは緊迫した表情から笑顔に戻る。

「2階へ行ってお茶でも飲みながら、ステータスの確認をしましょう」

「はい！　ありがとうございます！」

僕はいつものように元気よく答える。

そして裏庭から道具屋へ入り、2階へ上がる。カルディさんは、お茶を淹れてくれる。

道具屋の2階はロフトのようになっており、1階にお客さんが来ればすぐに分かる。カルディさんはお客さんがいないときには、ここで本を読んだりくつろいだりしているらしい。

カルディさんがお茶を淹れてくれている間、僕はステータスを確認しておく。

狭間圏《はざまけん》
【――――】
HP：27／27　MP：1／97＋1　SP：2／2
力：8　耐久：4　俊敏：4　技：4　器用：5　魔力：6＋2　神聖：3　魔力操作：2
［炎魔法：Lv1］　［風魔法：Lv11］＋1　［エアカッター：Lv2］＋1

今日は昨日よりもステータスが上がっている。MPが増えて、攻撃回数が増えたからだろう。

「どうでした？」

カルディさんがティーセットを持ってきてくれる。

「MPが1、魔力が2、［風魔法］が1、［エアカッター］が1上がりました」

「それは素晴らしいペースですねぇ」

「ありがとうございます！　これもカルディさんのおかげです」

カルディさんは、何も言わずに微笑みお茶を飲む。

「狭間さんのお茶ですが、私が飲んでいる通常のものではありません」

「そうなんですか？」

「えぇ、睡眠効果のある植物が入っています」

「睡眠効果……」

「まぁ単純に飲めば急激に眠くなるのです。狭間さんのお話では、睡眠中に違う世界へ行くようですので、意図的な眠りでもそれが可能かどうかを調べる必要があると思いまして」

「なるほど、たしかにそれは重要ですね……」

そうか、たしかに昼寝でMPが全快になるのであれば、さらに効率を上げられるはずだ。

そう思い、僕はお茶を1口飲んでみる。味は普通の紅茶だ。美味しい。カルディさんは紅茶にもこだわりがあるのだろう。ティーセットも統一されている。2口目を飲もうとすると、急激な眠気が来る。

「すみません……ちょっと横になります」

「もう眠気がきましたか」

僕はカルディさんに促されソファーに横になる。

「おそらく状態異常耐性が何もないから、これだけ早く効いてしまったんでしょうね」

カルディさんの話が聞き終わるかどうかで僕の意識は無くなった……。


目覚めると、そこは木造の建物だった。道具屋だ。目の前には、美しく知的な女性がいる。カルディさんだ。カルディさんは向かいの椅子に座り、本を読んでいる。本を読む姿がなんとも知的で様になっている。僕に気が付くと目が合う。

「やぁ、どうでした?」

「残念ながら、向こうの世界へはいけませんでしたね。僕はどれくらい眠っていたのですか?」

「2時間くらいです。もしかしたら、あちらの世界の身体が目覚めないといけないのかもしれませんねぇ」

「はい。おそらくそうだと思います。最初の1ヶ月間、全く向こうへ行けなかったことの説明もできます」

「MPはどうです?」

「はい、確認してみます」

僕はステータスを開いて確認する。

MP:4/97

「3しか回復していませんね」

「なるほど……やはり向こうで目覚めない限りＭＰは回復しないんですねぇ」

「はい、残念ながらそういうことだと思います。ＭＰが回復していれば、さらに効率が上がったんですが……」

「いえいえ、今のままで十分でしょう。それでは寝起きでＭＰが低いところ申し訳ないのですが、庭に来てください。今日はホーンラビットがもう１匹きていますよ」

あぁ、そうだった。全部で３匹頼んでおいたんだった。今の僕はＭＰが無いけれど、どうするんだろうか。

僕はカルディさんについていき、道具屋の裏庭へと出る。すでに角が折られ、手足が縛られたホーンラビットがいる。いつも手際がよろしいことです。

ホーンラビットは僕たちに気づくと鬼の形相でこちらを睨む。

「ギャアッ！　シギャアッ！」

カルディさんは、鉄製の重りのようなものを２つ取り出す。

「あの……僕は今ＭＰがありませんが、何をするんでしょう？」

「俊敏を上げてもらいます。［盗賊］のジョブを習得するためには俊敏が必要ですからね」

カチャ……カチャ……。

カルディさんは、手慣れた様子でホーンラビットに鉄製の足かせと重りをつける。

「今日はホーンラビットの攻撃を避け続けてください」

「え⁉　ぁ、はい！」

マジか⁉

カルディさんが手足の縄を解くと、ホーンラビットは全力で僕に向かってくる。

「シギャアッ！」

カルディさんには目もくれず、僕の方にのみ向かってくる。ステータスが弱いからか？

「おわっ……と！」

僕は慌てて身体を反らす。かわすことはできたが、身体のバランスが崩れたところに、ホーンラビットがさらに突進してくる。

「危な！」

ギリギリでかわす。あれだけの勢いにかかわらず、突進は連続で来る。

「連続できますので、身体の重心を意識してください。バランスが崩れないように避け続けてくださいねぇ」

「はい！　わかりました！」


10分ほど経過しただろうか。

「ぜぇ……ぜぇ……」

今のところ、攻撃全てを避けることができている。

「ぜぇ……ぜぇ……」

「シギャアッ！」

コイツのスタミナは何なんだ？　ホーンラビットの勢いは全く衰えない。対して僕は、スタミナが限界だ。つ……つらい……。

「うわっ！」

なんとか突進をかわす。

あ、バランスが……。

「シギャアッ！」

ドスッ！

ホーンラビットの突進をもろにくらってしまう。

「ゲホッ！　ゲホッ！　ぜぇ……ぜぇ……」

呼吸がまずいことになっている。部活動は受験があるから、2年生の終わりに辞めてしまった。

だからスタミナがまるで無い。

まずいぞ……今突進されたら確実にいいのをもらってしまう。

そう思い、ホーンラビットの方を見ると、カルディさんがホーンラビットを押さえつけてくれている。

「今のうちに呼吸を整えてください」

「はい……ぜぇ……ぜぇ……」

僕は言われたとおりに呼吸を整え立ち上がる。

「それではいきますよ」

カルディさんがホーンラビットを押さえていた手を離す。

「シギャアッ！」

ホーンラビットはすぐさま僕の方へ向かってくる。これ、絶対僕を狙ってるよな。

それから休憩を入れつつ、僕はひたすらホーンラビットの攻撃を避け続けた。マジでつらい……。3時間くらいはやっただろうか。痛みのある部活動だ。

「今日はここまでにしましょうか」

「ぜぇ……ぜぇ……まだ……もうちょっと……できます」

「明日もありますから、慌てる必要はありませんよ？」

「いえ……」

僕は呼吸を整える。

確かに、異世界では時間がある。明日もあるだろう。しかし、日本で今僕の身体が動かない。兄さんにこれ以上迷惑をかけるわけにはいかない……。

「すぅ……」

やっと呼吸が整ってくる。

「お願いします！」

カルディさんは無言でニコリと微笑み、ホーンラビットを押さえつけていた手を離す。

「ぜぇ……ぜぇ……」

しばらく同様の訓練を続けている。日が落ち始めてきた。足腰に負担が続き、立っているのもやっとだ。

「狭間さん、明日また頑張りましょう」

カルディさんに言われる。

「すみません……もう少し……もう少しだけ」

ぐら……。

「失礼……」

僕はカルディさんに抱きかかえられてしまう。

僕はカルディさんの腕の中で意識を失っていった……。


目覚めると、無機質な天井。病室というより、僕にとってここは［風魔法］の訓練場だ。

昨日異世界で、修行中に意識を失ってしまったようだ。カルディさんには迷惑をかけっぱなしで申し訳ない……。

そうだ。ステータスの確認をしておこう。

狭《はざ》間《ま》圏《けん》
【────】
HP：18／28＋1　MP：97／97　SP：2／2
力：8　耐久：5＋1　俊敏：6＋2　技：4　器用：5　魔力：6　神聖：3
魔力操作：2

凄い上昇だ。意識を失うまで訓練しただけはある。まだまだ低いステータスだとは思うが、このまま続けていけば少しずつ強くなれそうだ。

そして、日本では魔法の強化だな。

僕は周囲の確認の後、［風魔法］を撃ち続ける。今日の布団の動きから見ると、［風魔法］の威力が強化されたように思える。

そして、［風魔法］自体にも慣れてきた感覚がある。単純な慣れなのか、［風魔法］のレベルの効果なのかはわからないが……。

若干ではあるが、風の方向を変えられるようになったのだ。僕が［風魔法］の方向を意識的に変えようとすると、布団の動く方向が変わる。それから射程も少し伸びただろうか。まぁこっちは扇風機程度の風だからいまいち実感が無い。

今日は［風魔法］をただ撃つだけでなく、方向をぐりぐりと変えてみる。それから、風を遠くまで伸ばそうとしたが、あまりうまくいかない。風を細く、長く発射するイメージだ。

!?

誰かくる。

「こちらになります。時間帯によっては意識があるようです」

医師が案内しているのか？

「ケン……」

兄さんだ……。

「それでは、何かありましたら看護師を呼んでください」

「はい、ありがとうございます」

兄さんは、ベッド横の椅子へと腰掛ける。

「ケン、わかるか？」

「…………」

僕は目を上下させ、兄さんに意思を伝える。

「そうか……」

「…………」

しばらく無言の時間が続く。兄さんは僕の手を取る。しかし感覚は無い……。

「今、医者に話を聞いた。神経自体の損傷はそこまで酷くはないらしい」

「…………」

兄さんが真っ直ぐに僕を見てくる。こんな真面目な兄さんを見たのは久しぶりだ。そうだ……あの日以来だろうか。

兄さんは、僕に黙って大学を辞めてしまった。僕の学費と生活費のために……。

「わかるかケン。治るってことだ。それから、お前真面目だから、俺のことや、治療費の心配してるんだろ？」

「…………」

僕は再び目を上下に動かし合図する。兄さんは目をそらすと、半笑いになる。

僕は家事全般をしていた。兄さんは何度言ってもちらかすんだ。スナックをつまみにビールを飲むのは構わないが、酔っ払ってボロボロとこぼすのだけは勘弁してほしい。今家の中はどうなってるんだろうか。

「は……お前……自分がこんな……」

兄さんは、はにかんだまま涙をボロボロとこぼす。

「クソ真面目かよ……」

「…………」

兄さんはうつむいたまま、涙を拭き、僕と目を合わせる。

「あのなぁ……ケン。もう1度言うぞ。治るってことだ。お前は、自分の回復のことだけを考えろ。あとのことは全部俺がなんとかする」

心配だ……いつもなんとかしてるのは僕じゃないか。

兄さんは僕の目の前まで指を持ってくる。

「わかったな？」

僕の顔を指差し、命令口調で言う。せめて水回りの掃除だけはサボらないでほしいんだけど……。

「……たく、泣くつもりは無かったんだけどな」

勝手に泣いたのは兄さんのほうだ。

「とにかくケン……お前は必ず治るから、他のことは心配すんな」

兄さんは立ち上がり、僕の肩をボンボンと叩く。

「治ったら、お前の好きなアイスケーキをホールで食わせてやるからな」

兄さんは腕時計を確認して、部屋を出ていく。これから仕事なんだろう。

今の僕は何もできない……一刻も早く［回復魔法］を習得しなければ……。

04　赤字の修行

目覚めると、木造の建物にいる。

おや？　違和感がある。ここは宿屋ではないな。道具屋？

そうだ！　道具屋だ！

昨日カルディさんとの訓練で、そのまま意識を失ってしまったんだ。僕は大きめのソファーから慌てて起き上がると、1階へと下りる。

「やぁ、お待ちしていましたよ」

「き、昨日はすみませんでした！」

「それより身体は大丈夫ですか？」

「はい！」

「では、顔を洗って食事にでもしましょう。向こうの洗面台が使えますよ」

「ありがとうございます！」

僕は道具屋の奥にある洗面台を使わせてもらう。凄いな……日本の洗面台とそれほど変わらないぞ。見たところ水道管と繋がっているようにも見えないけれど、蛇口のような部分をひねると水が出てくる。宿屋とは大違いだ。僕は、顔を洗って水を飲み、カルディさんのほうへと戻る。

「よく洗面台の使い方がわかりましたね」

「あの……あれ僕の世界のものとそっくりです」

「それは興味深い……」

もしかしたら、僕以外の異世界人が技術を持ち込んだのかもしれない。

「朝食まで頂いてしまって申し訳ないです」

「今日の訓練はほどほどにしましょうね」

カルディさんは小さく笑う。僕はうなずいて朝食のパンを食べる。

「それで狭間さん、ステータスはいかがです？」

「はい。昨日の訓練では、ＨＰ、耐久が１、俊敏が２ほど上がっていました」

「それは素晴らしい……」

それから病室での訓練もある。僕は道具屋で目覚め、慌てて身支度を整えているところだからまだ確認していない。どれどれ……。

狭間圏《はざまけん》
【――――――】
ＨＰ：28／28　ＭＰ：129／129＋32　ＳＰ：２／２
力：８　耐久：５　俊敏：６　技：４　器用：５　魔力：６　神聖：３　魔力操作：３＋１
【炎魔法：Ｌｖ１】　【風魔法：Ｌｖ16】＋５　【エアカッター：Ｌｖ２】

「凄い……」

「どうかしましたか？」

どうやら声が漏れてしまったらしい。

「あの、日本の病室ではＭＰが回復し続けていますので、［風魔法］を使い続けていたんです」

「そのようですね」

「それで、ＭＰが32、魔力操作が1、［風魔法］が5上がっていました」

カルディさんはスープをすくったスプーンの手を止める。

「素晴らしい……昨日の上昇以上ですね」

日本でＭＰを強化し放題なことは、昨日話してあるが、上昇値を聞いてやはり驚いているようだ。

まぁ僕だって驚いたしな。

「あの、もう１つ気になっていることがありまして」

「なんでしょう？」

「あの、今日の訓練でもホーンラビットを使うんですよね？」

「ええ、その予定ですよ」

「仕留めてしまった場合、またギルドへ依頼を発注するということでしょうか」

僕は現在所持金が３９６００セペタだ。毎日宿屋で３００セペタを消費している。それからホーンラビットの代金は全てカルディさんに出してもらっている。今日ホーンラビットを仕留めてしまえば、またギルドで依頼する必要が出てくる。

「あぁ、お金のことを気になさっているのですね」

「えぇ、いつまでもカルディさんにお金を出してもらうわけにはいきませんし、手持ちにも限りがあります」

「そうですねぇ……しかし、[回復魔法]さえ習得してしまえば、そのMPがありますし、お金に困ることはありません」

「でも僕は[回復魔法]を習得していませんし……今の僕のステータスではお金を稼ぐことはやはり難しいんでしょうか」

「そうなりますね。ただ、資金に関しては私がある程度支援しますよ？」

「大変ありがたいのですが、このままっていうのはちょっとまずいかなと」

「わかりました。それでしたら今日はホーンラビットの解体を教えましょう」

「ありがとうございます！」

解体を教えてもらうってことは、結局カルディさんの世話になるわけだが、仕事ができるようになるまでは仕方ないな。本当に申し訳ない。


朝食後、道具屋の中庭に出る。

「それでは今日は、魔力と俊敏を同時に強化しましょう」

「同時にですか？」

「はい。今日は最初から足かせをつけたホーンラビットを解放しますので、攻撃を避けながら隙があれば［エアカッター］を撃ち込んでください」

「わかりました！」

カルディさんが檻から昨日のホーンラビットを解放する。

「シギャァッ！」

例によって僕に向かって真っ直ぐに突進してくる。昨日俊敏が上がり、今はまだ体力があるのでかわすことができる。でもこれ、どうやって反撃するんだ？

そうこうしているうちに疲れてくる。

「ふぅ……」

やや呼吸が乱れてくる。これだと昨日と同じだ。

「動きはきちんと見えているようですね。ではまず、かわした瞬間に、ホーンラビットに手をかざすようにしてください」

「わかりました！」

ホーンラビットはアホみたいにひたすら突進をしてくる。僕はそれを横にかわし、手をかざす。

駄目だ。若干遅いな。何度も挑戦して、タイミングを計る。

「いいですね。徐々に動きが合わせられていますよ」

「はい！」

ここだ！

「［エアカッター］！」

バシュッ！

「ギャッ！」

ホーンラビットが小さなうめき声を上げる。よし、当たったぞ！

「油断しないでください！」

ホーンラビットは、[エアカッター]をものともせず、切り返して突進してくる。

「え？」

ドスッ！

「ゲホッ！」

くそ……もろにくらってしまった。ホーンラビットのほうを見ると、すでにカルディさんが取り押さえている。しまった……完全に油断したな。

[エアカッター]の威力が弱いから、ホーンラビットは怯むことがほとんどない。

攻撃した直後でも、かわすことを考えながら動かないといけないんだ。

「すみません、ありがとうございます」

僕はすぐに立ち上がり、構える。カルディさんは、ホーンラビットを解放する。僕はひたすらかわしながら、[エアカッター]を撃ち込んでいく。

それから50発程度撃ち込んだだろうか。ホーンラビットが動かなくなった。

「お疲れさまでした。では、ステータス確認をし、解体をしましょう」

「わかりました！」

狭間圏《はざまけん》

【――――】

ＨＰ：22／28　ＭＰ：25／129　ＳＰ：2／2

力：8　耐久：5　俊敏：8＋2　技：4　器用：5　魔力：8＋2　神聖：3

魔力操作：3

【炎魔法：Ｌｖ1】【風魔法：Ｌｖ16】【エアカッター：Ｌｖ3】＋1

今回も上がっている。僕はカルディさんと一緒に道具屋へ入り、奥の扉へ入る。様々な道具やなにかの材料が、棚やテーブルに置かれていた。カルディさんが、ナイフを渡してくれる。

「どうぞ、これを使って解体をします。最初は難しいかもしれませんが、指示に従ってナイフを入れてください」

僕はカルディさんの指示通りに解体をしたが、なかなかうまくいかず時間がかかってしまった。

僕のステータスでは力が足りないのだ。魔物の皮というのは、普通の動物よりも硬く厚いため、それ相応の力が必要らしい。ただし、皮さえ剥いでしまえば中身は硬くない。まぁ肉も美味いわけだし、硬くないはずだ。

「手間取ってしまい、すみません」

「まぁ最初はこんなものですよ」

僕は一通り解体を終えて、肉として加工をした。干すための道具などは、さすが道具屋さんでいくつもあった。

「それでは、一応ですがステータスを確認してみてください」

「え？　はい」

解体しただけで戦ってはいないのだが……。

僕は言われたとおりにステータスを確認する。

狭間圏《はざまけん》

【――――――】

HP：22／28　MP：25／129　SP：2／2

力：8　耐久：5　俊敏：8　技：4　器用：6＋1　魔力：8　神聖：3　魔力操作：3

「あれ？　器用が1上がっています」

「やはりそうですか。力や器用さは、一定よりも低い値の場合、解体だけでも上がることがあるんですよ」

「そうなんですね。やった！」

「まぁでも、解体だけではそう簡単に上がらないと思っておいてください」

「わかりました」

「今回購入したホーンラビットが1匹２５０セペタ。解体して、干し肉にすれば１２０セペタくらいは戻ってきます。１３０セペタほど赤字ですが、これはギルドに捕獲を依頼するからですね。ホーンラビットの素材の収集で依頼をすれば、１００セペタくらいの依頼料になります。これを自分で解体すれば、20セペタほどの利益がでます」

「なるほど、ありがとうございます！」

「今のペースでしたら、捕獲1匹、素材1匹を依頼するくらいが丁度いいでしょう」

「そうすると、まだちょっと赤字ですね。クエストって僕自身で依頼できるんでしょうか」

「えぇ、できますよ。登録が必要ですが。行きましょうか？」

「はい、是非お願いします！」

僕は加工後の血まみれの手を洗い流し、カルディさんとギルドへ行く。

なんと、ギルドの登録には５０００セペタものお金が必要だった。ギルドカードの発行にお金がかかるらしい。

ギルドカードというのは、金属のプレートだ。正確にはただの金属ではないらしい。特殊な金属で持ち主のステータスを大まかに表記してくれる。パーティーを組む際にステータス確認が必要だからだろう。ちなみに今の僕のギルドカードはこんな感じだ。

【――――】
HP：F　MP：E　SP：F
力：F　耐久：F　俊敏：F　技：F　器用：F　魔力：F　神聖：F　魔力操作：F

　MP以外は全てF。やはりこっちの世界では小学生以下らしい。そして所持金は34600セペタ。

「今日もいろいろありがとうございました」

　カルディさんは笑顔を返す。

「それはそうと、残りのMPはどうされます？」

「［炎魔法］の空撃ちをしようと思います。魔力は上がりませんが、MPと［炎魔法］のレベルを少しでも上げておきたいので」

「そうですか……それは少し勿体無いですが、かといって今の状態で1日2匹のホーンラビットは厳しいでしょうからね。今はそれが良いのかもしれませんね」

　僕はカルディさんにもう1度お礼を言って宿屋へ戻る。今日は身体を拭いて横になる前に［炎魔法］でMPを消費しておく。手のひらから小さな炎を出す。2cmくらいだろうか。前はもっと小さかったから、やはり魔力が影響しているんだろう。

　ギリギリまでMP消費をし、［炎魔法］を使い続けたが、ステータスに変化は見られなかった。

そして、眠る直前までは魔力操作をしておく。

目覚めると、木造の狭い部屋……宿屋である。

あれ？　病室ではない？

僕は自分の身体を確認する……とくに変化は無い。

毎日日本で目覚めるわけではないのか？

参ったな……日本ではＭＰの大幅強化ができている。僕はＭＰを確認する。

ＭＰ：１２９／１２９

あれ？

おかしい……日本で目覚めていないのに……強化こそできていないが、全快にはなっている。一体どういうことだろうか？

それから、明日日本で目覚めるとは限らない。それはもっと困るぞ……。

兄さんが心配だ。明日……ちゃんと日本で目覚めるだろうか……。


しばらく考え込んでしまったが、今僕にできることは限られている。昨日ギルドへの登録を済ませたし、今日からは自分でギルドへ行きホーンラビットを引き取ることになっている。大丈夫だ。日本では身体を休めているだけで、きっと明日は大丈夫！　気を取り直して、ギルドへ行こう。

僕は、自分を説得するかのようにギルドへ行く。ホーンラビットを引き取り、明日も１匹は捕獲、

1匹は素材収集で依頼を出しておいた。

それから道具屋へ行くと、いつものようにカルディさんが待っていた。

「やぁ、おはようございます」

「おはようございます！」

カルディさんに、ホーンラビットの角を折ってもらい、足かせを2つつけてもらう。

「今日から私はここまでにしますね。そろそろ店番をしないと、お客さんに迷惑をかけてしまいます」

「はい！　お忙しいところありがとうございました！」

「ただ、角を折るのはもう少し力が上がってからでないと厳しいでしょう。だから今日のように、朝こちらへホーンラビットを持ってきてください」

「わかりました」

そう言うとカルディさんは店に戻っていった。本当に世話になりっぱなしだ。いつか恩返ししないと……。

「シギャァッ！」

そんなことを考えていると、ホーンラビットが突進してくる。今日は、昨日よりも俊敏が上がっているため、更に余裕ができる。昨日と同じように［エアカッター］を撃ち込み続けると、午前中には倒してしまった。

しかし金銭的な制約があるから、ホーンラビットは1日1匹だ。早く倒せたのは成長しているからでいいんだけど、これはこれで時間がもったいないな。もっと効率を上げられないだろうか。

とりあえずさっき倒した1匹と、素材の方でギルドからもらった1匹を道具屋の奥へと運んでいく。

「おや？　もう終わったのですか？」

「そうなんです。とりあえず昨日教えていただいた解体をしようと思いまして」

「そうですか……では、明日からは足かせを1つにしましょう」

「わかりました！」

僕は自分のレベルアップを噛み締めながら、解体作業をする。2匹の解体と加工の作業は思ったよりも時間がかかった。作業を終えるころには夕方だ。

「では、肉の方はこちらで引き取ります。また明日頑張りましょう」

「はい！　ありがとうございました！」

僕は宿屋へ帰ると、身体を拭き、夕食を摂る。300セペタで1泊2食付きは破格の値段らしい。これもカルディさんとダイオンさんたちのおかげだ。

現在の所持金は34190セペタだ。

こっちの世界へ来て、1日2食にも慣れてきた。おそらくだが、日本で点滴を打っているため、食べなくても大丈夫だ。しかし、こっちの世界でそれなりに動いているためお腹はすく。しかしまだまだ自分でお金を稼ぐことができないので、できるだけ節約したい。

そんなことを考えながら、［炎魔法］で残りのMPを消費しておく。そして今日も就寝直前まで魔力操作をし、ステータスを確認しておく。

狭間圏《はざまけん》
【――――――】
HP：25／28　MP：2／129　SP：2／2
力：8　耐久：5　俊敏：9＋1　技：4　器用：6　魔力：9＋1　神聖：3
魔力操作：3
［炎魔法：Lv1］［風魔法：Lv17］＋1［エアカッター：Lv3］

少しずつではあるが、ステータスが確実に上がっていく。明日は病室で目覚めるのだろうか……。

♻

目覚めるとそこは無機質な病院の天井。

頭がぼーっとする……大丈夫だ……日本で目覚めることができた。どういうことだろうか。日本と異世界の行き来に僕の身体がまだ慣れていないとか？　考えたところで全くわからない。

とりあえず［風魔法］の訓練をするべきだろう。本当なら［炎魔法］も使いたいところだけれど、火事になってしまうからな。僕はいつものように部屋にだれもいないかを確認して［風魔法］を撃ち続ける。今日は範囲を広げたり、逆に絞ったりしてみよう。まずは、風の範囲を広げてみる。

ブワ……。

布団が舞い上がる。これは急に人が来たらまずいぞ。今度は範囲を絞ってみる。細長い風を出すような感覚だ。

うん……多分これ、いつもよりもやや遠くまで風がいっているな。

特に意識をせずに［風魔法］を使った場合、右手から風が出ているようだ。身体の感覚が無いため、なんともはっきりしないが……。

きっと、身体の別の部分からも［風魔法］を出せるはずだ。左手からはどうだろうか？

……………出せた……と、思う。布団が少し動いている。左手だと威力が弱いのだろうか？ 頑張れば、足や額からも出せるんだろうか……僕はステータスを確認する。

狭間圏《はざまけん》

［―――――］

HP：28／28　MP：156／156＋27　SP：2／2

力：8　耐久：5　俊敏：9　技：4　器用：6　魔力：9　神聖：3　魔力操作：5＋2

［炎魔法：Lv1］　［風魔法：Lv21］＋4　［エアカッター：Lv3］

よし、MPについては異世界の一般市民に近づいてきたのではないだろうか。もうちょっとか？

あとは、成長が少しずつ鈍化している。最大MPの成長に対して、消費MPの割合が減ってきているからだろう。でかい魔法でも撃ちまくれば、もっともっと上がりそうだがあいにくそんな魔法は習得していないし、病室でそんなことはできない。しばらくは地道な強化が必要だな。

♻

木造の宿屋で目が覚める。まだ少しぼーっとする。ただし、このぼーっとする時間も減ってきている。もともとしゃきっと目が覚める方じゃないから、なんとも言えないけれど……。

今日も朝からギルドへ向かおう。昨日と一緒で、捕獲されたものと素材用のホーンラビットを受け取りに行く。

朝のギルドは結構混み合っている。冒険者たちは、朝に良い依頼がないか確認しているのだろう。そして、ホーンラビットを引き取りに来る僕はやや目立つ。というのも、このギルドで捕獲されたホーンラビットを引き取りに来るヤツはみんな子供だから。

単純に肉の加工と販売を目的としていれば、捕獲ではなく素材の方で依頼を出す。そして、捕獲で依頼を出す場合は大抵ステータス強化のためだ。ホーンラビットをステータス強化として使うのは、おおよそ10歳くらいの子供だから、18歳の僕は珍しいのだろう。冒険者、特に13〜15歳くらいの自分より年下の冒険者はクスクスとこちらを見て笑っている。

まぁ弱いから仕方ないよなぁ……陰口だけで、変に絡んで来ないからまだいいのか。それにギルドのドグバさんもホーンラビットの依頼は初心者用にありがたいって言ってたし。

そして、もう少し赤字を減らしたいところだ。例えば、捕獲1匹で、素材が2匹とか。

現状ホーンラビットの素材と捕獲1匹ずつで350セペタの支出。それに対して、解体加工して

240セペタほど戻ってくる。これだと、トータル110セペタの赤字だ。

これを、捕獲1匹、素材2匹にすれば、450セペタの支出で、解体加工で360セペタ戻ってくる。そうすると、赤字が90セペタに減らせるな。力のステータスを上げて、素材の割合を増やしていけば、少しずつだが、赤字を減らすことができる。毎日宿屋を使うことを考えると、トータルを黒字化するのは相当先になりそうだが……。

「ということで、MP消費の前に、力を少し上げたいのですが」

僕はカルディさんに相談してみる。

「なるほど、昨日は倒す時間自体はそれほどかかりませんでしたからね。確かに力を上げれば、解体加工の数は増やせるでしょう」

カルディさんは眼鏡を持ち上げながら言う。

「簡単です。[エアカッター]を撃つかわりに、同じタイミングで殴ればいいんです」

「そんなことでいいんですか?」

「はい、一応拳を痛めないように革製の手甲を着けてください。倉庫にあると思いますので、お貸ししますよ」

「ありがとうございます!」

カルディさんには頼りっぱなしだ。彼女がいなければ完全に詰んでいたと思う。

僕は手甲を装備して、ホーンラビットと対峙する。昨日と違って足かせは1つだ。

「シギャァッ!」

いつも思うんだが、魔物の闘争心は凄いな。基本的に逃げないし、人間がそんなに憎いのだろうか。

一直線に僕に向かって突進してくる。

速い!!

こちらも昨日より早いタイミングで避ける。

これは……いけるな。

確かに速いけれど、動き自体は変わらないんだ。何回か避けてタイミングを見極めれば倒せるはずだ！

「シギャァッ！」

よし、思ったとおりだ。突進の仕方は変わらない。この訓練はステータス以外にも得るものがある。効率がかなり良い。

僕はタイミングを合わせてパンチを撃つ。

ポスッ……。

うぅ……これはしょぼい……ノーダメージなのでは？

しばらく時間が経つと、避けるのは相当慣れた。明日には足かせ無しでもいける気がする。ただし……。

ポスッ……。

パンチが貧弱すぎる。ずっとノーダメージなのは気のせいだろうか。

「そろそろ休憩にしませんか？」

カルディさんが様子を見に来てくれた。

「はい」

僕がそう言うと、カルディさんがホーンラビットを縛り付けてくれる。

「ふぅ……」

僕は呼吸を整えながら、カルディさんに質問をする。

「なんだか、ダメージが通っている気がしないんですよね」

「それはそうかもしれませんねぇ。メイスなどで叩けば、ダメージが入っておそらくもっと簡単に力が上がると思いますが……」

「それだと魔力を鍛える前に倒してしまいます?」

「そうなんです。［回復魔法］を覚えるまでは、力よりも魔力を重視したほうが良いと思います」

「僕もそう思います」

うーん……。

ホーンラビットを大量に買ってくれれば、力も魔力も上げられるんだけど、それだとお金がかかる。そして、お金を稼ぐためには力が必要……悪循環だ。

「私は［体術］はそれほど詳しくはないのですが、闘拳には身体の回転が重要だと聞いたことがあります」

「回転……ですか?」

「魔物に対して、正面ではなく、横向きになり、回転を付けて拳を突き出す、ということです。こんな感じですかね?」

そういうとカルディさんは、右半身を前に出し、ぐるりと肩を回転させながら、ボクサーのストレートのようなパンチを放つ。

ブワッ！

風圧が巻き起こる。

それほど詳しくないという前置きがあったのに、物凄く強そうだ。あれをくらったらヤバいだろう。

カルディさん……道具屋だよな？

「おぉ……ありがとうございます。やってみます！」

「今日はとりあえず［エアカッター］で倒してしまって、少し素振りの練習をしたほうが良いかもしれませんねぇ」

そして、残りの時間で［エアカッター］を撃ち、解体作業をした。今日は仕留めるのに［エアカッター］が40発で済んだ。魔力、［風魔法］、［エアカッター］全てが上がっているからな。威力もどんどん上がっているようだ。

残りMPを消費して、また魔力操作をしながら寝よう。僕は残りMPを確認するためにステータスをみる。

狭間圏《はざまけん》
［――――――］
HP：24／28　MP：88／156　SP：2／2

力：８　耐久：５　俊敏：10＋1　技：４　器用：６　魔力：11＋2　神聖：３
魔力操作：５
［炎魔法：Ｌｖ１］［風魔法：Ｌｖ21］［エアカッター：Ｌｖ４］＋１
［水魔法：Ｌｖ０］Ｎｅｗ

よしきた！［水魔法］の習得だ！

［回復魔法］ではなかったが、僕にとっては大きな収穫だ。僕は残りのＭＰで早速［水魔法］を使ってみる。

こうかな？

右手をかざす。

右手のひらからポタポタと水が出る……以上だ……。

05　治療所

目覚めると病室の天井。頭はぼーっとするが、若干慣れてきた気がする。それとも、こっちの身体が回復しているのだろうか。

日課である［風魔法］の訓練を始める。が、その前に［水魔法］は……無理だな。［風魔法］とは違い、水という痕跡が残ってしまう。少しだけなら大丈夫かもしれないが、［風魔法］の強化ができるわけだし、わざわざリスクを負う必要はないだろう。

今日も身体の右手以外の場所から［風魔法］を出していく。左手から出してみる。多分……出せている。なんというか、利き手じゃない、つまり左手で文字を書いているような感覚だ。違和感がある。

足はどうだ？

これ……足から出ているんだろうか？　足元の布団がやや動く。出ている……。

例えば、［風魔法］を足からおもいっきり撃ったら空を飛べるのだろうか？

感覚的には、かなり難しそうだけれど……多分、無理だろう。できたとしても、空を飛ぶというよりも、ふっ飛んでいくというほうが正しい表現になるような気がする。

さて、次は頭からだ。僕は、自分の額から［風魔法］を撃ってみる。前髪がかすかに動く……よしよし、できているぞ！

ただ、威力が非常に弱い。右手から出ている風が扇風機の中くらいだとしたら、額から出ているのは吐息くらいだろう。

これはもしかして……。

今度は、額から［炎魔法］を出してみる。額から出せば、布団が燃えることはない。そうなれば、［炎魔法］も強化できるはずだ。そう思って、自分の目の前に［炎魔法］を出してみる。小さな小さな炎が目の前に現れる。

熱っ!!

ダメだ、近すぎる。もう少し魔力操作を上げれば離れた位置に魔法を出せるはずだ。そうすれば、[炎魔法]のレベルも上げることができる！

それから1日中、額からひたすら風を出した。

♻

目が覚めると、木造の古い宿屋だ。頭がシャキッとするまではいかないが、今日はそれほどぼーっとしない。少しは身体が慣れてきたのだろうか。

まずはステータス確認。

> 狭間圏《はざまけん》
> [　　　　　]
> HP：28／28　MP：180／180＋24　SP：2／2
> 力：8　耐久：5　俊敏：10　技：4　器用：6　魔力：11　神聖：3　魔力操作：7＋2
> [炎魔法：Lv1]　[風魔法：Lv25]＋4　[エアカッター：Lv4]　[水魔法：Lv0]

若干だが、MPの上昇に鈍化が見られる。まだまだ上昇幅は大きいが、いずれ一桁になってもおかしくはないな。

今日もギルドへ行き、ホーンラビットを引き取る。それから道具屋へ行って、ホーンラビットの角をカルディさんに折ってもらう。

「それでは本日は足かせ無しで解放をしますよ？」

「わかりました！」

「シギャァッ！」

ホーンラビットが敵意を剥き出しにこちらへ突進してくる。

「おっと！」

さすがに速い。けれど、動きのパターンは変わらない。

「どうやら問題なさそうですね。私は店に戻りますね」

「はい！　ありがとうございます！」

僕はホーンラビットの突進を避けながら答える。よし、今日は昨日のパンチの復習だ。回転を意識しながらパンチを打とう。

スカッ！

ダメだ。まず当たらない。攻撃を避けつつ、さらに回転を意識するのは難しいな。昨日よりもさらにスピードが上がっているわけだし。

とりあえず、この速さに慣れるまでは避け続けよう。

30分は避け続けただろうか。徐々にタイミングがつかめてきた。

ここだ！

ポスッ……。

ダメだ。踏ん張りがきいていない。軸足を意識して回転をかけていく。

スカッ！

そうすると、今度はタイミングがずれる。

何度も何度も試行錯誤を繰り返す。

ドスッ！

おぉ！　今のはいいんじゃないか？

徐々にではあるが、回転とパンチのタイミングが合ってきた。ほんの少しだが、ダメージが通っているようにも思える。

しかし、そろそろ「エアカッター」に切り替えないと解体の時間が無くなってしまう。そう思い、攻撃をパンチから「エアカッター」へと切り替える。

僕は2匹のホーンラビットを解体加工し、カルディさんにお礼を言い宿屋へ戻る。質素な食事、パンと薄いスープを食べながらステータスを確認する。

狭間圏《はざまけん》
【――――】
HP：28／28　MP：98／180　SP：2／2
力：9＋1　耐久：5　俊敏：11＋1　技：4　器用：6　魔力：12＋1　神聖：3

魔力操作：7
［炎魔法：Lv1］　［風魔法：Lv25］　［エアカッター：Lv5］＋1
［水魔法：Lv0］　［体術：Lv0］New

おぉ！

［体術］を習得している。習得条件は、力と俊敏？　ステータス以外の条件もあるとか聞いたな。パンチを魔物に当てた回数かもしれない。カルディさんに報告しておこう。

「おめでとうございます。［体術］は戦闘の基本です。武器を失ったときにも使えますから、鍛えておいて損はないと思いますよ」

「了解です！　ところで、カルディさんのメイン武器は何を使っているんですか？」

「私ですか？　私は道具屋ですよ」

カルディさんは小さく笑う。いや……あの動きでただの道具屋ってことはないだろう。

「道具屋の前に冒険者をしていたとか……？」

「まぁ……若いときには、そのようなことをしていた時期もありましたね」

え？

若いときって、今も若いだろうと思うのだが……一体この人はいくつなんだろう？

「解体のときに使うのはナイフですね。それから、弓も少々使えます」

「こちらの世界の人々は、冒険者でなくてもある程度スキルを持っているんですよね？」

「そうですねぇ……みなさん［体術］は持っているでしょうね」

「やっぱりそうなんですね。ありがとうございます」

今日獲得した［体術］が誰でも持っていることがわかった。やっぱり一般人までも遠いなぁ……。

そのあと残りのMPで［水魔法］を使い続けたところ、［水魔法］のレベルが1に上がった。そして魔力操作をしながら就寝。魔力操作に関しては、魔力を身体1周循環させるのに、10分くらいになった。

♻

目覚めると無機質な病室の天井。頭はややぼーっとするが、数分で意識が普通になる。今日は［風魔法］をひたすら額から出す。なんとか額の少し上から［風魔法］を出そうとする。

やっぱり難しいな……。

異世界では魔法使いは後衛職だ。離れた位置に魔法を撃つ。しかし今の僕は、せいぜい5cm先から魔法が出せるだけだ。［エアカッター］自体に30cmくらいの射程があり、手のひら5cm先から発動。トータルの射程は35cmくらいだろう。しかし、これでもかなり伸びた。最初は［エアカッター］自体の射程は10cmほどだったわけだから。それで、額から魔法を出そうとすると、さらに射程が短くなる。今は1cmくらいだ。このまま［炎魔法］を出すと顔が熱い。ということで今日はひたすら射程を伸ばそうとする。上へ上へと意識しながら［風魔法］を発動させる。

【狭間圏《はざまけん》】
ＨＰ：28／28　ＭＰ：202／202＋22　ＳＰ：2／2
力：9　耐久：5　俊敏：11　技：5＋1　器用：6　魔力：12　神聖：3
魔力操作：8＋1
【炎魔法：Ｌｖ1】【風魔法：Ｌｖ29】＋4【エアカッター：Ｌｖ5】
【水魔法：Ｌｖ0】【体術：Ｌｖ0】

♻

異世界では、今日も道具屋でホーンラビットと格闘をする。俊敏が上がっていることもあり、余裕が出てくる。回避はもちろん、パンチも当たるようになってきた。そうなると、パンチでダメージが入るため、消費ＭＰは少なくなる。ＭＰを使って魔物を攻撃する回数が減るわけだから、魔力の上昇も減る。んー……まだ成長しているから気にしないほうがいいのか？

ステータス自体が成長していて、ホーンラビットを倒す効率は上がっている。だから今日は捕獲1匹に、解体加工2匹だ。これで多少は赤字を減らすことができる。今日の作業を一通り終え、ステータス確認をする。

狭間圏《はざまけん》
【―――――】
HP：28／28　MP：134／203＋1　SP：2／2
力：10＋1　耐久：5　俊敏：12＋1　技：6＋1　器用：6　魔力：13＋1　神聖：3
魔力操作：8
【炎魔法：Lv1】【風魔法：Lv29】【エアカッター：Lv6】＋1
【水魔法：Lv0】【回復魔法：Lv0】New【マイナーヒール：Lv0】New
【体術：Lv1】＋1

これは!?

【回復魔法】!!

【回復魔法】を習得している!!

「やりました！【回復魔法】と【マイナーヒール】を習得しました！」

僕は早速カルディさんに報告をする。

「おぉ……それは素晴らしいですね。習得には1ヶ月はかかると思っていました。通常では考えられませんよ」

「ありがとうございます！」

「ところでMPは残っていますか？」

「はい、まだ半分以上は残っています」

「今日はまだ夕方ですので頃合いですね。早速［回復魔法］を使いに行きましょう」

「今からですか？」

「えぇ、もちろん」

カルディさんは当然、というような態度で支度をする。僕はホーンラビットの解体で汚れているので、慌てて最低限出かけられるようにする。

「では、参りましょう」

カルディさんは相変わらずの早足で、歩きながら話をする。

「では、こちらをお貸しします。倉庫に入っていたものです」

「ありがとうございます。これは？」

カルディさんは、30cmくらいの杖を渡してくれる。杖の先には3cmくらいの緑色の宝石がついている。

「ステッキですね。装備者の神聖を上げてくれます。［回復魔法］の威力や回復速度は、神聖のステータスに依存をします。今の狭間さんの場合、これを装備しないとほとんど回復はできないでしょう」

なるほど、回復は神聖依存なのか。魔力とは別なんだな。

「ありがとうございます。それで、どこへ向かっているんですか？」

「ギルドですよ。正確にはギルドの治療所です。今夕方ですから、クエストをこなした冒険者達が治療所へやってきます。そこで冒険者達を回復すれば、神聖のステータス上昇と、お金が貰えますよ」

「それはありがたいです。今の僕にピッタリですね」

「まずは、登録をしましょう」

ギルドへ入ると、ムキムキの受付のところへ向かう。目立つからすぐに見つけることができる。

「狭間さん、ギルドカードを出してください」

僕はギルドカードをドグバさんへと渡す。

「お願いします」

「治療所への登録です」

「はいよ……神聖Fでジョブ無しかぁ……」

僕のギルドカードを見て、やれやれ、といった表情だ。ちなみにギルドカードでは、大まかなステータスを見ることができる。

狭間圏《はざまけん》
「―――――」
HP：F　MP：D　SP：F
力：F　耐久：F　俊敏：F　技：F　器用：F　魔力：F　神聖：F　魔力操作：F

ということで、ジョブ無しの神聖Fということがバレるわけだ。やっぱり回復量が微妙なんだろうな。まぁステータスが上がるまでは仕方がない。僕は受付を済ますと、ギルド横の治療所へ入る。中はギルドと繋がっているようだ。

ちょうど学校の教室くらいの大きさの部屋に、椅子が10席ほど並んでいて、椅子の前後には行列ができている。椅子の正面の列が冒険者たちで、怪我を治療するのを待っているようだ。

一方で、椅子の後ろに並んでいる人たちは、［回復魔法］の使い手なんだろうか。しかしいわゆる僧侶のような、いかにも［回復魔法］を使いそうな人はいない。

「この椅子の後ろに並べばいいんですね？」

「そうですね。今椅子に座って［回復魔法］を使っている人がいます。その人達はMPが切れたら席を立ちます。次に後ろで待っている人が座り、［回復魔法］を使っていきます」

なるほど、それは効率が良いな。冒険者の方も、［回復魔法］の使い手もどんどん進んでいく。

「ここの人たちはみんな［回復魔法］の使い手なんでしょうか？」

どうもそんな感じには見えない。主婦や子供が多いからだ。僧侶のような人たちが見当たらない。

「そうですねぇ……どちらかというと初歩的な［回復魔法］を使える人、という感じですね。本格的な［回復魔法］の使い手は皆教会にいますよ。彼らに治療を頼むと高いのです。その分重い怪我でも完全治療してもらえます」

なるほどなぁ……僕も火傷のときに教会へ行こうとしたけど、やっぱり高いんだな。

「それに対して、ギルドの治療所は安価です。純粋にお金を稼ぎに来ている人もいますが、神聖のステータス上げで来ている人もいますからね」

だから子供がいるんだな。そして残念ながら、僕も子供と似たようなステータスだから同じことをするわけだ。ちょっと悲しい……。

カルディさんは、システムを教えてくれ、道具屋へ帰っていった。

しばらく待つと、僕の前の席が空く。椅子に座ると、目の前の冒険者が左腕を出してくる。腕が大きく腫れ、紫色になっている。折れては……いないか？　痛々しいな……。

歳は14、5歳くらいだろうか。赤髪で目つきが鋭い。僕よりも年下で、横に並んでいる少年たちと同じパーティーのようだ。パーティーの子たちも同じくらいの年齢だろう。

「はい、100セペタね」

受付には、大まかに怪我の具合を見る人がいて、そこで治療の料金を言われるようだ。そして、その料金を［回復魔法］の使い手に渡すシステムだろう。

「ではいきます、［マイナーヒール］」

握ったステッキの先が淡く光る。おぉ！　これが［回復魔法］か！

…………。

…………。

…………。

長いな……。

5分くらい経っただろうか。淡い光が弱くなり、消えていく。

「もう1度いきますね。［マイナーヒール］」

…………。

…………。

…………………………。

やっぱり長い……。

［マイナーヒール］1回の発動で、だいたい5分くらいかかる。少年冒険者が呆れたように話しかけてくる。

「あんたさ、神聖ランク何？」

「えっと、Fですけど……」

「うわ、最悪……ハズレ引いたわ……」

しまった。ハズレにされてしまった。神聖が低すぎるのか……。

確かに、他の席で［回復魔法］を使っている人たちのほうが、光が強い。1発あたりの［回復魔法］の時間も明らかに短い。年下の少年にハズレ扱いをされるのは、なんとも残念だが事実だから仕方がない。

すると、少年の後ろのほうに並んでいた人たちは、列を変えていく。さらに僕の後ろに並んでいる［回復魔法］の使い手からの視線も痛い。お先にどうぞ、と言いたいところだけど、もうお金をもらってしまっているので、それもできない。

なんというか、レジ打ち初心者が客と先輩から、早くしろよ、と圧力をかけられている気分だ。

「［マイナーヒール］」

MPだけは駆け出し冒険者レベルにあるからなぁ……まだまだ［マイナーヒール］は撃てるんだけど、視線がつらい。

「おい、お前まだかよ」

僕が治療をしている少年と同じパーティーらしき少年が話しかけてくる。

「やべぇよこの人、神聖Fだってさ。完全にハズレ引いたわ」

「おい、俺たち先に行ってるぜ？」

「あぁいいよ、多分まだ結構かかる」

「申し訳ない……」

僕はなんとも申し訳なくなり、謝る。

「チッ……」

少年は僕をにらみつけると、舌打ちをした。

マジかよ……。

「おい、文句あんのか？」

ドグバさんだ。僕の神聖が低いからわざわざ様子を見に来てくれたのか。

「おいクソガキ……急いでんなら教会行けよ。最初は誰だってステータスは低いもんだろ。おめぇみてぇなのがいると、新人が育たなくなる。文句があるなら教会へ行け！」

凄い迫力だ。少年はもちろん、僕までビクッとしてしまう。

「……悪かったよ」

少年は僕ではなく、ドグバさんに謝る。

「わかったら黙って治療されとけ」

そう言うと、ドグバさんは受付に戻っていく。ありがとう。助かりました。ドグバさんが去ったあと、少年は治療の間ひたすら僕をにらみ続けた。これ……やっぱり助かっていません……。

結局僕は［マイナーヒール］を5回ほど使って、少年の傷を治した。まだMPが80くらい残っていたけれど、その場をそそくさと去った。僕は宿屋へと戻り、［炎魔法］で残りのMPを消費する。

今日は［回復魔法］を習得できたにもかかわらず、気分が悪い……。

そして今日の回復量から不安になる……。この［マイナーヒール］で日本での完治はできるのだろうか。打撲のような怪我であれほどの時間を使ってしまったのだ。どれだけの回復ができるかは未知だ。やってみなければわからない……。

なんとか［回復魔法］でMPを使い切ることはできないだろうか。神聖が低いからハズレ扱いをされたわけだけど、神聖を上げるためには治療所が1番効率が良い。明日カルディさんに相談してみよう。とりあえず病室では［回復魔法］だろうな。そんなことを考えながらステータスを確認しておく。当然魔力操作をしながらだ。

> 狭間圏《はざまけん》
> 【――――――】
> HP：28／28　MP：0／203　SP：2／2
> 力：10　耐久：5　俊敏：12　技：6　器用：6　魔力：13　神聖：4＋1　魔力操作：8

神聖が1上がっただけか……。

06　回復魔法

目覚めると無機質な病室の天井。いつものように頭がぼーっとする。慣れてはきたけれど、異世界への切り替わりよりも、日本への切り替わりのほうがぼーっとする。

　そうだ！

［回復魔法］だ！

［回復魔法］を使って怪我を治療すれば、こっちでも活動できるぞ！

僕は早速［マイナーヒール］を使っていく。

まずは顔からだろう。右目が開かないので、顔の右の方へ［マイナーヒール］を使っていく。

おぉ！

魔法を使っている感覚がある。これは、確実に回復しているな。僕のステータスは神聖が低いので1回の［マイナーヒール］に5分くらいの時間がかかってしまう。

　ひたすら［マイナーヒール］を続け、4時間くらいは経っただろうか。魔法を使っている感覚が無くなってしまった。というのも、全快しているところに［回復魔法］を使うことはできないのだ。もし、全快しているところに［回復魔法］が使えるなら、空撃ちをしてMPや［回復魔法］のレベルを上げることができる。しかし、［回復魔法］は空撃ちができない。負傷している人にしか［回復魔法］が発動しない。さらに魔力を持った生物を対象に［回復魔法］を使わなければ神聖が上がらない。今魔法の感覚が無くなったということは、僕の顔面右側が全快したということだろう。僕は、右目をゆっくりと開けてみる。僕
おぉ!!

見える!!

両目で見ることができるぞ!!

よし、この調子で顔から下にも［回復魔法］を使い続けよう。


……なんてことだ。

4時間くらいは［回復魔法］を使い続けた。首と、それから右肩くらいまでは全快したようだ。が、首から下を動かすことができない。感覚が無いのだ。

魔法を撃っている感覚が無くなったことから、おそらく全快はしているんだろう。ただ、怪我が全快したところで、身体を動かすことはできないようだ。

クソ!

神経がやられているのか?

でも、兄さんは大丈夫だって言っていた。神経にはそれほど損傷は無いって。僕を元気づけるため……?

そうだとしたら……いや! まだ可能性はある!

神聖を上げれば回復できるかもしれない。今日の［マイナーヒール］で神聖が上がっているはずだ。

狭間圏《はざまけん》
【―――――】
HP：32／32＋4　MP：205／205＋2　SP：2／2
力：10　耐久：5　俊敏：12　技：6　器用：6　魔力：13　神聖：6＋2　魔力操作：8
［炎魔法：Lv1］［風魔法：Lv29］［エアカッター：Lv6］
［水魔法：Lv0］［回復魔法：Lv1］＋1［マイナーヒール：Lv2］＋2
［体術：Lv1］

もっと上がるかと思っていた……。

神聖、［回復魔法］［マイナーヒール］の上昇はそれほど大きくない。

おそらく［マイナーヒール］の使用回数がそれほど多くなかったからだろう。神聖が低すぎて、1発ごとの時間がかかりすぎたんだ。MPもそれほど消費できていないから、いつもよりも上がりが少ない。これから1発の時間を減らすことができればもっと上昇するだろう。

そして気になるのはHPの上昇だ。僕の異世界での身体はHPが全快だったはずだ。しかし、HPが上昇している。もしかしたら、身体が2つの世界で繋がったあと、日本の身体のHPが低いままだったのかもしれない。それを回復して最大HPが増えたのだろうか。

いずれにせよ、今の神聖と［マイナーヒール］ではこの状況は変えられないな。異世界でカルディさんに相談する必要がある。

異世界では朝から道具屋へ来ている。日本で［回復魔法］を続けたが、身体が動かせるようにはなりそうもない。そのことをカルディさんに報告した。

「なるほど、やはりそうでしたか……」

「神聖が低すぎるのでしょうか」

「そうだと思います。同じ［マイナーヒール］でも、神聖によって回復量と早さがまるで違いますからね」

「では［マイナーヒール］でも神聖が上がれば動く可能性はあるのでしょうか」

「うーん……どうでしょう。［回復魔法］には下位から［マイナーヒール］［ヒール］［ハイヒール］［グレイトヒール］があります。さらにその上にもいくつかの［回復魔法］があるらしいのです。神聖を上げつつ、上位の［回復魔法］を習得して試していくしかないと思いますよ」

らしい、ということはカルディさんでも知らない［回復魔法］があるということだろう。

「［回復魔法］だけでも結構あるんですね。向こうの世界の道具ですが、おまたせしてしまって申し訳ないです」

「いえいえ、問題ありません。むしろ1週間ちょっとで［回復魔法］を習得したのですから。今日もギルドで［回復魔法］を使うと良いでしょう」

「あ……そのことなのですが……」

僕は昨日ハズレ扱いをされて、ＭＰを消費しきれなかったことを話した。

「なるほど、まぁそういうこともあるでしょうね」

「何か良い方法はありませんか？」

「無視です」

「え？」

「前後のプレッシャーは無視します。本来ステータスは、痛みや危険とともに上がっていくものです。場合によっては、命の危険もあります。それを治療所での回復だけで上げられるわけです。ですから、その程度のプレッシャーなど無視してください」

カルディさんはいつもと違い、やや厳しめの口調だ。確かに街にいながら、安全にステータスを上げられて、お金ももらえる。こんなにウマい話は無い。特に僕の場合は、毎日ＭＰが全快するわけだから贅沢な話である。

「そのとおりですね。わかりました。プレッシャーは無視して、回復をし続けます」

「では、今日からはこちらを使いホーンラビットを倒していただきましょう」

「短剣ですか？」

カルディさんから短剣を渡される。刃渡りが10ｃｍくらいの短剣だ。短刀といったほうがいいかもしれない。

「ええ。[回復魔法]を習得しましたので、現状魔力のステータスを上げる必要性が減りました。ですから、ホーンラビットを魔法で倒す必要はありません。短剣を使って倒せば、俊敏、力、技が上がります。今度は［盗賊］のジョブを目指しましょう」

「なるほど。わかりました！」

しかし、［回復魔法］の習得には魔力が必要なのに、［回復魔法］自体は神聖依存なんだな。そこらへんも個人差なのだろう。

「基本的にはもう魔力は必要ないんですか？」

「いいえ。［回復魔法］の回復量と早さは神聖に依存しますが、それが全てではありません。魔力や魔力操作も若干依存しています」

なるほど、完全な神聖依存ではないんだな。

「ですから今後も必要ではあるんですが、現状俊敏や技、力のほうが重要でしょう。［盗賊］のジョブの習得もそうなのですが、もう少し力が上がれば、ホーンラビットの角の切断が自分でできるようになり、解体加工の作業効率があがります」

「お金を稼ぐ手段が増えれば、ホーンラビットの数を増やせるし後々効率が上がっていくわけですね」

カルディさんがうなずく。

「武器は短剣で最低のものになります。ステータス上げが目的ですので、何度も攻撃してください」

「わかりました！」

本日のホーンラビットも鬼の形相でこちらへ突進してくる。

もうかわすことは慣れてきた。短剣で攻撃するタイミングもパンチと同じだ。むしろ、素手よりもリーチがあるので攻撃しやすい。

さらに、パンチと同様に身体の回転を意識しながら攻撃すると、よりダメージを与えられる。

午前中にはホーンラビットを倒してしまう。今日は昼から治療所へ行ってみよう。

「おう！　カルディさんのとこの」

「はい！　昨日はありがとうございました。本日もよろしくお願いします！」

ドグバさんの筋肉は本日も絶好調に見える。

「まぁ気にすんなよ。それにお前、カルディさんが認めてるってことは将来有望なんだろ？」

「え？　そうなんですか？」

さすがはカルディさんだ。ギルドからも認められているようだな。

「カルディさんは元冒険者だからな。今は道具屋だけど、何でも知ってるぞ」

「やっぱり冒険者としても優秀だったんですね」

だろうなぁ……しかし、それ以上に年齢が気になるわけだが……。

「元冒険者としては、随分お若いように見えるのですが……」

僕は1番気になっていることを聞いてみる。

「だろうなぁ……」

ドグバさんの声のトーンが下がる。やはり触れてはいけないところなんだろうか。

「まぁ賢者様の弟子だったって話もあるし、とにかくあんまり触れないほうがいいぞ」

バンッ！

背中を大きく叩かれる。

「わかったな！」

「わ、わかりました……」

「それにしてもお前、最低ステータスだけど普通じゃやねぇんだろ？」

「え？」

僕はドキッとしてしまう。日本のことは、今のところカルディさんにしか話していない。

「カルディさんが、最低ステータスの普通のやつを連れてくるとは思えねぇからな……」

「はぁ……」

なるほど、そういうことか。

しかし、最低ステータスかぁ……まぁ確かにMP回復については有利ではあるけれど。

「昼間は人がすくねぇから、お前のクソみてぇな［回復魔法］でも昨日みたいなことはおきねぇと思うぜ」

「はい！　頑張ります！」

気合を入れて返事をする。今日はプレッシャーを無視しなければ！

治療所に入ると、回復側は３人だけ。冒険者もそれよりは多いが、まばらにしかいない。治療所の混雑は、毎日夕方から夜がピークらしい。それで昼間は暇かというとそうでもない。人数は少ないが、割と重傷の人が来る。昼間に街に引き返してくるのは、怪我で戻らざるを得ないからだ。

「クソ！　やっちまったぜ……」

ベテラン冒険者だろうか。歳は40代だろう。

「これで頼む。３００セペタだ。相場より少し安いんだが、ドグバさんがあんたなら良いってよ」

「はい、大丈夫です。しばらく時間がかかりますので、横になっていてください」

今は空いているので、横になるスペースが十分にある。彼は大きく腫れ、曲がった右腕を出す。

「[マイナーヒール]」

僕は［マイナーヒール］を撃ち続ける。


4時間位たっただろうか。そろそろ治療所が混雑してくる。僕のMPもほとんど無くなってきて、冒険者の傷もほぼ完治できたようだ。

「おう！　安く済んで助かったぞ！　また頼むぜ！」

「いえ、こちらこそおまたせしてしまって」

「まぁお互い頑張ろうや！」

肩をバンバンと叩かれる。力強くてやや痛いが、全く悪い気はしない。この世界へ来て、初めて人の役に立ったような気がする……。

残りMPも殆ど無いので、今日は混雑する前に帰ろう。おや……あれは？

帰り際に昨日の少年たちのパーティーとすれ違う。

「マジでクソハズレは迷惑だよなぁ～」

「おい、やめとけよ」

昨日の少年たちは僕に気づいたようで、聞こえるようにわざと大きな声をだしているようだ。

「だいたい、あの神聖と魔力はそこらへんのガキ以下だぜ？　なんで［ヒール］も使えねぇんだよ」

僕はカルディさんに言われたように、無視することにした。

「明日も来ます！　ありがとうございました！」

ギルドの人達へ挨拶をして帰る。

「チッ……クソハズレが‼」

僕の挨拶にイライラしたのだろう。しかし、魔力と神聖が上がるまでしばらくは仕方がないか。

今日はホーンラビットを短剣で倒し、さらに［回復魔法］の使用もできた。効率よくステータスを上げることができたな。

狭間圏《はざまけん》
【――――】
HP：32／32　MP：0／205　SP：2／2
力：11＋1　耐久：5　俊敏：13＋1　技：7＋1　器用：6　魔力：13　神聖：7＋1
魔力操作：8
［炎魔法：Lv1］　［風魔法：Lv29］　［エアカッター：Lv6］
［水魔法：Lv0］　［回復魔法：Lv2］＋1　［マイナーヒール：Lv3］＋1
［体術：Lv1］　［短剣：Lv0］New

♻

病室で目覚める。最近は頭がはっきりするまで5分くらいになってきた。

昨日は、顔と右肩辺りまで回復することができた。今日は上半身を回復していこう。
僕は左肩、両胸、両手、お腹、腰と次々に回復していった。10時間近く回復しっぱなしだ。いくら僕のステータスが低くても、MP回復のおかげで回復がはかどる。それに、ステータスや「回復魔法」「マイナーヒール」のレベルも上がっているので徐々にではあるが、効率が良くなっている。

狭間圏《はざまけん》
「――――――」
HP：37／37＋5　MP：208／208＋3　SP：2／2
力：11　耐久：5　俊敏：13　技：7　器用：6　魔力：14＋1　神聖：10＋3
魔力操作：9＋1
「炎魔法：Lv1」「風魔法：Lv29」「エアカッター：Lv6」
「水魔法：Lv0」「回復魔法：Lv4」＋2「マイナーヒール：Lv6」＋3
「体術：Lv1」「短剣：Lv0」

やはり昨日よりもやや上昇している。そして「回復魔法」でも魔力や魔力操作が上がることがわかった。
HPの上昇も大きい。HPとMP、それからSPは使った分だけ上昇する。これは体感だが、M

Pよりも HPのほうが上がりやすいな。

SPは技スキルを使うと消費するらしい。今の僕は技スキルを1つも覚えていないので、SPを消費することができず、増やすこともできない。［体術］や［短剣］を使い込んでいけば、そのうち覚えるのだろうか。

それにしても、身体が全く動かない。このまま全快しても動きそうにない。しかも、全快してしまえば、もう病室で神聖や魔力を上げることはできないだろう。全快したあとは、また［風魔法］の強化になりそうだ。

♻

今日も異世界では朝から道具屋へ来ている。

「では、こちらを使ってみてください」

カルディさんからナタを渡される。今日はホーンラビットの角を自分で折ることになった。これができれば、ホーンラビットとの修行は1人でできることになる。

最近のルーチンは、朝ギルドへ行き、捕獲のホーンラビットを1匹、解体加工用のホーンラビットを2匹受け取り道具屋へ行く。それから、カルディさんに角を折ってもらい、僕が短剣で仕留める。その後、3匹のホーンラビットを解体する。そしてギルドへ行き、治療所で［回復魔法］を使って宿屋へ戻る、というものだ。

最初に比べれば、カルディさんの補助は減ってきた。しかし、この角を折る、という作業は未だに自分でできていない。これができれば、当面は完全に1人で修行ができるようになる。

「はっ！」

バキッ！

おぉ！

いけた！

1発で角を折ることができた。

「できましたね」

カルディさんが微笑をくれる。

「はい！　ありがとうございます！」

あとは自分で押さえつけながらできるかどうかだが、それは最初に縛り付けてしまえばなんとかなるだろう。

「では本日も頑張ってください」

「はい！」

これから短剣での修行だ。ちなみにこの短剣は［粗末な短剣：攻撃力＋2］だ。治療所に行くときには［ステッキ：神聖＋7　魔力＋3］装備も借りているわけだが、自分で買おうと思うと相当に高い。

短剣のほうは500セペタ程度でそれほどではないが、ステッキは1万セペタくらいする。

ちなみに現在の所持金は32600セペタだ。徐々に減っている。ただし、昨日は赤字が90セペタだけだった。［回復魔法］のおかげで、なんとか生活費の確保はできそうだが、装備を買うのはまだやめたほうがいいな。それなら、ホーンラビットの捕獲を1日2匹にしてステータスを上げたほうがいいだろう。

ホーンラビットの攻撃を避けながら、短剣で突き刺す。このとき、パンチを撃つときと同じ要領で、左半身を前に出し、右半身をやや引く。肩を回転させると同時に、短剣を握った右手を突き出し、ホーンラビットを攻撃する。

ステータスはもちろん重要だが、この一連の動作がスムーズにいったときのダメージが大きいような気がする。

10発に1発程度は良いのが入るな。この独特の感覚はなんだろうか。日本ではこれまで得たことが無い感覚だ。自分の頭の中にだけ、大きな破裂音が鳴っている気がする。これがクリティカルヒットというものだろうか。

今日も、解体加工を含めて昼前に終わった。ステータスが上がっていること、解体加工の作業に慣れてきたことが大きい。カルディさんに軽く挨拶をして、ギルドへ向かう。

ギルドの治療所へ到着するが、この時間だと誰もいないようだ。

「おう！　お前また来たのか」

受付のドグバさんが話しかけてくれる。

「はい、今日も［回復魔法］の強化に来ました」

「おい、お前MPは大丈夫なのか？　普通は1日おきか、2日おきに来るもんだぞ」

そうだった。僕の場合は毎日MPが全快だけれど、普通の人は1日に最大MPの3割くらいしか回復しないんだ。

「僕の場合は、神聖や魔力が低いので、回復まで時間がかかりすぎてしまうんです。それでMPが残ってしまうんですよね」

　本当は毎日MPをほとんど使っているけれど、それは内緒にしたほうが良さそうだ。

「まぁこっちとしては、回復使えるやつが多ければ多いほどいいんだ。回復速度はそんなに気にすんな！」

「はい！　ありがとうございます！」

　どうやら、治療所の［回復魔法］を使う人間は不足しているらしい。MPは1日に3割程度しか回復しないことに対して、冒険者は毎日魔物の討伐へと行く。僧侶などの後方支援も、街でのMP消費は避けて温存したいようだ。そうなると、街の安価な治療所には、冒険者が毎日たくさん来る。あまりにも混雑する場合、軽い怪我の治療は断ることもあるそうだ。現状の僕にとっては都合が良い。

　ドグバさんから治療所の話を聞いていると、冒険者たちがやってきた。

　10代前半だろう。この前の少年よりも更に若い。若いというより、幼いな。こんな子供も魔物を狩るのか。

　ジャラッ……。

　数枚の銅貨を置いて、僕の前に座り、腕と脇腹を見せてくる。

「お願いします……」

　この世界で魔物を狩って冒険者としてやっていく場合、大抵は複数人のパーティーを組んで活動をする。そのほうが効率が良いからだろう。だから、治療所にもパーティー単位で入ってくることが多い。4人パーティーか。男の子2人と、女の子2人のパーティーだ。他の3人はそこまでの怪我はない。駆け出し冒険者で、昼くらいにはHP、MPが尽きてここへやってきたのだろう。

夕方には全員の回復が終わる。今日はまだMPが残っているので、あと1人くらいは回復できそうだ。20代くらいの冒険者が僕の前に座る。肩の痣が酷い。紫色に膨れ上がっている。けれど、冒険者は何事もないように、パーティーメンバーと話をしながら回復を待っている。異世界の冒険者は凄いな……。

「お待たせしてしまってすみません。時間はかかりますが、頑張ります」

「ん？　おぉ、今日はもう切り上げたから気にすんなよ」

意外にも冒険者はすんなり受け入れてくれた。その後しばらく治療したが、冒険者は治療中に寝ていた。周囲をよく見てみると、他にも治療されている間や、待っている間、寝ている冒険者が数人いた。まるで病院の待合室のようだ。

先程から回復をしている冒険者の肩の治療を終える頃には、MPがほとんど無くなった。後ろにいる［回復魔法］を使う人にも遅くなって申し訳ないと言っておく。

「あらぁ、いいのよぉ。ここにはそういう人たちが来るんだから」

と笑顔で言ってくれた。

どうやらここは、本当にそういう場所らしい。早く治療をしてほしいなら、やはり教会へと行くそうだ。初日に感じた後ろからのプレッシャーは勘違いだったのだろう。むしろ僕をハズレ扱いした少年のほうがハズレだったのではないだろうか。

そういう考えをしていると、その少年が来ており、また目が合ってしまう。少年はあからさまに不機嫌な顔をして、

「チッ……」

と舌打ちをする。

僕は気にせずギルドへと挨拶をし、宿屋へ帰る。今日は治療費で350セペタ稼ぐことができた。

トータルの赤字は40セペタだ。所持金が32950セペタ。

明日からは捕獲依頼のホーンラビットを2匹に増やしてみよう。

ステータスを確認しながら、少しだけ残ったMPを［水魔法］で消費しておく。

狭間圏《はざまけん》
［――――］
HP：37／37　MP：7／208　SP：2／2
力：12＋1　耐久：5　俊敏：14＋1　技：8＋1　器用：6　魔力：14　神聖：11＋1
魔力操作：9
［炎魔法：Lv1］［風魔法：Lv29］［エアカッター：Lv6］［水魔法：Lv0］
［回復魔法：Lv4］［マイナーヒール：Lv7］＋1［体術：Lv1］［短剣：Lv0］
［ガウジダガー：Lv0］New

おぉ！

［ガウジダガー］を習得している。

早速使ってみよう。

［ガウジダガー］

ぎゅるり！

肘の先から手の先、ナイフの先までがぐるりと回転しながら突きを出す。どうやら短剣でえぐり出す技のようだ。

良し！　もう1発！

と思ったが……。

SP：0／2

そうですか……1日1発ですか……。

07　ハズレ

昨日まででで上半身がほぼ全快した。今日は下半身の回復をする。下半身の回復に今日丸1日かかると思っていたけれど、それほど時間はかからなかった。

神聖と魔力、魔力操作が上がっていることが大きいのだろう。日本ではステッキが装備できないから、素の状態のステータスが影響する。装備がない分ステータスの影響を受けやすいのだろう。

あとは、臓器だろうか。上半身は臓器の回復もあるから時間がかかったのかもしれない。

となると、神聖と魔力の強化はできない。［回復魔法］は空撃ちができないからだ。全快しているところに撃っても、発動しないしＭＰの消費もない。［回復魔法］を覚える前のように［風魔法］の強化しかない。

そう思って、額の上から風を出す。

いや……待てよ……。

僕は［風魔法］を使って布団をずらす。その後［炎魔法］を使って自分の足に攻撃してみる。

何も感じない……。

ダメージがあるのだろうか？

しばらく攻撃したあと［マイナーヒール］を使ってみる。

!!

できる！

［マイナーヒール］を発動させた感覚がある。この方法を使えば、日本でも神聖の強化ができる。

その後僕は、しばらく火傷と回復を繰り返した。

マズイな……焦げ臭い……。

僕は窓に向かって［風魔法］を使い、その後もしばらく火傷と回復を繰り返した。

狭間圏《はざまけん》
【―――――】
HP：42／42＋5　MP：214／214＋6　SP：2／2
力：12　耐久：5　俊敏：14　技：8　器用：6　魔力：15＋1　神聖：14＋3
魔力操作：11＋2
【炎魔法：Lv2】＋1　【ファイアボール：Lv0】New　【風魔法：Lv29】
【エアカッター：Lv6】　【水魔法：Lv0】　【回復魔法：Lv6】＋2
【マイナーヒール：Lv10】＋3　【体術：Lv1】　【短剣：Lv0】
【ガウジダガー：Lv0】　【炎耐性：Lv0】New

ステータス、魔法スキルが順調に上がっていく。しかも2つも新しいスキルを習得した。［ファイアボール］と［炎耐性］だ。これならば、［エアカッター］で攻撃と回復を繰り返せば、［風耐性］も習得できるのだろうか。いや……［エアカッター］では血が飛び散ってしまいそうだ。やめておこう。

今日からホーンラビット4匹の捕獲と、素材の2匹を合わせた計4匹の解体加工をしてみる。赤字が130セペタほど増えることになるが、［回復魔法］でもう少し稼げるようになればカバーできるだろう。

ホーンラビットに対し、新しく習得した［ガウジダガー］を使ってみる。

「シギャァッ！」

ホーンラビットの突進をかわし、側面に回る。脇腹に向かってスキルを発動させる。

「[ガウジダガー]！」

バシュッ！

いつもの短剣の突きとは違った音がする。

ホーンラビットは少し怯む。ちなみにいつもの攻撃で怯むことは無い。

その後はいつもどおり、突進をかわして脇から攻撃をし続けた。[ガウジダガー]は通常攻撃のおよそ5発分くらいだろうか。今の僕のSPでは1発しか使えないが、SP消費2で攻撃5発分は大きい。

「おや？　スキルを習得しましたか？」

カルディさんが様子を見に来てくれた。

「そうなんです。[ガウジダガー]を習得しました！」

「それは当たりですね。おめでとうございます」

カルディさんは手を軽くパチパチと叩いている。佇まいが執事のようだ。姿勢がすごく良いし……。

「当たり……なんですか？」

「そうです。魔法やスキルは人によって習得条件に個人差があることは、覚えていますか？」

カルディさんが眼鏡をカチャリと持ち上げながら聞いてくる。

「はい、魔力を上げれば[炎魔法]や[回復魔法]を覚えることができるけれど、素のステータスの値は個人差があるんですよね？」

「そうです。ですから、どこまで魔力を上げれば[回復魔法]を覚えることができるかは、人それぞれになります。ただし、魔力を上げ続けていれば、いずれ誰でも［回復魔法］を習得することは可能です」

やっぱり誰でも習得できるのか。

「ただし、スキルの内容が違います。同じ［回復魔法］でも［マイナーヒール］を習得せずに［ヒール］を習得する人もいるんです」

「そうなんですか!?」

なんてこった。最初から［マイナーヒール］の上位である［ヒール］を使えるひともいるってことだ。

「えぇ、ですから短剣を使っていれば、必ずしも［ガウジダガー］を習得するとは限りません。中にはいきなり大技を覚える人もいるようですよ」

「勉強になります！」

「それで、［ガウジダガー］ですが、消費ＳＰの割に威力が高いので、スキルの中では当たりと言っていいでしょう」

「ありがとうございます！」

ここで1つの疑問が出てくる。

「では、スキルの習得は完全に運まかせってことでしょうか？」

「いいえ。習得に個人差があることは事実ですが、経験や行動が反映されることが多いですね。例えば［ガウジダガー］は短剣でえぐり出す技ですが、狭間さんは回転を意識しながら攻撃していませんでしたか？」

「はい。パンチのときと同じように、腰、肩の回転を意識しながら攻撃をしていました」

「それですね。その回転への意識が、手首の回転にも繋がり［ガウジダガー］を習得したのだと思います」

なるほど。スキル習得には、これまでの行動や経験が関係か。

「ただ、僕は今ＳＰが２しかありませんので、１発しか撃てないんです」

「なるほど。しかし、ＳＰ回復はＨＰやＭＰよりも早いですからしばらく待てば１発撃てるようになりますよ」

僕はＳＰを確認する。

ＳＰ：１／２

「おぉ！　すでに１回復をしています」

「ＨＰ、ＭＰ、ＳＰの自然回復はどれも同じように進むわけではありません。自然回復の大きい順に、ＳＰ、ＨＰ、ＭＰとなります」

そうか。僕は、１日１発しか撃てないと思っていたけど、これなら数発撃つことができる。もうしばらく待てばもう１発撃てるな。次のホーンラビットの前に、１度解体加工をしてＳＰを回復させよう。

解体加工後は、やはりＳＰが回復していた。もう１匹のホーンラビット相手にも［ガウジダガー］を使っていく。ＳＰの最大は上がっているのだろうか。

狭間圏《はざまけん》
【――――――】
HP：37／42　MP：214／214　SP：0／2
力：14＋2　耐久：5　俊敏：17＋3　技：10＋2　器用：6　魔力：15　神聖：14
魔力操作：11
【短剣：Lv1】＋1　【ガウジダガー：Lv0】　etc…9

SPの上昇は見られないが、今日は2匹を相手にしたから、ステータス上昇が大きい。赤字を増やしただけのことはある。解体加工してギルドへ向かおう。

今日は2匹のホーンラビットと戦い、4匹の解体加工をした。そのためいつもよりもギルドへ向かう時間が遅い。

治療所には、数人の冒険者が来ていた。席はまだ空いていたので、席に座り冒険者を回復していく。初日よりも回復速度が上がっている。しかしそれよりも明らかに変化しているのが【マイナーヒール】を使ったときの淡い光だ。これは強くなっている。1発での回復量も上がっているだろう。

カチャリ……。

なんだ？

頭の中で何かがハマる感覚がある。

え？

さっきよりも光が強い。回復速度もやや上がったか？

おかしい……この世界のステータス成長はこんなに一気にはこない。

「お！　おめでとう。何かのジョブじゃないか？」

「え？　ジョブですか？」

治療中の冒険者が教えてくれる。急に回復量が上がったことに気づいたんだろう。僕はステータスを確認する。

狭間圏《はざまけん》
[見習い聖職者：Lv0] New
HP：37／42　MP：214／214　見習い聖職者：＋10　SP：0／2
力：14　見習い聖職者：−5　耐久：5　見習い聖職者：−5　俊敏：17　見習い聖職者：−10
技：10　器用：6　魔力：15　見習い聖職者：＋5　神聖：14　見習い聖職者：＋10
魔力操作：11　見習い聖職者：＋5

「[見習い聖職者] というジョブになっています」

「おぉ、そりゃ良かったな」

「はい！　ありがとうございます！」

［見習い聖職者］？　［僧侶］ではないのか？　まぁおそらくは同じようなジョブだとは思うが。

ステータスを見ると、ジョブはステータスに補正がかかるみたいだな。回復量と回復速度が一気に上がったのはこれか。そのおかげで、ここにいる回復職の人たちと、回復量、回復速度ともにそれほど変わらなくなったぞ。MPだけはおそらく僕のほうが多いから、それでもこの席にはしばらく座っていることになるな。これでハズレと呼ばれることも無いだろう。

それにしても、もう日が暮れるというのに、冒険者が続々とやってくる。それに対し、回復する人はやや少ない。やはり［回復魔法］の需要は高そうだ。

その後もMPが切れるまで回復をし続けた。今日の治療費は420セペタだ。［見習い聖職者］のジョブ効果により、順調に増やすことができた。ホーンラビット2匹でも赤字は100セペタだ。

僕は満足してギルドから帰ろうとする。

「おいハズレ。お前迷惑だからもう来んなよ」

この前僕が回復をした少年が話しかけてくる。赤い髪の目つきが鋭い少年だ。身軽な装備に両手につけているのは手甲だろう。武道家だろうか。

「いや、でも［回復魔法］は不足しているみたいで、ギルドからは歓迎されているよ」

しかも今日の回復速度は悪くない。彼らは僕の今日の回復を見ていないのだろう。

少年はパーティーの仲間とやれやれ、といった感じで話をする。

「だいたいさぁ、お前歳いくつよ？」

少年の後ろには、さらに2人の少年がいる。おそらくパーティーメンバーだろう。1人は縦にも横にも大きい。目が小さく、鼻が大きい。体格的には戦士系だろう。もうひとりは同じく長身だが、細身でタレ目の少年だ。装備を見る限りは、魔法使いか僧侶だろうか。いずれにしろ魔法職だ。

彼らはクスクスと笑ってこちらを見ている。

「18歳だよ」

彼らはぎょっとして、そのあと爆笑する。

「おいマジかよ！　聞いたかミューロ！　年上だとは思ってたけど3つも上だったぞ！」

「なぁクレス！　だから言ったろ？　結構上だって」

「なぁなぁ、その歳で神聖Fで治療所来て、恥ずかしくないわけ？」

どうやら赤髪の武道家がクレス、大柄の戦士がミューロというらしい。

参ったな。異世界にこういうしょーもないヤツがいるとは……。

「まぁちょっと恥ずかしいよ。けれど、ステータスが上がるまでは仕方がないんだ」

僕は思ったままのことを正直に言う。これを乗り越えなければ、結局ステータスは上昇しないからだ。

「だ！　か！　ら！　それが超迷惑だっつってんの！」

「それじゃステータスが上げられないだろう」

「知るかよ、そんなこと」

クレスとかいうヤツが僕を睨みながら言う。

「まぁそのへんにしとけよ、18歳のお兄さんが困ってるだろ？」

ミューロとかいうヤツがそう言うと、また3人が爆笑をする。

「いや、悪かったわ。お前面白かったから許してやるよ。明日からはマジで来んなよ」

クレスはそう言うと去っていった。

正直、気分は悪いが弱いのは事実だ。しかし、彼らが思うよりは今の僕の回復は早いだろう。そして、これまでの修行効率は悪くはない。このまま順調に修行を進めていけば、バカにされることも無くなるだろう。

宿屋では、残りのMPとSPを消費するため、［炎魔法］と［ガウジダガー］を空撃ちした。

ジョブの効果は大きい。ステータスのマイナス面はあるものの、トータルではプラスになる。明日、カルディさんにジョブについて聞いてみたい。そんなことを考えながら、ステータス確認をして眠った。

狭間《はざま》圏《けん》
［見習い聖職者：Ｌｖ０］
ＨＰ：42／42　ＭＰ：２１４／２１４ 見習い聖職者：＋10　ＳＰ：１／３＋１
力：14 見習い聖職者：－５　耐久：５ 見習い聖職者：－５　俊敏：17 見習い聖職者：－10
技：10　器用：６　魔力：16＋１ 見習い聖職者：＋５　神聖：17＋３ 見習い聖職者：＋10
魔力操作：12＋１ 見習い聖職者：＋５
［回復魔法：Ｌｖ６］　［マイナーヒール：Ｌｖ11］＋１　ｅｔｃ…９

目覚めると宿屋の天井……。

どうやら、今日は日本で目覚めなかったようだ。寝起きの頭がぼーっとする感覚がない。何故日本で目覚めないときがあるのだろうか。なにか条件があるのか？

いや……考えてもわからないな。


そして今日もギルドでホーンラビットを受け取ったあと、道具屋へ行く。カルディさんにジョブについて聞いてみる。

「昨日［見習い聖職者］のジョブを習得しました」

「おぉ……それは素晴らしい。素晴らしいペースでしょう」

カルディさんが背筋をピンとしたまま拍手をしてくれる。相変わらず上品な佇まいだ。

「ありがとうございます。ジョブは基本的にはステータスを補正するもの、という認識であっていますか？」

カルディさんが眼鏡をカチャリと持ち上げる。

「そうですね。その認識は間違っていません。ただし、それだけではなく、成長補正もあるのではないか、と言われています」

「成長補正……ですか」

「えぇ。例えばジョブ無しで［マイナーヒール］を撃ち続けるよりも、［見習い聖職者］のジョブで［マイナーヒール］を撃ち続けたほうが、ステータスの上がりが良いのではないか、というお話です。しかしこれは、あくまで体感的なお話です。ステータス成長は個人で大きく異なりますから、はっきりとした事実ではありません」

「なるほど」

成長補正か……ありそうだな。イメージ的にも［見習い聖職者］のまま前衛として戦っても俊敏などは上がりにくそうだ。

「ですから、ホーンラビットと戦うときは、一応［見習い聖職者］のジョブを外しておいたほうがいいでしょう」

「え？　ジョブは外せるんですか？」

「えぇ。任意で外したり、他のジョブに変更したりできますよ」

「やってみます」

［見習い聖職者：Lｖ0］

カチャリ。

［――――］

「できました」

「ただし、仕留めるときにはまた［見習い聖職者］のジョブをセットしてください」

「1度はずして、また［見習い聖職者］にするんですか？」

「はい。ジョブレベルはモンスターを倒した分だけ上がっていきます。パーティーを組んでいれば、パーティーで倒した分だけジョブレベルが上がっていくんです。ですから、ジョブを外してステータスを上げ、ジョブをつけてとどめを刺し、ジョブレベルを上げることが現状は最も効率的でしょう」

「なるほど。ありがとうございます。ちなみにジョブレベルが上がると、補正値が上がるんですか？」

「そのとおりです。ジョブレベルが上がると、補正ステータスが上がります。あとはジョブ固有のスキルを習得することもあります」

なるほど、勉強になるな。ステータス強化について、まとめておかないと。

・ＨＰ、ＭＰ、ＳＰは使った分だけ最大値が上がっていく。
・ＭＰ＞ＨＰ＞ＳＰの順に最大値が上がりやすい。
・神聖、器用以外のステータスは、魔力を持った生物と戦うことで上昇する。
・魔力を持った生物は、主に魔物だが、人間も含む。
・相手が強ければ強いほど、ステータスは上がりやすい。
・神聖は［回復魔法］で傷を癒やすことで上がっていく。
・ステータスが上がると、ジョブやスキル、魔法を習得することがある。
・スキル、魔法は使用回数でレベルが上がる。
・ジョブレベルはモンスターを倒した分だけ上がっていく。
・ジョブレベルは強力なモンスターを倒すほど上がる。
・ジョブレベルを最大にすると、上位のジョブを習得することがある。

基本的にはこんなものらしい。

「あの、器用のステータスって今まで解体で1しか上がっていないのですが、どうすれば上がるんでしょうか」

「それは、生産系のスキルや魔法を使ったときに上昇します。［回復魔法］を使うことで神聖が上がることと、基本的には同じようなものですね」

「なるほど……生産系のスキルもあるんですね」

僕はまだ生産系スキルを何も持っていない。しばらく上げることはできないだろう。

「それから例外ですが、突発的にジョブやスキル、魔法を習得することもあります。それが戦いの中でもありますし、日常生活でもおこることがあります」

「突発的……ですか」

普通に生活をしていて、新しいジョブが習得できることなんてほとんど無さそうだが。

「それで、昨日習得したジョブは［見習い聖職者］なんですね?」

「はい。そうです。［僧侶］とは違うのでしょうか」

「そうですね。ジョブの名称は異なりますがステータス補正は誤差のようなものですよ。同じように魔力と神聖のステータスを上げていて、［見習い聖職者］のジョブを習得する人もいれば、［見習い僧侶］のジョブを習得する人もいます」

「回復職だけでもいろいろあるんですね」

「そうですね。例えば［見習いヒーラー］は魔力と神聖が他の回復職よりもやや上がりますが、その他のステータスは多めに下がります」

「なるほど、パーティー向きですね」

「そうです。ですから、パーティーを組んだままステータスを上げていると［見習いヒーラー］のジョブを習得することが多いそうです」

なるほど。ソロ狩りをしていれば、ステータスやジョブがソロの方向へいくわけか。

とりあえず、ホーンラビットで鍛えるべきステータスは、力、俊敏、技だろう。魔力や神聖、魔力操作は、治療所と日本の病室で鍛えるべきだ。


それから本日もホーンラビット2匹を短剣で仕留める。言われたとおりに、とどめを刺すときには［見習い聖職者］をセットする。さらに［ガウジダガー］も2発ほど撃っておいた。

その後はギルドの治療所へ向かう。そういえば、昨日変なのに絡まれた。今日は来るなと言われたが、無視して行くことにする。

回復量、回復速度共に上がっている。初日にはハズレと言われたけれど、現状を見てもらえればわかってくれるだろう。

［回復魔法］を使っていると、やはり今日もあの少年たちがやってきた。こうも人が多いのに、何故かお互いに気づいてしまう。クレスが僕をにらみつける。昨日あれだけ忠告したのに、といったところだろうか。

丁度いいな。このまま見てもらえれば、回復速度が上がっていることを理解してもらえるだろう。僕は、［マイナーヒール］を使い、淡々と回復していく。

今日の治療所での収入は460セペタだ。MPはそれほど大きく上昇していないが、神聖が上がっているので収入もやや増えた。このまま順調に収入が増えたら、ホーンラビットを3匹にするのも良いかもしれない。

いや、装備を整えてクエストに出るのもいいな。まだ早いか？

僕は満足して、ギルドに挨拶をして帰る。辺りは既に暗い。7時くらいだろうか。異世界の人たちはもう寝る時間だ。

バコッ！

背中に大きな衝撃が走る。

ズザァー……。

僕は進行方向にふっ飛ばされ、地面をスライドする。

何だ？　一体何が起きた？

僕はわけが分からずに、辺りを見回すと、クレスとかいう少年がいた。

「おい、お前昨日忠告しただろ？」

「は？」

ドスッ！

今度は腹部に衝撃がある。立ち上がるまもなく、クレスに腹を蹴り上げられる。

「がはっ！」

口から血が出る。呼吸が苦しい……これは……ただの蹴りか？

相当なダメージをもらっている。

「は？　じゃねぇよ」

ミューロとかいうヤツと魔法使いと思われる少年が後ろでニヤニヤとしている。マズイぞ……耐久が低すぎるんだ。俊敏もマイナス補正がかかっているから、蹴りの軌道を見ることもできない。

［見習い聖職者：Ｌｖ０］

カチャリ。

［――――］

僕はジョブを無しにしておく。［見習い聖職者］は補正が入ると、耐久が0だ。耐久が0から5になったところで、焼け石に水かもしれないが、何もしないよりはいいだろう。それよりも、俊敏を上げておきたい。

ガッ！

手をついて立ち上がろうとすると、髪の毛を掴まれ、引っ張られる。

「あのさ、わかる？　昨日も来んなっつったろ？」

「……君も見ただろう。今の僕の［回復魔法］は、あの治療所ではもう普通だ」

「ぁ？」

メキッ！

顔面にクレスの拳がめり込む。

「がはっ！」

今ので歯が何本か欠けたな。鼻からも口からもボタボタと血が流れ落ちる。

今のパンチは見えたか？　これが……冒険者の攻撃か……。

少しでも攻撃を見ておきたい。

「知らねぇよ」

バキッ！

もう1発顔面にパンチが入る。

「クソが！　思い知ったか！　ペッ！」

クレスは地面に這いつくばる僕の肩を踏み、顔面につばをかける。

「いや〜スッキリしたわ。飲みに行こうぜ！」

「にしても、あいつ耐久無さ過ぎだろ。やっぱそこら辺のガキ以下だぜ」

「クレスのパンチが強すぎんだよ」

彼らはご機嫌そうに去っていった。


……………。

顔と腹、背中に痛みが走る。

顔面が焼けるように熱い。

今日は治療所でＭＰをほとんど使い切ってしまったため、回復ができない。

何故だろう……不思議な感覚だ。

これほどバカにされ、痛めつけられたにもかかわらず、彼らへの怒りが全く無い。

僕は……僕はそんな人間だったのだろうか？

ドックン……ドックン……。

心臓の鼓動が激しい。全身に焼けるような痛みがある。骨もいくつか折れているだろう。

怒りはない……怒りはないが、不思議な高揚感がある。

クレスの最後のパンチが見えた。彼は僕の髪を掴んだまま、腕を後ろへ引いた。その状態だとパンチの軌道が予測できる。俊敏の上昇もあってか、パンチの軌道がはっきりと見えたんだ。

そうか、僕はパンチの軌道が見えた……たったそれだけのことが嬉しかったのだ。

ただの蹴りとただのパンチ……ステータスでこうも違うのか。

素晴らしい……素晴らしいよ……。

格上相手に、戦いとも言えないくらいに打ちのめされた。ステータスの確認などしなくても分かる。体感で理解できる。ステータスが上昇している。

顔以外なら、あと2発は耐えられるな。

もっと……もっとだ！

そうだ！　明日からは耐久とＨＰを上げよう！

そうすれば、もう少し攻撃に耐えることができる。

彼らに絡まれれば、僕はまた強くなれる……。

カチャリ。

狭間圏《はざまけん》
【盗賊：Lv0】New
HP：11／44＋2　盗賊：＋10　MP：13／214　盗賊：－20
SP：1／4＋1　盗賊：＋20
力：15＋1　耐久：9＋4　俊敏：20＋3　盗賊：＋10　技：11＋1　盗賊：＋10　器用：6
魔力：17＋1　盗賊：－10　神聖：19＋2　盗賊：－10　魔力操作：13＋1　盗賊：－10
【回復魔法：Lv6】　【マイナーヒール：Lv12】＋1　etc…9

08　街の外へ

目が覚めると、顔面に痛みがある。ここは病室……日本だ。首から下は感覚が無いが、顔の感覚はある。昨日異世界で、クレスにボコボコにされたため、日本でもダメージがあるようだ。僕は顔面に【マイナーヒール】を使いながら考える。今病院の人間に来られたら困る。早めに回復をしておく必要があるだろう。

助かったな……日本で目覚めない日もあるが、今日がそうでなくてよかった。

昨日は、痛みとともに高揚感があった。あの状況で眠れるかどうか、心配になったがいつもの寝る時間になるとすぐに眠れた。日本で身体が目覚めることと関係があるのだろうか。

しかし、見事にやられてしまった。反撃の余地などまるで無い。今後のステータス強化について見直す必要がある。

まず、これまでは［回復魔法］の習得をメインに考えてきた。当然、日本で身体を動かすためである。そのため、ホーンラビットへの［エアカッター］で魔力強化を中心におこなってきた。今も身体が動くわけではないので、今後も魔力、神聖、魔力操作の強化は必須だ。しかし、緊急ではない。

昨日の戦い……戦いとも呼べないものだが、ＨＰ、耐久、俊敏が圧倒的に不足していた。さすがにあの状況では何もできない。負けるにしても、もう少し相手の攻撃に耐えたいところだ。しかもまだクレスは通常攻撃しかしてきていない。仮にスキルを使われてしまったら、1発でお陀仏だ。

そして、昨日新たに［盗賊］のジョブを習得した。盗賊のジョブ補正は、対人戦ではかなり有効だと思う。今あるジョブは［見習い聖職者］と［盗賊］のみだが、回復時以外は［盗賊］にしておくべきだろう。

ちなみに今は回復中なので［見習い聖職者］のジョブにしてある。日本ではＭＰが無限に使えるにしても、回復速度は早いほうがいい。それに、ジョブによる成長補正の話もあるしな。

そんなことを考えていると、クレスから受けたダメージはほぼ回復した。

今日は、前回と同じように［炎魔法］と［回復魔法］を繰り返すことがベストだろう。今後クレスと戦うことを考えると、まずは耐久とHPが必須だからな。

まずは［風魔法］で布団をずらす。衣服が燃えないように、素肌が出ている部分にのみ［炎魔法］を使っていく。

感覚が無いからといって、自分自身の身体に火傷をさせ回復するなんて少し異常だろうか。しかし、HPを上げるためにはダメージを受けるしか無い。安全にHPを上げるなら、自傷することが1番良いと思うのだが。それでも異世界で自傷している人はいなかったな。基本的にMPが不足しているのだろう。

少しずつだが、［炎魔法］の扱いに慣れてきた。おそらくだが、［炎魔法］の位置に注意しながら使っているからだろう。衣服や布団が燃えないように、常に気を使っている。さらに［風魔法］で焦げ臭い匂いを窓の外へと運んでいる。徐々にではあるが、魔法の射程が伸びている。魔力操作が上がっているからだろうな。

今は攻撃で使えるほどの魔法は習得していないが、習得したときに魔力操作がある程度無いと使えないだろうな。射程が短いのであれば、魔法を使うメリットが激減しそうだ。

狭間圏《はざまけん》
［見習い聖職者：Lv0］
HP：54／54＋10　MP：235／225＋11　見習い聖職者：＋10　SP：4／4

力：15見習い聖職者：－5　耐久：9見習い聖職者：－5　俊敏：20見習い聖職者：－10
技：11　器用：6　魔力：19＋2見習い聖職者：＋5　神聖：21＋2見習い聖職者：＋10
魔力操作：15＋2見習い聖職者：＋5
［炎魔法：Lv5］＋3　［回復魔法：Lv7］＋1　［マイナーヒール：Lv14］＋2
［炎耐性：Lv1］＋1　etc…7

かなり効率よくステータスを上げることができた。HPをこれだけ上げられたのは大きいな。

MP効率だけで言えば、［風魔法］だけを撃ち続けたほうが良いだろう。［回復魔法］を使うのに時間がかかるからだ。しかし、［風魔法］だけでは、MPと魔力操作しか上げられない。［炎魔法］と［回復魔法］ならば、HPや魔力、神聖も上げることができる。

それにしても、ダメージを受けているのに耐久が上がっていないな。今後を考えると上げておきたかったけれど、耐久は魔法攻撃では上げられないようだ。日本で物理攻撃をもらうことは不可能だし、上げることはできないな。

♻

異世界。今日も朝から道具屋へ来ている。

今の僕に圧倒的に足りないステータスは、耐久だ。だから今日は、ホーンラビットの角を折らずにやってみる。

［見習い聖職者］

カチャリ。

［盗賊］

もちろん、ジョブを盗賊に変更する必要がある。

「シギャァッ!!」

今日も僕を親の仇のように睨みつけ、突進してくる。動き自体は分かっているので、いつもよりやや距離をとってかわす。

「痛っ！」

が、鋭い角がかする。

ホーンラビットは角の使い方を知っている。ただ単にリーチが伸びるだけではない。僕が突進を避けるときに、ホーンラビットは首を振り、角をこちらへ向ける。だから、やや大きく避けたところでかすってしまったのだ。突進を避けながらも、ホーンラビットの首の動きをよく見て、予測するしか無い。［盗賊］で俊敏が上がっているとはいえ、慣れるまでは難しい。とはいえ、直撃さえしなければそれほどのダメージは無い。

しばらく時間が経つと、動きに慣れてきた。［盗賊］の俊敏補正が大きい。反撃もできそうだ。

僕は攻撃を避けながらも、ホーンラビットの腹に手を当てる。

「はっ！」

ただし、攻撃はしない。あくまでも手を当てて、タイミングを計るだけだ。

僕は今日からギルドの治療所へ行くことをやめようと考えている。ただしクレス達に屈したわけではない。MPを治療所の回復に使うのではなく、僕自身に使うためだ。

だから、このホーンラビットは仕留めない。僕はホーンラビットの攻撃を避け、押さえつける。

「はぁ……はぁ……」

呼吸を整えながら、ホーンラビットを縛り付ける。数分間休憩すると、今度はホーンラビットを2匹同時に放つ。

「ギャアッ！」「シギャアッ！」

2匹同時に襲いかかってくる。

「くっ……」

2匹同時でも、なんとか直撃はかわすことができるようだ。

ただし……。

ビシュッ！

たまにかする。かすった箇所からは血が出ている。

2匹同時にも慣れておかなければならない。クレスの速さはこんなものでは無かった。

よし、次だ！

まだ2匹の攻撃をかわすことは、なかなか難しい。この状態で自分自身に［マイナーヒール］をかけようとする。

「シギャァッ！」

ホーンラビットの突進が絶え間なく続く。ダメだ。なかなか［マイナーヒール］を使わせてはくれない。しかし、動きながらの回復はマスターしておく必要がある。


結局傷だらけになり、最終的には２匹ともなんとか短剣で仕留めた。［盗賊］でのＳＰ補正があるため、［ガウジダガー］12発も使うことができた。

今のところ、回復しながらの行動はできていない。ただし、なんとか２匹同時に相手にすることはできた。

僕は、肉の解体加工をする。それも［マイナーヒール］を使いながらだ。

……いつもよりも明らかに集中できていない。しかし、できるといえばできる。戦いながら［マイナーヒール］を使うよりは、解体加工しながらのほうがハードルは低い。

一通りの作業を終える。今日はギリギリまでホーンラビットの攻撃を避け続けたので、いつもよりもやや時間が遅い。

「おや？　今日は時間がかかっていますね」

カルディさんがやってきた。

「はい。少し方針を変えようと思いまして」

僕は、耐久と俊敏を上げるために、今日から治療所には行かず、自分に［回復魔法］を使うことを説明した。さらに、［盗賊］のジョブを習得したことも報告した。しかし、クレスたちのことは何も言わない。

彼らのことを言えば、カルディさんからギルド受付のドグバさんに話がいって助けてもらえるかもしれない。しかし、それでは僕自身で戦うことはできない。あれは貴重な経験だ。是非とも自分で解決したい。

「そうですか。もう［盗賊］のジョブを習得したんですね。しかしそれでも、このままホーンラビットとここで戦い、その後治療所で［回復魔法］を使うことが1番効率が良さそうです。神聖が上昇し、もらえるお金も増えてきたでしょう?」

「確かにそのとおりなんですが、今は耐久やHPを上げたくて……」

やはりクレス達のことを伏せたままだと、違和感があるか……あれほどお金のことを気にしていたのに、治療所に行かないのは不自然だよな……。

「お金をクエストで稼ぐことはまだ厳しいでしょうか?」

「そうですねぇ……［盗賊］のジョブがありますから、最低限の装備を整えればなんとかなるかもしれません。しかし……それでもやはり、治療所のほうが金銭的効率は良いですし、危険度がまるで違いますよ?」

「はい。そのうえで［盗賊］のジョブレベルも上げたいですし、クエストを受けたいです」

「そうですか……」

カルディさんは顎に手を当てると考え込んでしまった。やはり無理があるよな。治療所なら安全だし、魔力、神聖、魔力操作を上げることができる。その上金銭的にも効率が良い。

「では、最初は私が直接依頼を出しましょう」

「えっと、ギルドでクエストを受注するのではないんですか？」

「初心者向けのクエストもありますが、パーティーでなければやや厳しいでしょう。狭間さんは、パーティーを組んでクエストへ行くつもりですか？」

「いえ……こちらの世界での知り合いはほとんどいませんから、単独行動の予定です」

カルディさんは小さくうなずくと、地図を持ってきた。そして、カウンターに地図を広げ説明してくれる。

「今いるアインバウムがここです。街の周りにはそれほど魔物はいません。この街から東、こちらのほうですね。ここへ向かうと森林区域になります。森林に入ると徐々に魔物が出始めます」

アインバウムがこれくらいってことは、森林区域までは2、3kmくらいだろうか。僕は地図の縮尺で、おおよその予想をする。

「そして、森に入って、そうですね……1kmくらい進むとこれがあります」

カルディさんが植物の葉を見せてくれる。だいたい20cmくらいの大きさだ。

「薬草です。1つサンプルに渡しておきますね」

「ありがとうございます」

「この薬草をここへ持ってきていただければ、10セペタで買い取りましょう」

「わかりました。行けばすぐに見つかるものなのでしょうか？」

「狭間さん、魔力操作はつかえますね？」

「はい、高度なものでなければ大丈夫です」

「では、魔力を目に集中させて、この薬草を見てください」

「はい……」

僕は魔力を目に集中させる。おぉ……薬草が淡く光っているように見える。

「これは、魔素が薬草に集まっているのですか？」

「そのとおりです。薬草以外のものでも、ステータスに影響があるものや、特殊な効果があるものは魔素で見分けることができます。森を探索するときには、常に魔力を目に集中させると効率的です」

なるほど。僕は魔力を目に集中させたまま、周囲を見渡す。さすがは道具屋だ。置いてある商品のほぼ全てに魔素が宿っている。

「それから次に魔物についてです。森の魔物は基本的に、ホーンラビット、イモムル、バウームの3種類が出現するでしょう。イモムルは30cmくらいの芋虫の魔物です。飛びつき、噛み付いてきますが、攻撃はそれだけです。バウームは樹木の魔物です。こちらは森の木と似ていますので、注意してください。動いていますから、すぐに普通の木と見分けることはできます。しかし、油断すると気づかずに囲まれてしまうことがあります。イモムル、バウーム共にホーンラビットよりも遅いので、現状倒すのは問題ないでしょう」

なるほど、それなら今の俊敏で十分対応できる。

「森に深く入りすぎると、魔物の数が増え、さらに今教えた魔物よりも強力な魔物が出てきますから、絶対に深追いをしないでください」

「わかりました」

それから冒険者の装備を狙った盗賊がたまにいるので、装備にはお金をかけすぎないほうが良いということも教えてもらった。盗賊というのはジョブの［盗賊］ではなく、リアルな盗賊だ。彼らも金のない駆け出し冒険者を狙うより、行商人を狙ったほうが効率がいいだろう。

カルディさんは僕に一通りの説明をしてくれると、大きめの肩掛けカバンを出してくる。

「こちらに薬草を入れてきてください。それから、今日はもうすぐ日が暮れますから、装備だけを整えて森へは明日行ってくださいね」

「わかりました。ありがとうございます！」

それから僕はギルドへ向かい、明日からのホーンラビットの捕獲、素材の依頼を取り消す。これから治療に人が来る時間だ。クレスたちはまだ来ていなかった。

そして僕は装備を整えるために武器防具屋へ向かう。この街にはいくつか武器屋や防具屋があるが、駆け出し冒険者用の安いものは、まとめて売っているようだ。

中に入ると、建物の大きさの割には狭く感じた。武器防具が店内に並んでいるのかと思っていたが、店内には小さなスペースとカウンターがあるだけだ。おそらくカウンターの奥が広いのだろう。装備を盗んだり、武器をとって強盗されることを防ぐためだろうか。カウンターの中には、ドグバさんほどではないが、筋肉質の男性がいた。この店の店主だろうか。

「武器？　防具？」

愛想は全く無い。ぶっきらぼうに聞いてくる。

「短剣と、身軽な装備を探しています」

今の僕の所持金は32270セペタだ。

店主は無言のまま奥へ行き、ゴソゴソと中を探している。

「はい、まず短剣ね」

そう言うと、カウンターにゴン！　ゴン！　ゴン！　と短剣を3つ並べる。

「左から1000、3000、12000セペタだ」

1000セペタのものは、カルディさんから借りていたものによく似ている。刃渡りが10cm程度のものだ。これは訓練で使っていたから良かったが、実際の戦いではややリーチが短い。

それに対し、3000セペタのものは刃渡りが20cmほどある。そして12000セペタのものは、刃渡りが30cmほどで重量もありそうだ。

「装備してもいいですか？」

「あぁ」

店主がそう言うと……。

ガッシャン！

後ろから鍵がかかる音がした。魔法か何かの仕掛けだろうか。店内から出られないように、鍵がかけられたようだ。万引防止だろう。

僕は3000セペタのものを装備してみる。重量もそれほどない。ちょうど僕の腕力でもなんとかなりそうな感覚だ。

次に12000セペタのものを装備してみる。少し重いな……さっきのものよりも扱いにくいかもしれない。

「武器はこれでお願いします」

僕は3000セペタの短剣にする。

「んで、装備は？」

「そうですね。全身お願いできますか？」

店主は短剣を奥へ持っていき、今度は防具を持ってきてくれる。

「麻、木、革、鉄だ」

麻は服としても使われている素材だ。ただし、普通の服よりも分厚く何重かに縫われている。この中では1番軽そうだが、防御力も低そうだ。

木の防具は、麻のものよりも当然防御力がありそうだ。ただし、重量もそれなりにあるだろう。

革製のものは、木よりも軽く、麻よりも防御力がありそうで、鉄製のものは重量、防御力共に相当あるだろう。

「麻が12000、木が20000、革が60000、鉄が150000だ」

高い……。

胸、腰、足、手、頭全部で5箇所の装備セットだから、それくらいはするのだろう。今の所持金で購入できるのは、麻か木だ。僕は俊敏を落としたくないので、麻にした。

「盾は？」

「お願いします」

そうだった。盾も必要だな。ホーンラビットの突進も盾があれば受け止められるだろうか。

「とりあえず木だ」

ゴトッ！

そう言うと店主は木製の盾をカウンターへ置く。

「左から2000、5000、12000だ」

全て木製のものだが、1番左のものは直径が40cmくらいの円形の小盾。中央のものは、高さ1mくらいの長方形の盾。1番右のものは、1m50cmくらいある大盾だ。

「こちらをお願いします」

僕は迷わず小盾を選択する。

「革と鉄もあるけど？」

「いえ、木製で大丈夫です」

今の所持金ではおそらく手が届かないだろう。

「全部で17000だ」

僕はお金を払うと、宿屋へ向かう。

マズイな……所持金が15000セペタを切った。しかし、これで装備を整えることができた。

明日は街の外へ行ってみよう。僕はMP、SPを消費し、魔力操作をしながら眠りについた。

狭間圏《はざまけん》
【盗賊：Lv0】
HP：55／55＋1 盗賊：＋10 MP：11／225 盗賊：－20
SP：0／5＋1盗賊：＋20
力：15 耐久：10＋1 俊敏：21＋1 盗賊：＋10 技：12＋1 盗賊：＋10 器用：6

魔力：19　盗賊：－10　神聖：21　盗賊：－10　魔力操作：15　盗賊：－10
［短剣：Lv2］＋1　［ガウジダガー：Lv1］＋1　etc…9

09　ソロ狩り

本日も日本ではジョブを［見習い聖職者］に変えて［炎魔法］と［マイナーヒール］を交互に使っていく。

昨日との違いは、［炎魔法］を操作しようとしているところだ。単純な火傷をさせるわけではなく、円形にしようとしている。しかし、これは自分自身では見えていないから、できているかどうかの確認ができない。魔力操作の感覚からすると、多分できている……といったところだ。

円形の次は、四角形や三角形なども試してみる。これは……できているのか？

いまいちわからないな……。

それにしても、感覚が無いからといって、自分の身体に火傷をさせて回復するのはやりすぎだろうか。しかし、HPを上げるためにはダメージを受けるしか無い……。

安全にHPを上げるなら、自傷することが1番効率が良さそうではある。いや、しかし異世界に自傷している人間はいなかったな。他の人は基本的にMPが不足しているからだろうか。

とりあえずこの方法で、ＨＰとＭＰを上昇させることはできそうだ。ＳＰ強化は日本では無理だな……異世界で地道にスキルを使っていくしか無い。

カチャリ。

!!

新しいジョブを習得したようだ。日本でジョブを習得するのは初めてのことだ。僕はジョブを確認する。

［見習い魔法士］

魔法使いではないのか。おそらく、異世界の一般的な強化の仕方と大きく異なる鍛え方をしているから、マイナーなジョブが出現するのだろう。

ジョブ補正は、ＭＰと魔力が増え、ＨＰ、力、耐久が大幅に減っている。なかなか極端な補正だ。

今後病室では、［見習い魔法士］で［炎魔法］を使い、［見習い聖職者］で［マイナーヒール］を使ったほうが効率が良さそうだ。

そして、せっかく習得した新しいジョブだが、異世界ではまだ使えそうもない。向こうでは、できるだけ魔法攻撃はせずにＭＰを温存したいからだ。

異世界でＭＰを［回復魔法］だけで使うようにすれば、長い間戦える。いま1番必要なのは、耐久と俊敏だからな。

狭間圏《はざまけん》
［見習い魔法士：Ｌｖ０］Ｎｅｗ
ＨＰ：47／67＋12見習い魔法士：－20　ＭＰ：268／238＋13見習い魔法士：＋30
ＳＰ：５／５
力：15見習い魔法士：－10　耐久：10見習い魔法士：－10　俊敏：21　技：12　器用：６
魔力：21＋２見習い魔法士：＋15　神聖：24＋３　魔力操作：17＋２見習い魔法士：＋10
［炎魔法：Ｌｖ８］＋３　［回復魔法：Ｌｖ８］＋１　［マイナーヒール：Ｌｖ16］＋２
［炎耐性：Ｌｖ２］＋１　ｅｔｃ…７

♻

同日、異世界。

今日は朝から街の外、森へと向かう。昨日カルディさんから借りた大きな肩掛けカバンと、装備を整える。念の為、ホーンラビットの干し肉、それから水を持っていく。

街からは街道が伸びており、他の街へと続いている。森の方向には街が無いが、小さな道が伸びている。おそらく冒険者のためだろう。街にとっては、薬草採取や、魔物の素材が必要だ。何人もの冒険者が森へ行くために整備されたのだろう。整備されたというほど立派な道ではないわけだが……。

森の入口へは徒歩1時間程度で到着した。街道からはいくつもの小道が伸びており、森へ続く小道だけでも何本もあるようだ。僕が使った道は、いわゆる初心者ルートというもので、魔物は弱く、出現率も低い場所だ。

目に魔力を集中させる。

おぉ……街の中よりも魔素が濃いな。MPの自然回復は街よりも早いはずだ。

小道は森の中まで続いている。森に入っても、道幅は同じくらいで、想像していたよりも広い。

森の入口から見える場所には特に何もない。なんというか……不自然に静まり返っている。

それから5分くらい進むと、ひらけた場所に出る。見晴らしが良く、外観としては休憩ポイントのように見える。戦った形跡もない。

しかし、なんだろうか……この場所だけ魔素がやや濃い。そして、違和感がある。

広場には、ポツンと2箇所ほど植物が生えており、そこに魔素が集まった葉がついている。

薬草だ。

1つの植物に1つの薬草の葉がついており、僕はそれを採取した。

!!

なんだこれは……。

薬草の葉を1枚採取すると、植物は茎からしおれる。そしてみるみるうちに、茶色になり枯れていった。

採取した薬草の方はそのままだ。もう1つの植物についても、薬草の葉を採取すると、同じように茎からしおれる。明らかに普通の植物ではない。

とりあえず、薬草2枚は採取できた。

それから辺りを観察してみると、30cmくらいの芋虫が出てきた。森へ来てから最初の魔物だ。あれがイモムルとかいうヤツだろう。グルグルと転がってこっちに向かってくる。こいつも突進系か。

ボムッ！

落ち着いて攻撃をかわす。ホーンラビットよりも遅いし、直線的にやってくるだけだ。これなら問題なくかわし続けることができるし、そのタイミングで攻撃もできる。

ボムッ！

続けて突進をしてくる。

そうだった。こいつら魔物は何故か親の敵のように僕を攻撃してくる。しかし、これも難なくかわす。

さて、どうしようか。すぐに倒してしまうのも勿体ない気がする。

ドスッ！

次の突進は盾で受け止めてみる。突進の威力も、ホーンラビットより低い。ただしそれなりの重量があるから、踏ん張って盾を構えないとふっ飛ばされてしまうだろう。おそらくだが、魔物としては最弱クラス。しかし、僕の耐久が低すぎるから、しっかりと構える必要がある。

やはり、すぐに倒してしまうのは勿体ないな。最近はホーンラビットもしばらく攻撃をかわして俊敏を上げてから倒していた。今回の最大の目的は耐久だ。あとは、盾の扱いにも慣れておきたい。

僕はイモムルの突進軌道をよみ、しっかりと盾を構える。今のジョブは［盗賊］で俊敏に補正がかかっていることもあり、連続突進でも落ち着いて盾を構えることができている。

ドスッ！

盾を使って受け止める。

しばらく僕は、盾を使って受け止めたり、かわしたりしていた。

5分くらいは経っただろうか。

ゴソゴソ……。

奥のほうからイモムルがもう1匹出てきた。

いや……さらにもう1匹だ。2匹が出現し、合計3匹になる。これは少しマズイな。

僕は、2匹が近づく前にイモムルに短剣で攻撃をする。

「［ガウジダガー］！」

今後の成長のことを考えると、SPも消費しておいたほうが良いだろう。

バシュッ！

最初の1匹が吹っ飛ぶ。

耐久についても、ホーンラビットより低いな。ホーンラビットは［ガウジダガー］を使えば、怯むが、吹っ飛ぶまではいかない。

続けて2匹が連続で突進してくるが、それを連続でかわす。さらに、最初の1匹が突進、これは盾で受け止める。

いける……3匹同時に相手にすることができる。ただし、これ以上はマズイ。

僕は3匹の攻撃をかわし、盾で受け止め、反撃を繰り返した。さらに［ガウジダガー］を3発ほど使う。

3匹倒すのに、10分くらいかかっただろうか。イモムルは［ガウジダガー］で2発、通常攻撃で15発くらいで倒すことができた。

装備の影響が大きい。カルディさんに借りていた短剣よりも、リーチが長く、攻撃がしやすい。特に、攻撃をかわしたあと、カウンターで攻撃するときにこのリーチの差は大きい。

さらに、攻撃がヒットする際に、何度か大きなインパクトがあった。おそらくクリティカルヒットだろう。クリティカルヒットは、技のステータスによって発動頻度が変わるそうだ。さらに、スキルの場合は、スキルレベルも依存するらしい。

今の僕は［ガウジダガー］のレベルが1だからか、［ガウジダガー］ではクリティカルヒットは出たことがない。全て通常攻撃でのクリティカルヒットだ。

技のステータスは短剣での攻撃でも上がるが、弓や突剣での攻撃でも上がりやすいと以前にカルディさんが教えてくれた。

それからHPもほとんど減っていないだろう。確認をしてみる。

HP：67／67
かわした分はもちろん、盾で受け止めた攻撃もノーダメージだったのか。まぁ痛みは全く無かったからそうなるのだろう。

この芋虫の魔物イモムルは、素材の価値は無い。ホーンラビットと違って、いくら倒してもお金にはならない。金銭的に言えば、治療所がいかに優れていたかがわかる。

そして、ステータスを確認したが、何も上昇していなかった。

3匹くらいでは何も上がらないのか……。

呼吸を整えていると、さらにイモムルがやってきた。やっぱりここは狩場なのだろうか。魔物がどんどんと集まってくる。

とりあえず、次が来ると厄介なので倒しておく。

ん……？

おかしい。何か違和感が……。

そうだ。先ほど倒した魔物の死骸が無い。どういうことだろうか。

僕は周りを警戒しつつ、魔物の死骸を確認する。……気持ち悪い。

魔力を目に集中して観察してみると、魔物の死骸から魔素が抜けていっている。そして、抜けた魔素の一部は、さっきまで薬草がついていた、枯れた植物へと流れていった。

これって……このままここで狩りを続けていれば、魔素が植物へ流れていき、また薬草が復活するのではないだろうか。

そして魔物から魔素が抜けきると、魔物は土のような粉になってしまった。

なるほど、だからこの場所には魔物の死骸が無いのか。だとするとホーンラビットはどうなるんだろうか。こうなる前に素材を回収しなければならないのか。

それから僕は1時間程度イモムルを狩り続け、12匹のイモムルを仕留めることができた。耐久が1だけ上がったので、そのタイミングでここの狩りをやめる。ほとんどダメージは無かったが、盾で受け止めていた分耐久が上がったのだろうか。ＨＰは全く上がっていないので、ＨＰのほうはやはりダメージを受ける必要があるな。

そして僕の予想通り、狩りの途中で薬草が復活していた。２枚ほどの薬草を採取する。１時間戦って４枚の薬草。40セペタにしかならない。せめて素材が売れる魔物ならいいのに……。

この狩場は、イモムルしか出てこないのか？　もう少し奥へ行ってみよう。


15分くらいだろうか。森の中の道を真っ直ぐに進む。途中イモムルが２匹ほど出てきたので倒した。狩場以外でも多少は出てくるようだ。すると、また開けた場所がある。

今度は既にイモムルが２匹、それから１匹木のような植物の魔物がいる。あれがバウームという魔物だろう。

僕は飛び込んで、まずはイモムルに［ガウジダガー］を叩き込む。すると、もう1匹がゴロゴロと転がって突進してくる。かわしながら２匹のイモムルを相手にしていると、バウームが近づいてくる。こいつは遅いな……。

バウームは動きが遅いので、近づいてくる前にできるだけイモムルのほうにダメージを与えておく。

ビュンッ！

危なっ！

僕の頭の上をバウームの腕（枝）が通り過ぎる。ヤツ自身の動きは遅いが、攻撃自体はそれほど遅くはない。さらにリーチの長さに気をつけなければならない。

ただし、リーチが長いということは、振りかぶったときの軌道が予測できるということだ。かわすことはそれほど難しいことではないだろう。

僕はイモムルを2匹仕留めたあと、バウームを攻撃していく。

この魔物はそれほど硬い魔物ではない。ベリベリと短剣が入る。そしてこの感触は悪くはない。少なくとも、芋虫の魔物に短剣を打ち込むよりは全然良い。

バウームにはクリティカルヒットが結構入る。本体の動きが遅いからだろうか。ただし、HPが結構多い。30発ほど攻撃したところで倒すことができた。

僕は魔物を全て仕留めたあとに狩場を観察する。また薬草の植物がある。薬草を3枚ほど採取すると、更に奥へ進むか迷う。

もう少しバウームとの戦いに慣れてからのほうが良いだろうか。いや……ここにいてもHPは上がらないな。さらに奥へ進もう。

今度は30分くらい進んだだろうか。さっきよりも大きな広場があらわれる。イモムル2匹、バウーム2匹、ホーンラビット1匹。合計で5匹もいる。

5匹か……SPは少し回復して、あと9発［ガウジダガー］を撃つことができる。いけるか？

最初にイモムルに突っ込み、［ガウジダガー］を撃ち込む。出し惜しみは無しだ。とにかく早く数を減らす必要がある。

［ガウジダガー］なら2発でイモムルを仕留められるので、速攻で仕留める。

が、ホーンラビットが素早いので突進がくる。僕は、攻撃をかわしながら、バウームから遠ざかる。バウームに関しては、距離をとってしまえば追いつかれることはない。

ホーンラビットの突進をかわしきれずに、数発は盾で受け止めるが、［ガウジダガー］でイモムルを仕留めたあとは余裕だった。

いつものようにホーンラビットを仕留める。こいつは干し肉にしたいが、ここでは敵が発生するので無理だろう。

残りはバウームだけだが、コイツの攻撃はまだ受けたことがない。大きくブンッと枝を振り回すので、盾で受け止めてみる。

ドガッ！

軽く身体が後ろへ飛ぶ。威力は強めだ。この中では、攻撃力が1番高いな。この威力なら、耐久を上げることができるだろう。

僕は残りのバウーム2匹も仕留める。狩場としては、なかなか良いと思う。今までは、何時間もかけて、チマチマとホーンラビットを仕留めていたのだからな。

さらに広場の薬草を3枚採取する。これ以上奥は危険かもしれない。ただし、危険を冒さなければ、HPの上昇は無いだろう。

僕はステータスを確認する。

狭間圏《はざまけん》
［盗賊：Lv1］＋1

ＨＰ：71／67　盗賊：＋11　ＭＰ：218／238　盗賊：－20　ＳＰ：14／5　盗賊：＋22
力：16＋1　耐久：11＋1　俊敏：21　盗賊：＋11　技：13＋1　盗賊：＋11　器用：6
魔力：21　盗賊：－10　神聖：24　盗賊：－10　魔力操作：17　盗賊：－10

ステータスのほかに［盗賊］のレベルが上がっている。補正値が上がるのは大きいな。

けれど、このままではダメだ……さらに奥へ行こう。


奥の狩場は更に30分程度時間がかかった。

バウームが２匹、ホーンラビットが４匹だ。これはヤバい……。

だけど……だけど……どうしたのだろう……。

バックン……バックン……。

心臓の鼓動が激しい。ダメだ……戦いたくて仕方がない。こいつらを僕が１人で全部倒していいんだ。

危険だろうか……大丈夫、いざとなったら逃げればいいのだ。

あぁ……もう我慢ができない！

僕はホーンラビットへと突っ込み［ガウジダガー］を撃ち込む。すぐさま他のホーンラビットが気づき、突進してくるが、僕は構わず追撃で［ガウジダガー］を撃ち込む。

2発目を撃ち込むと、すぐに横に飛び、受け身を取る。さらにホーンラビットの追撃が来るが、盾で受け流す。

バゴッ！

しまった！

バウームが腕（枝）を振り回し、まともにくらってしまった。

「ゲホッ！」

僕は後ろへ転がると、すぐに構え直す。

これだ……これだよ……。

どうしてこんなに楽しいのだろうか？

僕は、安全なレベル上げを求めてはいなかったのか？

さらにホーンラビットが突っ込んでくる。かわしながらの［ガウジダガー］。そしてその後はすぐに横へ転がり受け身を取る。

一瞬でも止まってしまえば、大きなダメージを受けるだろう。動きを止めてはならない。

木といえば、炎だろう。試してみるか。

「［ファイアボール］！」

僕はホーンラビットの攻撃を避けた瞬間に、バウームへ［ファイアボール］を撃ち込む。

バウームはバリバリと燃え上がり、その場でバタバタとしている。

ヤツの動きを止めておくのには使えそうだ。

僕はとにかく止まらないように、身体をそらし、盾で攻撃を受け止め、さらなる追撃には横に飛び受け身を取る。

そして隙あらば［ガウジダガー］を叩き込む。

6発ほど［ガウジダガー］を撃ち込むと、ＳＰが切れる。もう通常攻撃しかできなくなるが、既にホーンラビットは1匹仕留めた。３匹同時ならば、多少は攻撃をもらうがなんとかなる。

僕は直撃を避けながら、攻撃を続ける。だいぶダメージをくらった。［マイナーヒール］を使いながら戦おうと思ったが、避けることに集中しているため、そんな余裕は無い。

ホーンラビットをすべて倒したあとに、バウームに向かう。ここからは作業である。１匹を倒し、残りの1匹は［マイナーヒール］を使いながらの戦闘に慣れるため、こちらからは攻撃をせずに［マイナーヒール］を使いながら攻撃を避ける。

そうこうしていると、新しくホーンラビットがやってくる。そうだった……魔物が出現することを忘れていた。

バウームをできるだけ早く仕留めたあと、またホーンラビットを仕留める。ただし、敵が残り1匹になったら必ず［マイナーヒール］を意識しながら戦う。

30分も経たずに、体力の限界がくる。ここ最近は、カルディさんとの訓練で多少は体力がついたつもりだったが、まだまだだな。一旦全部仕留めよう。

それから薬草を3枚と、よくわからない植物の葉を1枚採取する。魔素が濃いので、こちらも何かしらのアイテムだろう。

ホーンラビットの肉は欲しいが、とてもそんな余裕は無い。一旦撤退だ。

僕は狩場から離れ、水分を補給し、呼吸を整える。

気持ちが高ぶっていたせいで気が付かなかったが、相当ダメージをもらっていたようだ。しかも、動きながらの［マイナーヒール］はまるでできていない。こうして1度休憩を取らなければ［マイナーヒール］を使うことができないのだ。

クレスともう1度戦うとするならば、戦闘時の［回復魔法］は必須だ。せめて、防御に専念しながらの［マイナーヒール］だけでも習得しなければならない。

僕はHPを回復させ呼吸を整えると、再び狩場へ突っ込む。

もうすぐ日が暮れる。このあたりで切り上げよう。

帰りにも狩場を通り、魔物を狩った。広場にはまた薬草が出ていたので、採取しておいた。

全部で薬草が18枚、謎の草が2枚だ。

結局［マイナーヒール］を使いながらの戦闘はできなかった。だが盾の扱いには慣れた気がする。数回だけ、受け止めるだけでなく、盾で払うことができた。ある程度の攻撃でも払えるようになれば、敵の隙をつくことができるだろう。金銭的には赤字だが、かなり効率の良い狩りができたな。

街に帰る頃には日が落ちていたので、薬草は明日の朝道具屋でカルディさんに渡そう。

僕はいつものようにステータス確認をして眠りに落ちる……。

狭間圏《はざまけん》
［盗賊：Lv3］＋2

HP：71／69＋2 盗賊：＋13 MP：13／238 盗賊：－20
SP：0／8＋3 盗賊：＋26
力：17＋1 耐久：14＋3 俊敏：24＋3 盗賊：＋13 技：15＋2 盗賊：＋13 器用：6
魔力：21 盗賊：－10 神聖：25＋1 盗賊：－10 魔力操作：17 盗賊：－10
［回復魔法：Lv8］［マイナーヒール：Lv17］＋1 ［短剣：Lv3］＋1
［ガウジダガー：Lv2］＋1 ［盾：Lv0］New etc…7

10 ボス戦

病室では、今日も［見習い魔法士］と［見習い聖職者］のジョブを変えながら、［炎魔法］と［回復魔法］を繰り返す。

［炎魔法］では、魔力操作を上げるために、複雑な形をつくろうとしてみる。

丸い形の火傷は、おそらくできているだろうと思う。しかし、三角形や四角形は相変わらず怪しいな……。

実際に見ることができないので、あくまでも感覚的なものだが、角が難しいのだ。

そして昨日は［盾］のスキルを習得することができた。狩りの後半では、盾の使い方が良くなっていたが、これはスキルを習得した影響だろう。

盾の扱いに慣れる前、前半はギリギリの戦いだった。あの高揚感はなんだったのだろう……今思い出すだけでも、気持ちが高ぶる。

それから、現状の1つの目標である、攻撃と回復を同時にやってみようと思う。[炎魔法]と[回復魔法]だ。

しかし、これは絶対に無理という感覚がある。左手と右手を同時に使う、などといったレベルではない。右に向かいながら左に進む、という感覚だ。つまり、絶対無理。

これなら、まだ盾を使いながら[マイナーヒール]を同時に使うほうが現実的だ。

……ん?

[炎魔法]と[回復魔法]を交互に使っていると、違和感を感じる。

新スキルだ!

[ヒール]を習得することができた。そして、[マイナーヒール]がレベル20になっている。僕の[ヒール]の習得条件は[マイナーヒール]のレベルを20にすることだったのか？

そして、ステータス上では[マイナーヒール：Lv20★]となっている。これはレベル20が上限ということだろう。

スキルレベルが20になったのは初めてだが、他のスキルについても上限は20なのだろうか。

まぁ他のスキルも上げていけばいずれ分かることだが、異世界でカルディさんに聞いてみるのもいいかもしれない。

狭間圏《はざまけん》
[見習い聖職者：Lv0]
HP：80／80＋11　MP：260／250＋12 見習い聖職者：＋10　SP：8／8
力：17 見習い聖職者：－5　耐久：14 見習い聖職者：－5　俊敏：24 見習い聖職者：－10
技：15　器用：6　魔力：23＋2 見習い聖職者：＋5　神聖：28＋3 見習い聖職者：＋10
魔力操作：19＋2 見習い聖職者：＋5
[炎魔法：Lv11]＋3　[回復魔法：Lv9]＋1　[マイナーヒール：Lv20★]＋3
[ヒール：Lv0]New　[炎耐性：Lv3]＋1　etc…8

♻

今日は朝から道具屋へ来ている。昨日採取した薬草を売りに来たのだ。

「薬草は全部で18枚180セペタですね」

「はい、お願いします」

やっぱり治療所に比べると、金銭的にはきつい。

「あとは、この2枚なんですが、これは何かのアイテムなんでしょうか？」

「これは毒草ですね。残念ながら、ほとんど価値はありません。1枚5セペタですね」

「あぁー……そうですか。毒草の毒はどれくらい強いんですか？」

「薬草もそうなのですが、このままではほとんど使い物にならないのですよ。薬草の場合、30枚でポーションが1つ。毒草は50枚で毒薬が1つくらい作成できます」

なるほど、どうりで薬草が1枚10セペタだったわけだ。一応薬草を食べれば、HPは回復するようだが、ある程度の傷を癒やすためには、薬草をサラダのように食べなければならない。しかも、味はクソ苦い。

「そうすると、ポーションを作るには、30枚のポーションを加工するっていうことですよね？」

「まぁそうですね。ただし、干し肉のような加工ではありません。［薬師］のスキルを使います。お見せしましょうか？」

「おぉ！　カルディさんは［薬師］のスキルを持っているんですね」

「そうですよ。道具屋ですからね。［薬師］というのはジョブで、［ポーション生成］などのスキルを習得します。［薬師］の無い道具屋もいますが、どちらかというと商人なのでしょう」

カルディさんはそう言うと、奥から薬草と小瓶を持ってくる。彼女が薬草に手をかざすと、手と薬草が淡い光を放つ。薬草がフッと消え去り、小瓶に液体がたまる。

「これで完成です。結構なSPを消費しますので、1日にそんなに連発はできません。まぁそれよりも、それほど大量の薬草はうちにはありませんが」

「おぉ！　すごいですね！　僕も［薬師］のジョブを習得することはできるんでしょうか」

「必ずできるというわけではありませんが、可能性はあると思いますよ。狭間さんの場合は、魔法の習得ができていますからね。まずは［土魔法］の習得が先です。［土魔法］には［形成］というスキルがあります。［形成］は低レベルのうちは、土からレンガを作って終わりですが、ある程度のレベルや器用になると大きな建造物の材料を作ることができます。［土魔法］と［形成］のスキルを使い続ければ、器用のステータスが上がっていきますからね。それで［薬師］が出てくることがあります」

なるほど、先は長いな。あと1つ気になることを聞いてみる。

「毒草は食べても大丈夫ですか？」

カルディさんは珍しくぎょっとした表情でこちらを見る。

「毒草を……食べるんですか？」

「はい。以前睡眠耐性が全く無いので、すぐに眠ってしまったと思うんです。睡眠耐性があるということは、毒耐性もあるのかと思いまして。それなら毒草を食べれば、毒耐性がつくのかなと」

「そうですねぇ……理論上は可能だと思いますが、あまり聞いたことがありません」

そうなのか……毒耐性をつけるために、毒性の低い毒草を食べるのは普通だと思うんだけどな。異世界の人は、自傷でステータスを上げることもしていないようだし、あまりそういったことをしないのかもしれない。

「毒草の毒性ですが、食べたときの状態はなんとも言えませんね……ただし、毒というのはよっぽど強いものでない限り、すぐに命に関わるようなことはありません。時間をかけて徐々にHPが減っていくというものです。それから、毒草程度の毒でしたら、毒消しなどの治療薬を使わなくても自然治癒すると思います。何しろ、毒草を食べてその後1日中放置する人なんていませんから、あくまで私の予想ですよ」

「なるほど、ありがとうございます。ではこの毒草は持ち帰りますね」

「本気で食べるんですね……」

カルディさんは怪訝な表情で眼鏡を持ち上げる。


それからカルディさんには、狩場のことについて聞いてみた。もっと詳しく知りたいなら、ギルドのドグバさんに聞いたほうが良いということだ。

ん〜……。

ギルドへ行くと、クレスたちと鉢合わせになる可能性がある。今はやめておいたほうがいいだろうな……。

その後僕はギルドへは行かずに、直接昨日の狩場へと向かう。昨日は森の入口から3つ目の狩場を中心に狩りをしていた。今日は1つ目の狩場で魔物と戦うつもりだ。この1つ目の狩場では、イモムルしか出てこない。まずはジョブを［盗賊］にして、狩場のイモムルをすべて倒してしまう。

それから薬草を採取し、毒草を1口だけかじってみる。

うわ……超苦い……。

舌がビリビリとする。僕は毒草を無理やり水で流し込む。飲み込む瞬間が1番きつい……。

ゴックン……。

身体に違和感がある。いわゆる普通の食中毒とは全く異なる。なんというか、HPにダイレクトにダメージがあるという感覚はそのままだ。身体の中から攻撃されているような痛みがある。

僕はHPを確認する。

ＨＰ：78／80

もちろん減っている。先程のイモムルとの戦いでは、ダメージは受けていない。毒によるダメージということだ。

それから僕は、ジョブを［見習い聖職者］にしてイモムルが出現するのを待つ。今回の目標は行動しながら［ヒール］をすることだ。ジョブが［見習い聖職者］のほうが［ヒール］をするハードルが低いだろう。

２分くらいでイモムルが出現したので、盾を主体として戦ってみる。

ドガッ！

構えた盾に、イモムルが突進してくる。

よし……いけるな。［見習い聖職者］のジョブ補正で俊敏が下がった状態ではあるが、イモムルなら問題は無さそうだ。これがホーンラビットだと少し怪しいな。

それから僕は［ヒール］を意識しながら防御に徹する。

しかし、これがなかなかうまくいかない。

イモムルが転がって、こっちへ向かってくるところまではいい。

ただ、攻撃を盾で受けた瞬間に、使用中の［ヒール］がリセットされてしまうような感覚だ。受け止める瞬間に、［ヒール］への意識が途切れてしまうのだろうか。

そうこうしていると、２匹目のイモムルが出現してしまう。

僕はこれを［見習い聖職者］のジョブのまま、短剣で仕留める。［盗賊］のときと違い、倒すのに時間がかかってしまう。敵が2匹以上になったら、ジョブを［盗賊］に切り替えたほうが良いのかもしれない。

さらにイモムルが出現したので、僕はジョブを［盗賊］に切り替え、もうすぐ倒せそうだと思ったら［見習い聖職者］に切り替える。

それからトドメを刺し、残りが1匹になったら防御に徹し、［ヒール］を意識する。その間も徐々にではあるが、HPは減っていく。

それから2時間ほど経っただろうか。1度狩場を離脱して、［ヒール］で身体を回復する。戦いながらの［ヒール］だが、絶対に無理という感じではない。もう少しでできそうだ。

そして、毒の効果が切れてしまった。僕は呼吸を整えて、一休みする。

それから、何度も同じことを繰り返す。

ドスッ！

僕はイモムルの突進を盾で受け止める。

おぉ！　いけそうだ！

［ヒール］の発動が継続されている！

僕の身体が淡く光る。

よし！　できた！

とりあえず防御しながらの［ヒール］はいけたぞ！　この感覚を忘れないうちに繰り返しておこう。

僕は毒草を取り出し、イモムルの攻撃をかわしながら、それを食べる。

クソまずい！

よし！　さぁどんどん来い！

それから防御しながらの［ヒール］をある程度できるようになった。

確率で言えば50％程度だろう。

昨日よりも狩場が近いので、日が暮れるギリギリまで［ヒール］の練習をした。１つ目の狩場にずっといたので、薬草は12枚しか手に入らなかった。

赤字がヤバいな……。

狭間圏《はざまけん》
［見習い聖職者：Ｌｖ１］＋１
ＨＰ：81／81＋１　ＭＰ：52／250 見習い聖職者：＋11　ＳＰ：０／９＋１
力：17 見習い聖職者：－５　耐久：15＋１ 見習い聖職者：－５
俊敏：24 見習い聖職者：－10　技：15　器用：６　魔力：23 見習い聖職者：＋６
神聖：29＋１ 見習い聖職者：＋11　魔力操作：20＋１ 見習い聖職者：＋６
［回復魔法：Ｌｖ10］＋１　［ヒール：Ｌｖ１］＋１　［ガウジダガー：Ｌｖ３］＋１
［盾：Ｌｖ１］＋１　［毒耐性：Ｌｖ０］Ｎｅｗ　［マルチタスク：Ｌｖ０］Ｎｅｗ　ｅｔｃ…９

♻

翌日。日本。

今日も朝から［炎魔法］と［ヒール］を繰り返す。

昨日は［毒耐性］と［マルチタスク］のスキルを手に入れた。［毒耐性］は狙い通りだ。

そして、実は今も毒状態だったりする。異世界で眠る前に毒草を食べたのだ。毒のまま眠りにつき、日本の病室に来てしまえば、ＭＰ制限が無いため回復し放題だ。こっちのほうが都合が良い。

いつもの［炎魔法］のダメージに加え、毒によるダメージもあるため［ヒール］がはかどる。

毒の痛みのまま眠りにつけるかは、少し不安だったが問題なかった。夜になると、急激な眠気がくるのだ。それこそ、自分の意思でどうにかなるようなものではないレベルだ。

しかし、確実な方法ではなかったので、食べた毒草は１枚の半分くらいだ。もし眠れなかったとしても、異世界の残りＭＰで対応できるようにした。

これなら、今日からは１枚全て食べてしまっても問題ないだろう。

そして、［マルチタスク］というスキルも習得した。これはおそらく同時行動だろう。昨日防御しながら［ヒール］を使えるようになったのは、［マルチタスク］習得のおかげだったみたいだ。

ということは、［マルチタスク］で［炎魔法］と［回復魔法］を同時に使えるんだろうか。僕は［炎魔法］と［回復魔法］を同時に使おうとする。

無理だ……やっぱり無理。

まるでできる気がしない。防御しながらの［ヒール］とは別次元という感覚だ。

病室で［炎魔法］と［ヒール］の同時撃ちができれば、さらに効率が上がるんだが、さすがにそれは無理だった。

そして、1つ問題が出てきた。［炎耐性］が上がってきたことだ。

今日はまだ毒のダメージがあるから良いものの、ただの［炎魔法］で受けるダメージが減ってきている。そもそも［炎魔法］はただの火起こしだから、威力は低い。

かといって、病室で［ファイアボール］を自分に撃つわけにはいかない。音も炎もただの［炎魔法］とは違うからな。そして［風魔法］の［エアカッター］では自分の血が飛び散ってしまうので、これも無理。［水魔法］はそもそも水がちょっと出るだけ……。

なにか都合の良い魔法を習得するか、身体が動くようになるまではHP上げの効率は悪くなりそうだ。

狭間圏《はざまけん》

［見習い聖職者：Lv1］

HP：90／90＋9　MP：271／260＋10見習い聖職者：＋11　SP：9／9

力：17見習い聖職者：－5　耐久：15見習い聖職者：－5　俊敏：24見習い聖職者：－10

技：15　器用：6　魔力：25＋2見習い聖職者：＋6　神聖：31＋2見習い聖職者：＋11

魔力操作：22＋2見習い聖職者：＋6

［炎魔法：Lv14］＋3　［回復魔法：Lv12］＋2　［ヒール：Lv3］＋2

［炎耐性：Ｌｖ４］＋１　［毒耐性：Ｌｖ１］＋１　ｅｔｃ…10

♻

早朝から森の狩場へと来ている。昨日は結局薬草を12枚しか採れなかったため、道具屋でわざわざ買い取ってもらう必要が無いと思ったからだ。昨日［見習い聖職者］のレベルを1つ上げることができたわけだが、今日はまず［見習い魔法士］で［マルチタスク］が使えるか試そうと思う。

相手は、昨日と同じく芋虫の魔物イモムル。実験には都合の良い最弱の魔物だ。短剣で攻撃しつつ［エアカッター］を発動してみる。

ブシュッ！

短剣の攻撃と［エアカッター］のダメージが両方入る。

いける……というより、防御しながらの［ヒール］のほうがハードルが高い。そもそも［エアカッター］の発動時間は［ヒール］よりも断然短い。

さらに［見習い聖職者］と異なり、［見習い魔法士］には俊敏のマイナス補正がない。動きながらの攻撃魔法は［ヒール］よりもだいぶ楽だ。

短剣で攻撃をしながら［エアカッター］、［ヒール］、ソロで戦う上での材料が揃ってきた。ただ、ジョブがまだまだ。

ジョブレベルが低いのはもちろん、［盗賊］では、魔力、神聖にマイナス補正。［見習い聖職者］、

［見習い魔法士］では前衛として戦うステータスにマイナス補正が入る。ソロで戦うには、前衛、後衛のステータス全てを底上げしたいところだ。［勇者］や［魔法剣士］のような万能ジョブもあるのだろうか。あったとしても今の僕には程遠いな。

僕は2つ目の狩場まで、［見習い魔法士］のまま進み、薬草を採取しておく。その後［見習い魔法士］のジョブレベルが1に上がるまで、2つ目の狩場でイモムルとバウームを狩り続ける。［見習い魔法士］のジョブレベルが1に上がると、ジョブを［盗賊］に切り替えて3つ目の狩場へ向かう。

それにしても、この狩場には誰もいないな……。

アイテムも薬草と毒草しか手に入らないし、ホーンラビットは持ち帰るのがけっこう大変だからな。クエストでも出てないと誰も来ないのだろうか。

3つ目の狩場も難なく一掃できた。ステータス上昇と、［盾］スキルの恩恵が大きい。ステータスの上昇はスタミナのみ関係しているのだろうか。7匹くらいを同時に相手にしたあとの疲労が、この前とは違う。

そして薬草、毒草の採取をする。

HPはやや減ったものの、［ヒール］を使うのは勿体ない。今日はさらに奥へ向かおう。

奥の広場が見えてくる。様子がおかしい……。

でかいヤツがいる。ボスだろうか。樹木の魔物バウーム、それのでかいヤツが中央にいるのだ。

そして、その周りには、イモムルが3、バウームが3、ホーンラビットが2。これはマズイな……。

ボスの能力が未知な上に、雑魚の数が多い。

幸い奴らはまだこちらに気づいていない。しかし広場に入れば気づかれるだろう。

さて、どうするか……。

さっきの狩場でも7匹同時に戦うことができた。それほどダメージは受けていない。仮にボスがホーンラビットよりも素早かったとしても、なんとかなるだろう。そして、何よりあのボスは大きい。ホーンラビットよりも素早いイメージはできないな……。

最悪はこの狩場から逃げればいいのだ。雑魚は追ってくるだろうが、ボスのあのサイズではこっちの道に入ってこられないだろう。

よし……いけるな……。

ザッ！

僕は勢いよく狩場へと飛び込み、1番仕留めやすいイモムルから［ガウジダガー］を不意打ちで叩き込む。さらにすぐさま連続で［ガウジダガー］で追い打ち。これでとりあえず1匹を減らす。

攻撃に気づいた他の魔物が近づいてくる。ボスは動き自体は遅く、雑魚から先に近づいてくる。

思ったとおり、ボスの動きはそれほど速くない。いける……。

バシュッ！

SPを温存せずに、次々に［ガウジダガー］を撃ち込む。マズイのは、SP切れよりも魔物に囲まれてしまうことだ。ボスが徐々に近づいてくるので、一旦距離を取ろうとする。

「うぉ！」

ドッスン！

ボスは自らの枝を振り下ろす。僕はとっさに盾で受け止めることができたが、想定していたよりもリーチが長い。それに移動は遅いが、攻撃自体は結構速い。

ダメだ！

盾で受け止めたとはいえ、上からの振り下ろしを受けてしまった。さらに他の魔物が来る。

僕は横に飛び、ぐるりと受け身を取る。

マズイな……盾で受け止めたときに左肩がやられた。

とにかく一旦距離を取る必要がある。僕は［ヒール］を使いながら距離を取る。防御に徹しながら回復していく。

肩が最低限動くようになるまで、攻撃をさけつづける。

「はぁ……はぁ……」

距離を取ると、最初に近づいてくるのは1番素早いホーンラビットだ。

攻撃をかわし、すばやく［ガウジダガー］を繰り出す。さっきのボスの攻撃で、おおよそのリーチを把握することができた。これ以上は危険だ。さらに距離を取り、ホーンラビットを仕留めていく。

あぁ……これだ……この感触……高揚感……。

動きが研ぎ澄まされていく。何だこの感覚は？　アドレナリンというのが出ているのか？

イモムルが転がり、突進してくる。僕はこれを難なくかわし、［ガウジダガー］を撃ち込む。

バツンッ！

キタ！　クリティカルヒットだ。

僕はイモムルを1撃で仕留める。さらにテンションが上ってくる。

「ハハハ！　アハハハ！」

僕は素早く走り込み、姿勢を低くする。突進と同時に［ガウジダガー］をイモムルに撃ち込む。

バツンッ！

またクリティカルヒット。1撃で仕留める。あとはバウームが3匹とボスだけだ。

ヤツらの動きは遅い。僕は、バウームの間を這うように走り回り、切り刻む。

ザクザクと切り刻みながら、辺りを動き回る。途中ボスの攻撃がくるが、盾で攻撃をそらし、身体もそらす。コイツの攻撃はリーチが長いだけだ。それにさえ気をつければ問題ない。

体勢を低くし、バウーム3匹をひたすらに切り刻む。こいつらに［ガウジダガー］を使う必要はない。少し時間はかかったが、残りはボスだけになる。

ザッ……。

僕は踏み込み、ボスへと突進する。懐に入ってしまえば、リーチの長さが逆に不利になる。ボスの身体を切り刻んでいく。

ザッザクッ……。

ん？　こいつ……。

先程切り刻んだ傷が修復されていく。［回復魔法］を使っているようには見えない。自然回復か？

僕の攻撃力が低すぎるんだろう。残りのSPをすべて使い、［ガウジダガー］を撃ち込んでいく。SPが切れても、ヤツは動きを止めない。MPならまだまだあるな。

ブンッ！

ボスが枝を振り回す。僕はそれを前転しながらかわし、起き上がると同時に魔法を撃つ。

「[ファイアボール]!」

ブワッ! メキメキッ!

身体に火がつき、暴れまわっている。

[ファイアボール]のレベルは0だが、それなりに効いているようだ。僕はさらに近づき、至近距離で魔法を撃つ。

「[ファイアボール]!」

回避、短剣での攻撃、魔法を繰り返す。

バキンっ!

上からの振り下ろしさえさければ、横の振り回しは盾で耐えることができる。たまに盾で攻撃を受け、吹き飛ばされるがすぐに距離をつめる。

十数分の末、大きな樹木の魔物が倒れる。

メキメキメキメキッ!

ドーン……、

「はぁ……はぁ……」

呼吸を整え、少しの時間が経つとボスモンスターが灰になっていく。

あれは……アイテムか? ボスの中からアイテムが出てくる。魔力が濃い……。

植物の葉が10枚ほど。

毒草かよ!

誰もここの狩場に来ない理由が分かった気がする。まぁ僕は戦いを楽しむことができたのでまだマシだろう。
もうMP、SPが残り少なかったので、その日はアイテムを回収しながら帰っていった。

狭間圏《はざまけん》
[盗賊：Lv5] ＋2
HP：74／92＋2 盗賊：＋15　MP：31／260 盗賊：－19
SP：3／11＋2 盗賊：＋30
力：18＋1　耐久：16＋1　俊敏：26＋2 盗賊：＋15　技：17＋2 盗賊：＋15　器用：6
魔力：25 盗賊：－10　神聖：32＋1 盗賊：－10　魔力操作：22 盗賊：－10
[ファイアボール：Lv1] ＋1　[ガウジダガー：Lv5] ＋2　[盾：Lv3] ＋2
[ガード：Lv0] New　[マルチタスク：Lv1] ＋1　etc…11

11　黒字

今日も病室で目覚めることができた。念の為毒草は控えめにしているが、1枚食べてから就寝している。それから、［見習い魔法士］と［見習い聖職者］のジョブを交互に替えながら［炎魔法］と［回復魔法］を繰り返す。

一応、［炎魔法］と［回復魔法］を同時に発動させてみようとするが、どうにも不可能な感触しか無い。

僕は魔法を使いつつ、昨日のステータスについて振り返る。ステータスの上昇も順調で、［盗賊］のレベルが5になった。さらに［ガード］スキルの習得もある。

防御力を上げるスキルだとは思うのだが、使用中の防御力が上がるのか、使った瞬間だけ防御力が上がるのか、または持っているだけで防御力が上がるのか……。

おそらくだが、持っているだけで防御力が上がるのではないと思う。感覚的にそうだと感じている。実際は使ってみなければわからないが……。

あとはまた現状の課題ができた。火力、SPが低すぎる。昨日も［ファイアボール］である程度ダメージを与えることができたから倒せたものの、魔法無しで押し切れたかは怪しいところだ。短剣での攻撃力が低い上に、SPもすぐに切れてしまうため、物理攻撃の限界がきていた。さらに［盗賊］のジョブでは魔力にマイナス補正が入るため、魔力もかなり低い。

昨日倒せたのは、おそらくバウームとそのボスが樹木の魔物であり、［炎魔法］が弱点だったのだろう。もし、クレスと再戦するならば、魔法攻撃で戦うという選択肢もありだ。

しかし、ジョブがなぁ……。

［盗賊］以外のジョブは俊敏にマイナス補正があり、まともに戦うこともできなそうだ。どちらにしろ、まだまだステータスの底上げが必要だ。

昨日の狩りもそうだが、ギリギリの戦いを何度かしている。異世界は、現代日本よりも死が身近にある。基本的に安全に行動するべきだ。

わかっている……それは、わかっているんだ……。

クレスたちのご機嫌をとり、治療所で回復を続け、道具屋でホーンラビットを安全に狩る。これが正解。そうするべきなのだろう。

しかしダメだ……耐えられない……。

クレスたちに屈することが？

いや……違う。

彼らには、むしろ感謝している。あれほどの高揚感は、これまでの僕の人生であっただろうか。治療所へ行けば、おそらくまた彼らに絡まれるだろう。本当はすぐにでもそうしたい。

しかし、それもダメだ。もっとＨＰ、耐久を上げなければ、クレスの攻撃を満足に受けることもできない。彼らに失礼ではないだろうか……。

異世界でのステータス上昇は効率が上がっている。問題があるとすれば、金銭的な方だ。しかしこれも強くなれば、いずれ解決する。それまでに所持金が尽きないようにするしかない。

病室での修行効率は圧倒的だ。そして、昨日までの狩りで［見習い聖職者］［見習い魔法士］のレベルが上がっている。補正が少し上がることで、［炎魔法］と［ヒール］の効率が上がり、病室でのステータス強化の効率が上がる。

［毒耐性］と［炎耐性］が上がっているので、ＨＰ強化については、効率が上がった分と下がった分が拮抗しているな。

［炎魔法］については、複雑な形に挑戦していき、魔力操作も上げていくべきだろう。

狭間圏《はざまけん》
［見習い聖職者：Lv1］
HP：101／101＋9　MP：281／270＋10見習い聖職者：＋11
SP：11／11
力：18見習い聖職者：－5　耐久：16見習い聖職者：－5　俊敏：26見習い聖職者：－10
技：17　器用：6　魔力：26＋1見習い聖職者：＋6　神聖：34＋2見習い聖職者：＋11
魔力操作：24＋2見習い聖職者：＋6
［炎魔法：Lv16］＋2　［回復魔法：Lv13］＋1　［ヒール：Lv5］＋2
［炎耐性：Lv5］＋1　［毒耐性：Lv2］＋1　etc…11

♻

今日は昨日とは別の狩場へ来ている。昨日の狩場は、一本道に3つほどの狩場があり、奥にはボスがいた。道はそこで行き止まりになっているため、その奥は無い。カルディさんに教えてもらったが、最も敵が弱い狩場らしい。

正直、もう少しあそこで戦っていてもステータスは上がると思う。ただし、ドロップアイテムがきつい。薬草と毒草だけ。そしてボスは毒草しか落とさない。唯一お金になるのが、ホーンラビットの肉ということだが、これも街まで持って帰るのは現実的ではない。せめて解体加工してからなら、数体分は持って帰れると思うが、戦いだけでそこまでの余裕が無い。

そこで、別ルートの狩場へと来た。同じ森だが、入り口が別だ。この森には4つほどの入り口があり、それぞれ難易度が異なる。今回来たのは、当然2番目に敵が弱いルートだ。

ホーンラビットとボカンが出てくるルートだ。ボカンというのは、人型の魔物で、ゴブリンを弱くしたようなヤツらしい。人型の魔物と戦うのは初めてだが、対人戦の特訓になるのではないだろうか。

しばらく歩くと1つ目の狩場へとたどり着く。街からは1時間程度で着いた。距離的には昨日の狩場と変わらないな。

森のひらけた狩場を見ると、ホーンラビットが2匹、ボカンが1匹いる。ボカンは背が低く、120cmくらいで茶色い。耳が腰くらいまで垂れ下がっており、鼻が天狗のように長い。目つきは悪くないが、頭は悪そうだ。棍棒を持ってうろうろしている。

ザッ……バシュッ！

僕はとりあえずホーンラビットへ突っ込み［ガウジダガー］を撃ち込む。それに他の魔物が気づいて乱戦になる。

ボカンの素早さはそこまで無い。やはり今のところホーンラビットが1番素早い。

バキンッ！

ボカンの攻撃を盾で受け止める。これは、今までで1番衝撃が強いな。体の芯まで響いてくる。盾で受けてもダメージをもらっているだろう。上手く受けられるようになるまで、少し時間がかかりそうだ。

ホーンラビットを仕留めたあと、ボカンで盾の訓練をする。昨日習得した［ガード］の練習だ。

ボカンが振りかぶったタイミングで……今だ！

「［ガード］！」

ガキンッ！

木製の盾から金属音がする。どうやらスキルが発動したようだ。

攻撃したはずのボカンが後ろにのけぞっている。攻撃の反動だろう。すかさず反撃をする。

ブシュッ！

さらに追撃。

ブシュシュッ！

ボカンの耐久力は、樹木の魔物バウームよりも少し低いくらいだった。

ボカンは無言だな。話せないのか。ホーンラビットのような鳴き声もない。

そして［ガード］の効果は防御力が上がることだった。それは予想通り。そして［ガード］の発動時間は3秒くらいだろう。なぜなら、［ガード］を発動したあと、3秒くらい身動きが取れないからだ。

これはどうなんだろうか……上手くタイミングを合わせないときちんとした効果が出せないな。

さらに消費SPが3。タイミングを外されたとしても、おそらく消費してしまうだろう。そして、狩場のアイテムを回収する。ここも薬草だ。

さらにボカンが出現する。僕は［ガード］が正面以外でも使えるのかを検証するために、ボカンの攻撃を横から受ける。

「［ガード］！」

ガキンッ！

先程と同じ金属音。

よし！　正面方向以外、盾を構えていないところからでも攻撃に対応できる。

ただし、さっきとは異なり、ボカンはのけぞっていない。おそらく正面が1番効果が高いということだろう。

その後、ボカンとホーンラビットで［ガード］を試した。正面からの防御力を１００％とすると、横からが50％、後ろが20％程度といったところだろうか。後ろから攻撃されると、［ガード］を使ってもさすがにダメージをもらってしまう。

ただし、［ガード］のスキルレベルが上がったらどうなるかわからないな。効果範囲や効果時間が変わるかもしれない。

［ガード］の検証が一通り終わると、奥の狩場へと行く。ちなみに僕が戦っている間に、パーティーが1組だけ通り過ぎていった。10代前半のパーティーだったので、やはりここが初心者の狩場として適しているのだろう。

奥の狩場はホーンラビット3匹、ボカンが2匹いた。ここでの狩りも問題ない。昨日の狩場よりも、個々の魔物は強いが、数は少ない。ソロ狩りをするときに1番きついのは敵の数だ。囲まれてしまうと、弱い魔物でも結構なダメージをもらってしまう。今のところ数はそれほどでもないので、危険もそれほど無い。

3つ目の狩場へ行くと、先程の少年パーティーが戦っている。斧戦士、剣戦士、魔法職の3人パーティーだ。魔法職は、攻撃に参加していないな……回復役なのか、攻撃役なのかはわからないが、MPを温存しているんだろうと思う。斧戦士と剣戦士が、魔法職をかばいながら戦っている。

なんというか……安定して戦えている。やっぱり3人いると強いな。正直、斧戦士も剣戦士も動きは良くない。ステータスこそある程度高いだろうが、ステータスでゴリ押ししている感じがする。

あ、魔物の出現だ。ここの狩場は数が多いのだろうか。ボカンを倒したそばから、どんどんとボカンが出現してくる。さすがに数が多い。魔法職が［炎魔法］を使い始めた。

一気に魔物の数が減る。あれはなんていう魔法なのだろうか。炎の矢がボカンに突き刺さり、1撃で仕留めている。MPは貴重なだけあって、魔力を鍛えていれば物理攻撃よりも強いかもしれない。ただし、MPが尽きたら詰みだが。

しばらく見ていると、切り上げるようだ。僕らは少し休むんで、どうぞ。みたいな感じでこちらを見てくる。僕は軽くお辞儀をして、狩場へ入る。

彼らが殲滅してくれたおかげで、最初魔物は1匹もいなかった。ただし、ボカンは1匹出現してきて、倒していると、2匹、3匹と次々に出現してくる。どんどんさばいていくが、敵の多さに追いつけない。

マズイな……。

1匹1匹は大したこと無いが、囲まれるとまずい。徐々に狩場の入り口まで後退しながら攻撃をしていく。狩場から出てしまえば、新しく魔物が出現することはほとんど無い。冷静にボカンを仕留めていく。５匹……現状同時に戦えるのは５匹が限界だ。ここの狩場ではそれ以上に出現する。

一旦全部さばいたあとに、［ヒール］を使いながら呼吸を整える。かなりきついな……。

狩場に長くいると、囲まれてしまう。戦いながら［ヒール］を使うようにはしているが、囲まれると［ヒール］への集中ができなくなる。

狩場の入り口でさばけない数になったら、後退して通路に戻って仕留める。これを繰り返すのでいっぱいいっぱいだ。

ただし、昨日の狩場よりも効率が良い。後退を繰り返しながらの狩りでも、昨日よりも戦えているのだ。ダメージを結構もらうが、ＨＰ上昇のためでもある。後退せずに戦える状態になれば、さらに効率が上がるだろう。

あれ？

ボカンを数十匹倒したところで、小さな石が落ちた。２ｃｍくらいの小さな石だ。魔素がまとわりついているので、小さくても見つけることができる。これはドロップアイテムか？　明日カルディさんに聞いてみよう。

この日は、薬草こそ４枚しか採ることができなかったが、小さな石を３つほど手に入れた。

［盗賊：Ｌｖ７］＋２
ＨＰ：75／１０３＋２　盗賊：＋17　ＭＰ：46／２７０　盗賊：－19
ＳＰ：１／14＋３　盗賊：＋34
力：18　耐久：18＋２　俊敏：27＋１　盗賊：＋17　技：18＋１　盗賊：＋17　器用：６
魔力：26　盗賊：－10　神聖：34　盗賊：－10　魔力操作：24　盗賊：－10
［ヒール：Ｌｖ６］＋１　［短剣：Ｌｖ５］＋２　［ガウジダガー：Ｌｖ６］＋１
［盾：Ｌｖ４］＋１　［ガード：Ｌｖ２］＋２　［マルチタスク：Ｌｖ２］＋１　ｅｔｃ…10

♻

今日も病室で目覚めることができた。病室では［炎魔法］と［ヒール］の強化をしながら考察をする。

昨日の狩りはかなり効率が良かった。現状のステータスではあれ以上の狩場に突っ込むのは厳しいだろう。今のところアレ以上の効率は無理だ。おかげで［盗賊］のジョブレベルも7になった。ジョブレベルが上がると、ステータスのプラス補正が伸びるだけでなく、マイナス補正も小さくなるようだ。

しかし、ステータス上昇自体はやや鈍化している。今までが低ステータスだったため、どんどん伸びていたが、少しだけ伸びにくくなっているように感じる。今の自分のステータスは、駆け出し冒険者といったところだろうか。昨日すれ違った少年たちのステータスは、おそらく僕よりもやや高かったと思う。そして、クレスたちはまだまだその上のステータスだ。

そして、今日の病室での強化について、魔力操作のステータスが上がってきていることもあり、三角形に火傷ができている。何故そういい切れるかと言うと、見える位置に［炎魔法］を出せるようになったからだ。これまでは、魔力操作が低すぎて、おでこの近くに［炎魔法］を出すのが精一杯だった。近すぎて熱いので、目視できる位置に［炎魔法］を発動することができなかった。しかし、魔力操作が上がってきたので、熱さを感じないところに［炎魔法］を発動できるようになった。

つまり、自分の目の前に［炎魔法］を発動できるのだ。

試しに、目の前に［炎魔法］を発動してみたところ、丸、三角、四角はできるようになった。そして現在は星形に挑戦中だ。［炎魔法］で形ができることはわかったので、再び自分の体に［炎魔法］を使っていく。［見習い魔法士］［見習い聖職者］それから魔力、神聖の上昇により、［炎魔法］と［ヒール］のサイクルも良くなっているが、ステータス上昇値が鈍化している。この強化もあとどれくらいできるか微妙だ。

そして、今日も毒状態である。［毒耐性］を上げておきたいというのもあるが、それ以上にＨＰを上げたい。［炎耐性］が上がっているため、病室でＨＰを減らす効率が悪くなってきている。もっとＨＰを上げておきたいので、異世界では毒草を２枚食べ、昨日よりも強い毒を受けている。そして、万が一日本で目覚めない場合でもＭＰを40以上残してあるので、そのまま回復できる。

しかし……クソ不味い……。

狭間圏《はざまけん》
［見習い聖職者：Ｌｖ１］
ＨＰ：１１１／１１１＋８　ＭＰ：２９０／２７９＋９　見習い聖職者：＋11
ＳＰ：14／14
力：18　見習い聖職者：－５　耐久：18　見習い聖職者：－５　俊敏：27　見習い聖職者：－10
技：18　器用：６　魔力：26　見習い聖職者：＋６　神聖：34　見習い聖職者：＋11
魔力操作：24　見習い聖職者：＋６
［炎魔法：Ｌｖ18］＋２　［土魔法：Ｌｖ０］Ｎｅｗ　［回復魔法：Ｌｖ14］＋１
［ヒール：Ｌｖ７］＋１　［炎耐性：Ｌｖ６］＋１　［毒耐性：Ｌｖ３］＋１　ｅｔｃ…11

♻

僕は朝から道具屋へ向かう。
おや？
［土魔法：Ｌｖ０］Ｎｅｗ

どうやら病室で就寝直前に新しい魔法を習得していたようだ。確か［土魔法］を鍛えると、生産系のスキルを習得できるとカルディさんが言っていたな。とりあえず試してみよう。

［土魔法］！

手からポロポロと土が落ちる……それだけだ……。

道具屋へ到着すると、薬草を買い取ってもらい、昨日ボカンから出た魔素の多い石について聞いてみる。

「これは魔石ですね。買い取りますよ」

「おぉ……これが魔石……」

にしても地味だな。魔石ってもっと光り輝いているイメージだが、これだと魔素が多いことがわからなければ、普通の石だ。

「これくらいの大きさだと1つ100セペタですね」

「ありがとうございます。買い取ってもらえるということは、この魔石って使いみちがあるんでしようか？」

「まぁ基本的には魔法のストックですね。［ヒール］などの魔法を補充しておくことができます」

「えぇ！　すごい便利じゃないですか」

「そうですね。しかし、魔法を補充するためには、様々な条件が必要なのです。まず狭間さんに取ってきていただいた魔石ですが、小さすぎます。ですので、［魔導合成］というスキルが必要になってきます」

「［魔導合成］ですか……」

ぐぬぬ……せっかくとってきた魔石だが、そう簡単に使わせてはくれないようだ。

「そうです。［錬金術師］のジョブのスキルになりますね。いくつかの魔石を合成し大きくすることが可能です。そして合成した魔石に［魔導命令］というスキルを使って魔法を補充できるようにするんです」

「なるほど……」

「それから、魔石は［魔導命令］によって魔道具にも使われます。最も使われているものとしては、魔導ランタンですね」

カルディさんが棚からランタンを取り出す。ランタンに手をかざすと、中央の石が光りだす。

「おぉ！」

「このように、予め命令を与えられた魔石にMPを使うと、命令通りの事象が起こります。MP消費がネックですが、便利で高価なものが多いですね。今回の魔石は小さいので単体としては使えませんが、合成すれば使えますので100セペタくらいの価値なんです」

「えっと［錬金術師］のジョブって誰でも習得できるんですか？」

「はい。どんなジョブであれ、誰でも習得できる可能性はありますよ。［錬金術師］のジョブは［薬師］を使っていると習得することが多いようです」

おぉ……確かカルディさんは［薬師］のジョブを持っていたよな。

「カルディさんは、［錬金術師］を持っているんですか？」

「えぇ、持っていますよ。［薬師］のジョブレベル、それから［ポーション作成］などのスキルを使い続けていたら習得しました」

この人、マジでなんでもできるな……。

「すごいですね。道具屋っていろいろなことができなくちゃいけないんでしょうか」

「いいえ、私はたまたま習得できただけでして、道具屋で［錬金術師］のジョブを持っている人間はあまりいませんよ」

さすがはカルディさんである。

「それと、昨日［土魔法］のジョブを習得することができました。これで僕も生産系のジョブを習得できるでしょうか」

「それはおめでとうございます」

カルディさんはニコリと微笑む。

「地道に［土魔法］を使い続けていれば、いずれ可能だと思いますよ」

なるほど、ここへ来る途中、手から土がこぼれて微妙な気分になったが、鍛えれば可能性があるというのは嬉しい情報だ。そして、ボカンから魔石が出るということは、金銭的にも少しはマシになる。赤字には変わらないが、多少は軽減できそうだ。

買取が終わったあとは、昨日と同じ狩場へ行く。狩りとしても昨日と同じように、ボカンが多くなりすぎたら、狩場入り口へと引き返す。しばらく続けていると、動きに余裕が出てくる。

これは……。

狩場入り口に行く必要がないな。

ザッ……バシュ……ザッ……バシュッ……。

狩場の中で、囲まれないように後退しながら攻撃を繰り出す。ボカンの攻撃をかわし、外周をグルグルと後退しながら攻撃をする。かなり効率が良い。昨日に比べ1.5倍くらいのペースでボカンを倒していく。

ただし、体力的にきつい。SPがある間はまだいい。［ガウジダガー］を使っていけば、多少数を減らすことができる。ところが、SPが切れるとこちらの殲滅速度よりもボカンの出現のほうが早い。

SPが切れると、さすがに狩場入り口へと引き返さなければならない。そして、敵が発生しにくい通路で数を減らしていく。全ての殲滅が終わると、肉体的にヘロヘロになる。

「はぁ……はぁ……」

僕は呼吸を整え、水分補給と［ヒール］をする。敵が多すぎて戦闘中の［ヒール］にうまく集中できていない。［マルチタスク］が上がっているので、昨日よりはマシな気がするが……。

それから同様に狩りを繰り返すと、昼を過ぎたくらいにMP、SPの残りが無くなってくる。昨日より効率が良い分、消費も激しい。本当はもっと戦いたいのだが、これ以上MPを減らすのは良くない。毒草を食べて、日本で目覚めなかった場合、［ヒール］の分のMPをとっておく必要がある。

今のステータスはどれも駆け出し冒険者くらいだが、MPだけはそれなりの冒険者と同じくらい、おそらくクレスのパーティーにいた魔法使いくらいはあるだろうと思う。

しかし、ソロ狩りではそれでも足りない。しかも病室でのHP、MP上げは、徐々に鈍化している。そのうち修行方法を切り替える必要がある。

しかし、まだ時間は早い。昼過ぎだ。前までの狩場へ戻ろう。あの狩場ならば、スキル無しでもノーダメージで戦うことができる。［見習い聖職者］と［見習い魔法士］のジョブを上げておくべきだろう。

結局昨日までの狩場で、日が暮れる直前まで狩りを続けた。この狩場では、ステータスがほとんど上がっていないことが体感でわかる。ただし、［見習い聖職者］と［見習い魔法士］のジョブレベルが共に2になった。そして薬草が13枚、魔石が3つ手に入った。まさかの黒字化である。

> **狭間圏《はざまけん》**
> ［盗賊：Lv9］＋2
> HP：71／113＋2 盗賊：＋19 MP：44／279 盗賊：－19
> SP：2／15＋1盗賊：＋38
> 力：19＋1 耐久：19＋1 俊敏：28＋1 盗賊：＋19 技：19＋1 盗賊：＋19 器用：6
> 魔力：26 盗賊：－10 神聖：34 盗賊：－10 魔力操作：24 盗賊：－10
> ［ヒール：Lv8］＋1 ［短剣：Lv6］＋1 ［ガウジダガー：Lv7］＋1
> ［盾：Lv5］＋1 ［ガード：Lv3］＋1 ［マルチタスク：Lv3］＋1 etc…11

12　狂気の敗北

今日は朝から瀕死だったりする。なぜなら日本で目覚めなかったからだ。さらに昨日は、張り切って毒草を3枚も食べてしまった。朝から［ヒール］を自分自身に使っていかなければならない。しかし、不思議なことにMPは全快だ。以前、というのは異世界に来た直後だが、日本で目覚めることは無かった。そのときは、MPが全快することも無く、1日3割程度の回復だった。今回は、日本で目覚めていないにもかかわらず、MPが全快である。昨日MPは40程度残してあったが、睡眠時間だけで全快するのはおかしい。実は寝ぼけていただけで、少し目覚めたのだろうか……？

まぁ、考えてもわからないな……。

そして、毒草を食べたまま、回復もせずに長時間放置した結果だろうか。新しい魔法［状態異常回復魔法］の［アンチポイズン］を習得している。十中八九毒を回復するものだ。［回復魔法］もそうだが、［状態異常回復魔法］もカテゴリーのものだろう。

今僕は［回復魔法：Lv14］となっているが、これは直接使えるわけではない。［回復魔法］のレベルが上がると、［マイナーヒール］や［ヒール］といった［回復魔法］に属している全ての魔法が強化される。これと同じく［状態異常回復魔法］もレベルが上がれば［アンチポイズン］の効果が上がるのだと思う。

それは［風魔法］などについても同じだ。ただし、［風魔法］は直接使える。使っても扇風機程度の風が起こるだけだが、［風魔法］自体のレベルが上がれば、そこに属している［エアカッター］が強化されるわけだ。他に［風魔法］を覚えた場合、［風魔法］のレベルが高ければ、たとえレベル０でもそれなりの威力になるのだろう。

今日も狩場へ来たわけだが、戦闘スタイルをやや変えてみる。今までは短剣での攻撃、回復をしながら防御というスタイルだった。回復を使いながらの戦いは、ＨＰや耐久の低さを補える。しかし、火力が低いのだ。ＳＰも低いので、［ガウジダガー］を使い切ってしまうと、さらに火力が下がる。

そこで、短剣＋［エアカッター］を戦闘に組み込んでみる。ＭＰは豊富にある、というわけではないが、病室で上げられるので、ＳＰに比べればかなり多い。それなりの時間は戦い続けられるだろう。

昨日と同じ魔物、茶色い小さな人型の魔物ボカンが出現する狩場へと行く。狩場には７匹ものボカンがいる。囲まれるとやっかいだ。

踏み込んで突進、短剣で［エアカッター］を撃ち込む。

バシュッ！

ボカンの小さな身体が吹っ飛ぶ。さらに吹っ飛んだ方向へ追撃で［エアカッター］を瞬時に使ってみる。

ブシュッ！

血が飛び散り、すぐに消えていく。狩場では、魔物の血も消えてしまう。かなり効いているように見えるが……。

魔力と［風魔法］が上がっているため、［エアカッター］が以前の威力とは桁違いだ。［ガウジダガー」と［エアカッター］の連撃で、ボカンは瀕死になっている。

ほかの6匹がすかさず寄ってくる。次も［ガウジダガー］と［エアカッター］の連撃をするが、今度は方向を変えてみる。

突進と同時に［ガウジダガー］を使い、吹っ飛んだ方向からこちらへ向けて［エアカッター］を使う。魔力操作が上がったからできる連撃だ。

ブシューッ！

凄い血しぶきだ。進行方向と逆向きに［エアカッター］の直撃を与えることができた。

凄い……連撃で仕留めきれている。威力が段違いだ。この辺りの魔物には、魔法の耐性がほとんど無いのだろう。

ものの数分で、狩場の魔物を全て殲滅してしまった。これならば次の狩場へ行けるだろう。まだMPもかなり残っている。少し休んでSPを回復させたら、次の狩場へ行こう。

次の狩場も魔物はボカンだった。数は7匹。先程の狩場と同じ。しかし、1匹でかいのがいる。

普通のボカンは120cmくらいだが、でかいのは2mくらいあるだろうか。縦にも横にも大きく、1mくらいの丸太を担いでいる。あれで攻撃されたらマズイな。ボスだろうか。

とりあえず、デカイのは放置し、周りの小さいのから殲滅していく。デカイのは動きが遅そうだが、見た目に反し小さいのと速度は変わらない。やっかいだな。

僕は以前と同じように、狩場の外周を回りながら囲まれないよう1匹1匹確実に仕留めていく。

数分で、でかいボカン以外を全て仕留める。

ブンッ！

ヤツが丸太を振り下ろす。振り下ろしは、軌道が読みやすいので、避けることができる。僕は、ボカンの攻撃を避けると、すかさず［ガウジダガー］と［エアカッター］の連撃をする。

ブッシャーッ！

大量の血が飛び散る。さらに僕は右にぐるりと前転で回り込み、［ガウジダガー］と［エアカッター］の連撃を叩き込む。さらに血が噴き出し、僕は返り血をあびる。

ボカンはぐらつき、怯んでいるので、今度は短剣の通常攻撃で畳み掛ける。

ザップシュッ！　ブシュシュッ！

通常攻撃を連続で繰り出し、しばらくすると動かなくなる。

あれ？

コイツそんなに強くない？

そう思っていると、ボカンがわらわらと出現する。でかいのも出てくる。

あ……ボスじゃないのね……。

それにしても、敵の出現が早いな。さっき7匹倒したばかりだぞ。このままだとSPがすぐに切れてしまう。落ちた魔石を一旦回収し、撤退だ。

SPは無くなったが、まだMPが半分くらいある。このままここで狩り続ければ、さらにステータスを上げることができるな。しかし、SPとMPのバランスが悪い。どうやってもSPが先に消費されてしまう。1度さっきの狩場へと戻り、通常攻撃と［エアカッター］で戦うべきだろう。SPの自然回復はMPに比べ、遥かに早い。戦っていればまたSPが回復するはずだ。

1つ前の狩場で、ボカンを相手に戦い続ける。通常攻撃と［エアカッター］のみで戦っていると、徐々にSPが回復する。SPが回復しきったら、次の狩場、大型のボカンが出る狩場で戦う。日が暮れる前にSP、MPともに消費しきってしまう。MPについては最低限残してあるが、これ以上は厳しい。今日はこのあたりにしておこう。

狭間圏《はざまけん》
［盗賊：Lv11］＋2
HP：71／115＋2　盗賊：＋21　MP：31／279　盗賊：－18
SP：1／17＋2　盗賊：＋42
力：20＋1　耐久：20＋1　俊敏：29＋1　盗賊：＋21　技：20＋1　盗賊：＋21　器用：6
魔力：27＋1　盗賊：－9　神聖：34　盗賊：－9　魔力操作：24　盗賊：－9
［エアカッター：Lv8］＋2　［ヒール：Lv9］＋1　［短剣：Lv7］＋1
［ガウジダガー：Lv8］＋1　［盾：Lv6］＋1　［マルチタスク：Lv4］＋1
［状態異常回復魔法：Lv0］New　［アンチポイズン：Lv0］New　etc…11

翌日、日本。

今日は病室で目覚めることができた。毒草を5枚ほど食べてきたこともあり、病室で修行ができるのはありがたい。あれほどクソ不味いものを食べたにもかかわらず、毒のダメージが少ない。どうやら［毒耐性］は毒のダメージを少なくするだけでなく、毒の効果時間も少なくしているようだ。

現状は5枚食べても4時間くらいで、毒の状態異常が自然回復してしまう。これ以上は［薬師］のスキル［調合］で毒草を加工したもののほうが良いだろう。もしくは、魔物から直接毒攻撃をもらうかだな。何しろあの不味い毒草を、サラダのように5枚も食べたのだ。これ以上量を増やしたくは無い……。

しかし、現状すぐに［毒耐性］が欲しいかと言われると、そうでもない。毒攻撃をしてくる魔物はまだいないし、どちらかというとHP強化のためにおこなっていた修行だからな。お金をかけてまで、毒草を［調合］したものを買う必要は無いだろう。

そして、昨日の狩りで［エアカッター］が有効な攻撃手段だということがわかった。だから、今日から病室での修行も変えていく。目の前に［エアカッター］を空撃ちするのだ。この方法では、HPを上げることはできない。自傷していないからだ。毒のダメージのみでHPを鍛えることになる。しかし、MPの上がり方が桁違いである。

［炎魔法］や［風魔法］は固有魔法ではなく、属性の基礎のような魔法だ。MPを1だけ消費し、数秒間炎や風を出す。その炎や風が出ている間は、［マルチタスク］を使わなければ、追加の魔法を発動することはできない。今もできているかというと、微妙なところだが……。

それに対して、［エアカッター］は一瞬で魔法が発動し、終わる。しかも、クールタイムのようなものはほとんど無く、1発1発待たなくても発動できるのだ。ちなみにこれは［ファイアボール］でもできないことだ。［ファイアボール］の場合、火の玉を出現させ、それを対象にぶつける。それから2発目が撃てる。［エアカッター］は［ファイアボール］よりも威力が低いものの、一瞬で終わり、次が撃てる。

HP強化を一旦休みにして、MP上昇に集中すれば、相当効率が良いはずだ。ただし、［エアカッター］の対象がいないため、魔力を上げることはできない。

それから僕は怒涛のごとく［エアカッター］を撃ちまくる。さらに魔力操作のステータスも上げておきたいので、できるだけ遠くへ遠くへと撃つように意識する。それから、狩りでやったように方向も変えてみる。［ガウジダガー］で吹き飛ばした相手に、吹き飛んだ方向とは真逆に［エアカッター］を当てたのだ。この精度を上げておきたい。

それから、連発するためには［マルチタスク］の強化だ。［エアカッター］をやや被せ気味に発動させる。これは、盾を使ったまま［ヒール］をするよりも比較的容易にできる。

MPは常に全快ではあるが、凄まじい勢いで消費している感覚がある。

狭間圏《はざまけん》
［見習い魔法士：Lv2］
HP：96／116＋1 見習い魔法士：－20
MP：347／313＋34 見習い魔法士：＋34 SP：17／17

力：20 見習い魔法士：－10 耐久：20 見習い魔法士：－10 俊敏：29 技：20 器用：6
魔力：27 見習い魔法士：＋17 神聖：34 魔力操作：26＋2 見習い魔法士：＋12
［風魔法：Ｌｖ34］ ＋5 ［エアカッター：Ｌｖ19］ ＋11 ［毒耐性：Ｌｖ４］ ＋1
［マルチタスク：Ｌｖ5］ ＋1 ｅｔｃ…15

♻

病室でＭＰの大幅な強化ができた。［炎魔法］と［回復魔法］による強化から、［エアカッター］による強化に変更したことで、ＨＰこそ上がっていないもののこのＭＰの大幅な上昇は大きい。もし、クレスと戦うならＨＰのほうを重宝するが、狩りをする上ではＭＰがあったほうが良い。長い時間ソロ狩りができるからだ。

そして昨日と同じ狩場で、同様に狩り続ける。昨日は魔石を合計で3個入手できた。いずれも大きさはこの前の魔石と同じくらいだから、換金したら３００セペタくらいになるだろう。これで1日の宿屋代は支払うことができる。薬草も8枚ほど入手できたので、なんとか黒字化できている。

ギリギリではあるが……、

昨日よりも若干ステータスが上がっているため、通路に引き返す回数が減っている。ボカンに囲まれないよう、狩場の外周を後退しながら回る。

ブシュッ！

SPはまだまだ少ないので、通常攻撃と［エアカッター］で戦っている。昨日とは［エアカッター］の威力が明らかに異なっている。病室で［エアカッター］を空撃ちしまくったことで、［風魔法］と［エアカッター］の威力が上がっているのだ。空撃ちなので、魔法威力に依存する魔力は全く上がっていない。にもかかわらず、威力がここまで上がるとは……。

魔法の威力はスキルレベルにも大きく依存しているようだ。

ザクッ！　ブシュッ！

短剣の突きと同時に［エアカッター］を撃つ。［エアカッター］は後ろから撃ち、1人で挟み撃ちの攻撃をしているような感覚だ。そして、この挟み撃ちも昨日より圧倒的にやりやすくなっている。魔力操作もあがってはいるが、この魔法自体の使いやすさもスキルレベルが大きく依存しているようだな。

ん⁉

［エアブレード：Lv0］New

キタぞ！　新しい［風魔法］だ！

早速目の前にいる、大型のボカンに使っていく。

［エアブレード］！

ビュン……ブシュゥッ！

大きな風の刃がボカンの腹へと直撃し、血しぶきが出る。これは、完全に［エアカッター］の上位魔法だろう。大きさ、威力、射程ともに強化されているな。ただし、若干扱いにくい感覚がある。

［エアカッター］と同じように、今すぐボカンの背後に発動させるのは難しそうだ。そういえば、［ファイアボール］も［エアカッター］よりも、やや扱いにくい感覚があった。単純なスキルレベルの差かと思っていたが、どうやら魔法ごとに扱いやすさが異なるようだ。それも、高威力なほど、扱いが難しい可能性が高い。

今日の狩りでは［エアブレード］を慣れさせる必要がある。

［エアブレード］の習得により、敵の殲滅力が一気に跳ね上がった。ボカンの出現速度にも対応できる。ボカンの出現速度よりも、僕がボカンを倒すほうが若干早い。小型のボカンには、通常攻撃と［エアブレード］、大型のボカンには［ガウジダガー］と［エアブレード］でどんどん殲滅していく。

「はぁ……はぁ……」

殲滅力は格段に上がっているが、僕の体力のほうが限界に近い。昨日は魔物が多くなりすぎたら、1度通路に戻り、殲滅して休憩をとることができた。しかし、今日は殲滅力が上がり、通路に戻る必要が無くなっている。つまり、常に動きっぱなしってことだ。

「はぁ……はぁ……」

いや、本当にきつい……1度戻ろう。

僕は休憩を取り、水分を補給する。少し張り切りすぎただろうか、酸欠だ。呼吸を整えるのに時間がかかる。SPは無くなったが、MPはまだ半分くらいある。このままここで狩りを続ければ、さらにステータスを上げることができるな。

しかし……［エアブレード］を習得し、耐久や俊敏も上がっている。今の僕は、クレスたちにどれくらい通用するのだろうか。

クレスたちは、僕を痛めつけることはしても、殺すことは無いだろうと思う。それならば、安全にHPを上げられるのではないだろうか。

戦ってみたい……ボコボコにされるとわかっていても、そこに飛び込むのは異常だろうか。ステータス上げには最適ではあるが……。

HPやMP、スキルレベルは使い込めば上がっていく。だけど、力や耐久などのステータスは実際に戦わなければ上がらない。そして、相手とステータスが離れていればいるほど、上昇値が大きいような気がする。そして、きっとその考えは間違っていない。

よし……今日の狩りは終わりにしよう。僕は狩場を引き上げ、街へと引き返す。

街へ帰ると、盾を持ったまま治療所へと向かう。普通治療所で［回復魔法］を使う側は、盾など持っていない。回復するだけなのだから、杖などの回復用装備のみを持っていけばいい。

だけど、僕の目的は違う。今日の目的は治療ではない。クレスたちに見つけてもらうことだ。はやく来てくれないかな……。

とりあえず、目の前の冒険者達を次々と回復していく。このまま回復し続けるわけにはいかない。MPをできるだけ残しておきたいところだ。どうしようか……。

MPが減りすぎた場合は、帰ろうかと思っていたのだが、ちょうどクレスたちがやってきた。やっぱり目が合ってしまう。

彼は僕を睨みつける。あれほど痛めつけたのにまた来たのか、といったところだろうか。逆に後ろの2人はヘラヘラしている。むしろ楽しそうだ。

クレスに見つけてもらう、という目的は達成できた。MPが残っているうちに撤退しよう。

僕は、彼らに追いついてもらうために、あえてゆっくりと人気のない道から帰る。ちなみにジョブは［盗賊］だ。

「おい！」

ドガッ！　ズザァー……。

掛け声と同時に、後ろから蹴り飛ばされる。1mくらいふっ飛ばされたが、前転して受け身をとる。

「お前さ、まだ懲りてないわけ？　二度と来んなって言ったろ？」

クレスがイライラしたように声をかけてくる。今の不意打ちはそれほど威力がない。僕のステータスが上がっているからだろうか。

そして僕は盾を構える。

「僕にだって生活がある。治療所でお金を稼がなくちゃいけないんだ」

嘘だ。治療所に来なくても、狩場で黒字化できている。本当は……クレス……君に会いに来たんだ……。

既に気持ちは高ぶっているようだ。だが、今日は勝つつもりは無い。おそらくまだ勝てないだろう。ただ彼のあらゆる攻撃を見ておきたい。

「そんなこと知るかよ。てめぇ盾なんて構えやがって。そんなんでなんとかなると思ってんのか？」

「回復職の盾使いってか？　［聖騎士］様じゃねぇか！」

後ろの戦士ミューロが笑い出す。

ほほぅ、［聖騎士］は盾と回復の複合ジョブなのだろうか。

ザッ……。

クレスが踏み込む。速い！

ドガガガッ！

「おらおらおら、ちゃんと盾構えとけよ！」

「ぐっ！」

ドガガガッ！

1撃1撃も重い。盾の上からなら、耐えられないほどではないが、着実にHPが削られていく。

ザッ……。

「こっちはどうかなっと！」

クレスが僕の横に回り込み、打撃を繰り出してくる。

ドスッ！

「うぐっ！」

横っ腹に1撃をもらってしまうが、2発目はなんとか身体を反らし、直撃を避け後退する。マズイ、［ヒール］だ。

「おっとぉ！　回復しだしたぞぉ！」

ミューロがヘラヘラと解説をする。

「いいじゃねぇか！　サンドバッグが長持ちするようになったってことだろ！」

クレスが踏み込んで、パンチを繰り出す。僕は軌道を読み、盾を構える。

バゴッ！

1撃目は盾で防ぐことはできるが、おそらく……。

ザッ……。

クレスが横に回り込む。僕もすかさず盾を横へ向ける。

バゴッ！

凄まじいスピードだが、さっきと同じ行動だ。直撃を避け、盾で受け止める。そして僕は受け止めながら、後退をする。

確かにステータス差は凄い……だけど対応できないほどではない。彼の動きは雑で単調だ。ステータスまかせの攻撃をしている。軌道が読める。実際に魔物を狩るときには、そのほうが効率が良いのだろう。

なるほど……勝機が見えてきたな……。

「チッ……ハズレの分際で！」

クレスが舌打ちをする。僕が回復をしながら防御に徹しているのに苛立ってきたのだろう。

「おい、手伝おうか？」

後ろの魔法使いらしき少年が、手のひらに炎を出して言う。

「いや、こんな雑魚オレ1人で十分。もうめんどくせぇから、スキル使うわ」

来るぞ！　スキルだ！

このスキルに耐えきることができれば、おそらく勝てる……。

クレスが正面に突進、両手を後ろへ引く。

「［連撃］！」

ズガガガガがガガガッ！

マズイ！　凄まじい連続攻撃だ。

僕は必死で盾を構える。

「おらおらおらおらぁー！」

ズガガガガガガガガッ！

身体がミシミシと軋む。盾の上からでもどんどんＨＰが削られていく。

「ハッ！」

ドガッ！

ズザァー……。

最後の１撃で、僕は吹っ飛び、地面を転がる。

「ゲボォッ！」

僕は血反吐《ちへど》を吐く。身体中に、鈍い痛みが走る。内臓は無事だろうか……あぁ……また骨が結構やられているな。だけど［ガード］無しでも意識を保てる。

「ったく手間かけさせやがって……二度と来れないようにお仕置きが必要だな」

ガスッ！　クレスは横たわる僕を蹴り飛ばす。

ゴロゴロ……。

僕は立ち上がることができずに、地面を転がる。意識はあるが、ダメージが大きすぎて体勢を立て直すことができない。

「ちょっと小突いたくらいじゃ、回復されちまうからな。お仕置きだ」

クレスはうつ伏せになった僕の右腕を取り、強引に背中の方へと引っ張る。

「うぎぃ！」

強烈な痛みだ。

ゴキッ！

「ギィヤァア！」

身体の痛みで勝手に叫びだしてしまう。骨が完全にやられた。

「おぉ！　いい声で鳴くじゃねぇか！」

「おいクレス！　人が来たらヤバいんじゃねぇのか？」

「そうだな、歩いて帰れるように足はやめておいてやるか。腕、もう1本いくぞ」

「おい、だから人来たらやばいって」

そう言うと、僕の左手首を掴み固定する。彼は右手を大きく振りかぶり、僕の左腕に振り下ろす。

バキッ！

「ぐわぁぁ！」

左手の肘先から猛烈な痛みがくる。

「じゃぁな、足は勘弁しといてやるから、頑張って帰れよ」

「おい、さっさと行くぞ。誰かきたらマジでやばい」

「オレ腹減ったわ、飯行こうぜ飯！」

痛みで意識が飛びそうになる。

あぁ……最高だ……ステータス上昇が凄まじい。

やっぱりだ。予想通り。

［痛覚耐性：Lv0］New　［自己強化：Lv0］New　［不屈：Lv0］New

3つも新しいスキルを習得している。あの狩場では得ることができない。強敵であればあるほど、急激な成長ができる。間違いないな……。


僕はなんとか立ち上がる。MPも尽きかけている。とりあえず、最低限動くようにはできるか？

僕は［ヒール］を使いながら、ヨロヨロと立ち上がる。彼らのステータスは、僕より全然上だろう。改めて確認できた。

だが、勝てる。

なんてことだ……あの単調な動きでは、僕が勝ってしまう。

すぐにでも試してみたいが、すでにMPはほとんど残っていない。

明日が待ち遠しい。

あぁ……クレス……僕は……僕は君に勝ってしまうんだ……。

狭間圏《はざまけん》
［盗賊：Lv12］＋1
HP：31／124＋8 盗賊：＋22　MP：1／313盗賊：－18
SP：8／17盗賊：＋44
力：21＋1　耐久：25＋5　俊敏：32＋3 盗賊：＋22　技：21＋1 盗賊：＋22　器用：6
魔力：27 盗賊：－9　神聖：35＋1 盗賊：－9　魔力操作：26 盗賊：－9
［エアブレード：Lv0］New　［ヒール：Lv10］＋1　［痛覚耐性：Lv0］New
［マルチタスク：Lv6］＋1　［自己強化：Lv0］New　［不屈：Lv0］New
etc…17

13　明日もまたがんばろう

病室で目覚めることができた。相変わらず身体の感覚がない。だが、おそらく大怪我をしているだろう。昨日の残りMPでは全快できていない。

まずは［ヒール］で傷を完全に回復する。回復しながら他の魔法を使うことはできないので、完全に回復だけに集中をする。

昨日のクレスの動きを思い出す。圧倒的なステータス差だった。しかし、動きは単調だ。動きをよく見て集中すれば、直撃を避けることができる。最も注意しなければならないのは、彼のスキル［連撃］だ。昨日はあえて［ガード］を発動せずに受けてみた。盾で受ければ、戦闘不能にはなるものの、意識は飛ばずに済む。

そして、耐久値が5も上がった。今なら防御に徹すればギリギリ耐えられるだろう。さらに、攻撃のタイミングがわかりやすい。［連撃］は名前こそ連撃というものだが、蹴りが含まれていなかった。すべての攻撃が、拳から出されていたのだ。だから発動の直前に両手を後ろへ引いたのだろう。あのタイミングならば、［ガード］を発動することが可能だ。ただし、［ガード］の発動時間と［連撃］の発動時間では、［連撃］の発動時間のほうがやや長い。後半は［ガード］無しで受ける必要がある。

更に、［痛覚耐性］を習得した。戦闘中の痛みが減るのはありがたい。昨日の戦闘では、高揚していたので、通常時よりは痛みに強くなっていたと思う。だが、それでも痛みによる隙はできるだろう。今はＬｖ０だから、大した効果も無さそうだが、無いよりはマシだろう。

そして［自己強化］と［不屈］だ。これは今使って確認しよう。

僕は［不屈］を発動させる。これは……ＳＰ消費だな。ＨＰがほんの僅かだが上がっている。しかも、上がった分のＨＰのみは回復している。発動後に［回復魔法］を使う必要が無いのは大きいな。そして、［自己強化］というのは、［風魔法］や［回復魔法］のようにカテゴリー系のスキルだろう。［不屈］が［自己強化］のスキルの１つというわけだ。

日本では、MPは常に全快だが、SPについてはそうではない。異世界と変わらない回復速度だ。しかし、身体が全く動かない状態でSPが消費できるのは大きい。自然回復に合わせて、SPを消費し続けることができる。これからは、多少ではあるが、病室でもSPを強化できることになる。

昨日の戦いの感じだと、3対1の戦いになりそうだ。3人を同時に相手にするのは無謀だろうか。負けても良いのだが、反撃してしまうと最悪負けたときに殺される可能性がある。

しかし、勝機はある。あの中では、おそらくクレスが最速だろう。ミューロとかいう戦士の攻撃も［ガード］して受けられるはず。よっぽど強力な攻撃でなければ、［ガード］でしのげるはずだ。

そして、あの魔法使い。手から炎を出していた。［炎耐性］があるので、他の属性でなければ有利だ。お、どうやら回復が終わったようだ。次の戦いのメイン攻撃は［エアブレード］だ。今のうちにできるだけ鍛えておきたい。

僕は［エアブレード］を撃ちまくる。凄まじいMP消費だ。［エアブレード］は［エアカッター］よりも、発動自体は遅いが、1発1発のMP消費は大きい。昨日のMP消費効率もかなりのものだったが、今日はさらにそれを上回っている。

［エアブレード］の強みは、発動の速さと、見えにくいことだ。短剣の攻撃とうまく合わせれば、対人戦でもかなり有利になるだろう。

狭間圏《はざまけん》

［見習い魔法士：Lv2］

HP：106／126＋2 見習い魔法士：－20
MP：392／358＋45 見習い魔法士：＋34 SP：20／20＋3
力：21 見習い魔法士：－10 耐久：25 見習い魔法士：－10 俊敏：32 技：21 器用：6
魔力：27 見習い魔法士：＋17 神聖：36＋1 魔力操作：27＋1 見習い魔法士：＋12
［風魔法：Lv39］＋5 ［エアブレード：Lv6］＋6 ［ヒール：Lv11］＋1
［マルチタスク：Lv8］＋2 ［自己強化：Lv1］＋1 ［不屈：Lv3］＋3
etc…17

♻

日本では、意識がなくなる直前まで［エアブレード］を撃ち続けた。現在の［エアブレード］のレベルは6だ。発動のタイミングや距離について、あれだけ撃ちまくったのである程度感覚を得ることができた。実戦で使えるレベルにあると思う。

今日はクレスたちと再戦する予定だ。だから狩りは軽めにしておく。初めて行った狩場で、芋虫の魔物、イモムルをスキルや魔法無しで倒していく。軽く盾を使う程度で、基本的にノーダメージだ。［見習い聖職者］と［見習い魔法士］で戦っておく。2つのジョブレベルがともに3になったので、まだ昼過ぎだが街へ帰る。

夕方まで、ゆっくりと身体を休めておこう。

夕方になったが、気持ちが高ぶり落ち着かない……。

僕はゆっくりと治療所へ向かう。

治療所へ到着するが、クレスたちは見当たらない。時間的にまだ来ていないようだ。僕はゆっくりと辺りを見回し、1番長い列へ並ぶ。今は回復ではなく、クレスたちに発見してもらうのが目的だ。

いつものように冒険者を治療していくが、今日は［ヒール］ではなく［マイナーヒール］を使っていく。できる限りはMPを温存しておきたい。

しばらくすると、彼らがやってきた。

僕はクレスと目が合う。一瞬驚いたような表情をし、こちらを睨《ね》めつけてくる。後ろの2人は驚き、呆れたような表情をしている。やれやれ、といったところだろうか。

さて、目的は果たした。これ以上MPを使いたくないので、この場を立ち去る。

僕は、昨日以上にゆっくりと時間をかけて帰る。

ドスッ！

今日も昨日と同様に、後ろから蹴りをくらってふっ飛んでいく。

ズザァー……。

僕は地面を転がると、すかさず受け身を取り立ち上がる。

ダメだな。蹴りがくると分かっていても、後ろからだと反応できない。

「お前マジでいかれてんじゃねぇのか？」

「…………………」

僕は無言で盾を構え、［不屈］を使用しておく。

「またその盾がムカつくんだよな」

「おい、今日はお仕置きのあと、その盾ももらっていこうぜ」

クレスが苛立ち、後ろの戦士ミューロが茶化すように言う。

「おぉ！　そりゃ名案だな！」

言い終わると同時に、こちらへと踏み込んでくる。

ドゴッ！

盾に衝撃が伝わる。相変わらずのステータス差だ。しかし、盾で受け止めるのが、昨日より楽になっている。

ドスッ！　ドガガッ！

素早く、重い攻撃だが、相変わらず拳一辺倒だ。

僕は盾で受け止めつつ、［ヒール］を使っていく。

「オイいくぞ！　しっかり盾構えてないと死ぬからな！」

クレスが両手を同時に引く。

くるぞ！　スキルだ！

［ガード］！

「［連撃］！」

ガギンッ！　ガガガガガッ！

凄まじい金属音が鳴り響く。

いける……［ガード］の上からならダメージは半減だ。

「なっ！」

クレスは驚いているが、［連撃］を止めない。

マズイな……そろそろ［ガード］が切れる……。

ガガガガガッ！

ドドドドドドドスッ！

金属音が打撃音に変わり、ダメージ量が一気に増える。

「クソが！　無駄なあがきしやがってよ！」

ドスッ！　ズザァー……。

［連撃］が終わると、僕はふっ飛ばされ、体勢を崩すがなんとか倒れずにすむ。［ヒール］をかけ続けているので、あと1回くらいはなんとか耐えられるか？

「ハッ！」

マズイ、間を空けずにクレスが突っ込んでくる。

「［連撃］ぃ！」

きたぞ！　［ガード］だ！

ガギンッ！　ガガガガガッ！

ドドドドドドドスッ！

再び金属音からの打撃音が響き渡る。身体がミシミシときしむ。マズイ……とにかく一旦引いて［ヒール］だ。連続スキルだと回復が追いつかない。

「おらおら、まだいくぞ！」

3連続か⁉　これはマズイ！　とにかく［ガード］だ！

「ほらよ！」

ガギンッ！　ガガガがガッ！

ドドドドドドドスッ！

「ごほっ！　がはっ！」

ボタボタと血反吐が出るが、なんとか立っている。とにかく盾を構えなければ……。

「おいおい、コイツなんなんだよ。ゴキブリ並だな、うざってぇ……」

「おい、手伝おうか？」

やっぱりきたか……今は［ヒール］に集中だ。

「頼むわ、SP切れた」

よし、狙い通りだ。まずはSP切れを狙う。でなければ話にならない。

ザッ……ザッ……。

ミューロがゆっくりと近づいてくる。魔法使いは来ないのか？　MPを温存してくれると助かる。

3人は無理だ。

「ハッ！」

ミューロが剣による突きをはなつ。

ビュンッ！

僕はそれをすかさず横に避ける。

ブワッ！

風圧がくる。凄まじい威力だ。まともにくらったら、クレス以上にＨＰをもっていかれる。だが、思ったとおりだ。ミューロはジョブを［盗賊］にした僕よりも俊敏が低い。避けることはできる。問題はこのあとだ。

ドスッ！

クレスの打撃をもらってしまう。やっぱり２人同時にっていうのはこうなるだろう。僕は［ヒール］を使いながら防御に徹する。

さらに２人連携して攻撃をしてくる。ミューロの攻撃を避けたあと、盾をクレスの方向へとすかさず向ける。クレスのほうが俊敏が上なので、さらに盾の左から打撃がくる。

ドスッ！

クレスの打撃については、直撃をもらうことになる。ＨＰ、ＭＰともにジリ貧だ。そして彼らも余裕の表情。

だが……。

連携攻撃も単調なものだ。何度も同じ攻撃をもらうことはない。

ガツッ！

クレスの攻撃が盾をかする。徐々にタイミングが合ってくる。

「こいつ……」

彼らの攻撃と、僕の回復速度の差が徐々に無くなってくる。もう少し、もう少しで完全にタイミングがつかめる……。

よし！　ここだ！

ガギンッ！

完全にタイミングが合う。ミューロの攻撃をかわし、クレスの攻撃を盾で受ける。もちろん、ステータス差により盾で受け止めてもダメージがある。だが、僕の回復速度のほうがダメージ量を上回る。

しかし……。

ミューロが両手を剣ごと腰の後ろへと引き、体勢を低く構える。

マズイ！　なにかくるぞ！

「［斬撃］！」

［ガード］だ！

ガッギンッ！

僕は身体をそらしつつ、［ガード］を発動させる。

身体が大きく浮き上がり、ふっ飛ばされる。盾を構えた左腕に激痛が走る。

大丈夫……動く。骨まではやられていない。

僕がふっ飛ばされたところに、すかさずクレスが攻撃してくる。僕は、ゴロゴロと地面を転がり、盾を構え、体勢を立て直す。

ドゴッ！　ドスッ！

何発か直撃をもらってしまうが、ＨＰはまだある。ひたすら防御しながらの［ヒール］だ。

「おい、マジかよコイツ。そろそろめんどくせぇんだけど。［斬撃］あと何回いける？」

「いまので終わり。今日は狩りで使い切ったからな」

「俺の魔法使おうか？」

さっきまで観戦していた魔法使いも参戦する気か？

「いや、ＭＰがもったいないな。やめておこう。クレスもそれでいいな？」

「あぁ、こんなゴキブリ野郎に明日のＭＰを使うのは勿体ない」

彼らが話し合っている間も［ヒール］を使い続ける。この流れは、帰るつもりか？

「おい、ゴキブリ野郎。よかったな。今日のお仕置きは終わりだ。ＳＰが余ってるときは、もっとボコすからな？　明日から来んなよ。てか、来なくても見かけたらぶん殴るけどな」

「飯に行くか。酒でも飲もうぜ」

よしよし、おしゃべりの間に随分と回復させてもらった。３人は飲食街の方へ歩き出す。

「［エアブレード］！」

ブシュッ！

僕は魔法使いの少年に［エアブレード］を発動する。

ドサッ……。

少年が倒れる。完全に不意打ちだったからな。脇腹にもろに入ったのだろう。

クレスとミューロは一瞬驚き、事態を把握する。

ダメダメ……逃さないよ……クレス……。

「あ？」

クレスがこちらを見る。これまでにない怒りの表情だ。目が血走っている。

まだＭＰの残っている魔法使いを仕留めておいた。これで彼らに勝機は無い。

「てめぇ！　ブチ殺す！」

クレスが突進をしてくる。ミューロも構え、こちらに向かってくる。魔法使いの少年は、自分に[回復魔法]をかけているようだ。

僕は、クレスが突進してくる方向へスキルを使う。

「[ガウジダガー]！」

「は、ノロマが！」

クレスが左へ飛び、[ガウジダガー]を避けつつ拳を繰り出してくる。

が……。

ブシュッ！

「なっ！」

彼の肩から血が噴き出る。

「ダメダメ、そっちは魔法が撃ってあるんだ」

僕はクレスの拳を盾で受け止める。完全に、予想通りの動きだ。

あぁ……最高だ。これまでにないほど、気分が高揚している。確認しなくても分かる。僕は今、最高の笑顔なのだろう。

彼らには、魔法の耐性がほとんど無い。これも予想通り。駆け出し冒険者というところだろう。初期の狩場には、魔法を使う魔物などほとんど出てこない。あの魔法職の少年ですら、[エアブレード]1撃だ。

クレスは一旦距離をとる。

「おいミューロ！　魔法がくるぞ！　気をつけろ！」

「は？　マジかよ！」

今度は2人同時に攻撃をしてくる。まずはミューロの突き。

ビュッ！

それはさっき見たな。僕はミューロの攻撃をかわしつつ、クレスが攻撃してくるところに［エアブレード］を放つ。

ブシュッ！

クレスが拳を突き出すが、逆に彼の腕からは、血が飛び散る。

「クソッ！」

彼らは一旦距離をとり、僕から離れる。

「だからダメだって、そこは魔法攻撃の範囲内だよ……［エアブレード］！」

ブシュッ！

さらにクレスから血が飛び散り、彼は片膝をつく。

「てめぇ、汚ねぇぞ！　ＳＰ切れを待ってたのか⁉」

「うん、まぁそうだね。でも3対1は卑怯じゃないの？」

時間稼ぎか……。

魔法使いの少年が自分の回復をしている。回復されるのはマズイ。僕は魔法使いの少年へと追撃する。

「［エアブレード］！」

ブッシャー！

「ひぎゃぁっ！」

さらに血が飛び散る。これで彼は自分の回復で手一杯だ。

「殺す！　殺してやる！」

クレスの突進と同時に、ミューロが剣を振り下ろす。

僕は、ミューロの攻撃をかわし、クレスに関しては、突進してくる方向に予め［エアブレード］を撃っておいた。

ブッシャー！

突進が裏目に出たな。カウンター気味に［エアブレード］がきまる。

「ぐっ……」

ドサッ！

クレスはもはや立てないほどのダメージを受けて、倒れ込む。

「殺す……絶対に殺す……」

あれは当分動けないな。僕は短剣をしまうと、ミューロのほうを見る。

「………………」

ダメだ。こいつはやや戦意を喪失している。これまでの戦いで劣勢になったことがないのだろう。

残念だな……戦士の動きも勉強したかったのだが。

しかし、検証したいことがある。僕はミューロへと近づく。

彼は剣を構え、小刻みにカタカタと震えている。

「うぉぉ！」

なんの変哲もない上段からの振り下ろし。僕はそれをかわし、彼の鎧に手を当てる。

「［エアブレード］」

ブシュッ！

鎧の中から血が噴き出る。やっぱりだ。鎧の中にも魔法を撃ち込むことができる。まぁ彼らの魔法耐性の低さだからできることだろう。これは、僕自身も魔法攻撃に対して、なんらかの対処をしなければならないということだ。

「おいてめぇ！　このままで済むと思うなよ！」

クレスが吠える。

「あぁ、もちろんだ。こんなにお互いが成長できる……今日限りなんて寂しいことは言わないよ」

「（なんだこいつ……笑って……）」

クレスは驚きの表情だ。

「僕は君たちのおかげで、ＨＰや耐久を大幅に上げることができた。さらに［盗賊］のジョブも得ることができたんだ。今後もこの訓練は続けるべきだ！」

僕は本心で答える。これっきりというのはあまりに勿体ない。

「ＳＰが全快だったら、絶対にこうはならない！　次は殺すからな！」

「いやいや、それは敗因の１つだけど、問題はそこじゃない。１番の問題は魔法耐性だ。あ、そうだ！　これまでのお礼に、［風耐性］をつけてあげよう」

「は？」

「いや、実は僕、ＭＰがまだまだ残っているんだ」

今日は治療所でも狩りでも、ほとんどMPを使っていない。まだ半分以上は残っている。

「まぁ少し痛いかもしれないけど、［回復魔法］もかけてあげるよ。うまくいけば、［風耐性］だけじゃなく、［痛覚耐性］もつくかもしれない」

「何を言って……？」

「いくよ！［エアカッター］！」

ブシュッ！

「ッ！」

「［エアカッター］！　［エアカッター］！　［エアカッター］！」

「ギィエェ！　クソ！　殺す！　絶対に殺してやる！」

「大丈夫、大丈夫。回復してあげるから。［エアカッター］！［エアカッター］！」

「や、やめろ！　やめろぉぉぉぉ！」

「［エアカッター］！　［エアカッター］！　［エアカッター］！」

「ヒッ……」

クレスの身体中から血が噴き出る。これ以上はマズイな。

「よし、［ヒール］！」

「もうわかった！　俺が、俺が悪かった！」

「いや、それはもういいんだ。気にしていないよ。それよりも［風耐性］をつけておいたほうが良い。そうしたら、次は僕に勝てるよ！」

「いや違う！　そういう意味じゃない！」

「いくよ！　［エアカッター］！　［エアカッター］！　［エアカッター］！」

「や、やめ、やめてください！」

クレスは思ったよりもＨＰがあるな。［エアカッター］ならかなり耐えられるんじゃないだろうか。

「よし、［ヒール］！　ってあれ？」

クレスは白目を剥いて意識を失っている。

「気絶か。仕方ないな。まだＭＰはたくさんあるし、他のみんなも……」

いない。逃げてしまったのだろうか。せっかく強化のチャンスなのに、勿体ない。

僕は［水魔法］を使ってクレスの顔に水をかける。クレスが目を覚まし、こちらを見る。

「ヒィ！」

「あ、回復はしておいたよ。他のみんなはどこかへ行ってしまったみたい。まだＭＰはあるし、もう少しやろうか？」

「ヒィイイッ！」

彼は叫びだすと、逃げてしまった。俊敏が僕よりも高いので、追いかけても捕まらないだろう。

「おぉーい！　明日もまたがんばろう！」

狭間圏《はざまけん》
［盗賊：Ｌｖ12］

HP：97／129＋3　盗賊：＋22　MP：133／358　盗賊：−18
SP：14／21＋1　盗賊：＋44
力：21　耐久：28＋3　俊敏：33＋1　盗賊：＋22　技：22＋1　盗賊：＋22　器用：6
魔力：29＋2　盗賊：−9　神聖：37＋1　盗賊：−9　魔力操作：28＋1　盗賊：−9
【風魔法：Lv40】＋1　【エアカッター：Lv20★】＋1
【エアブレード：Lv7】＋1　【ヒール：Lv12】＋1　【盾：Lv9】＋3
【ガード：Lv4】＋1　【マルチタスク：Lv9】＋1　etc…16

14　要請クエスト

やってしまった。昨日は興奮しすぎてしまったのだ。

病室では身体が動かず、魔法の訓練と考えることしかできない。だから気持ちが冷静になる。昨日はついやってしまった。

明日もまた頑張ろうとか言ってしまったが、彼らはもう来ないかもしれない。クレス以外は逃げてしまったし、クレスも酷く怯えて最後には逃げてしまった。今になってみればそう思う。どうしてそうなるまで、気づかなかったのだろうか。

明日また彼らは来てくれるのだろうか。昨日、あれほど反撃しなければよかったのではないだろうか。そうすれば、安全に街で耐久を上げることができたのだ。いや……それは無理か。昨日は彼らと戦いたかった。あの気持を抑えることができない。ほどほどに戦って、気持ちよく勝たせてあげれば良かったのか？

いや、過ぎたことを考えても仕方ないな。明日からはまた治療所へ通おう。今のMPであれば、以前よりも稼げるはずだ。

そして、病室での訓練でさらにMPを上げている。［エアブレード］の連射だ。かなり遠くまで撃てるようになってきた。昨日の戦いでも、1番の鍵になったのがこの［エアブレード］だ。

突進攻撃に対しては、カウンターのような使い方もできる。前衛でアレをやられたら、ひとたまりもないだろう。MP消費が大きいが、［エアカッター］と［エアブレード］では攻撃力の桁が違う。そして、僕自身も何らかの対策をしなければ、魔法使いや魔法を使う魔物にやられてしまうだろう。魔法防御は、耐性をつけるしか無いのだろうか。しかし、ミューロの鎧越しに［エアブレード］を撃った感覚は少し違ったな。威力は確実に落ちたと思う。なんというか、水中にパンチを撃ったような感覚だ。

彼の鎧は金属製だったが、魔法防御があったのだろうか。いや、そうは思えないな。彼らが魔法対策をしている様子は無かった。単純に金属の防具でも魔法の威力が減衰するってことか。

それ以外に、ステータスの魔法防御への影響も知りたい。耐久は無関係なんだろうか。まぁ［炎耐性］のように耐性をつけてしまうのが良さそうだな。だとしたら、やっぱり自分に［エアカッター］か［エアブレード］を使うのが1番手っ取り早いんだが。

それから次の目標はどうしようか。クレスたちと戦うという目標も達成できたし、もう少し生活を向上させたい。しばらく美味しいものを食べていない気がする。病室では点滴だから、こっちでも美味しいものを食べていないのだ。

肉だ。肉が食いたい。異世界の魔物の肉は美味い。今は宿屋の食事だけだが、お金に余裕が出てきたら、酒場で食事をするのも良いかもしれないな。

よし、次の目標はお金をためつつ上位の［回復魔法］を習得することだな。

狭間圏《はざまけん》
［見習い魔法士：Lv3］＋1
HP：109／129 見習い魔法士：−20
MP：397／397＋39 見習い魔法士：＋34 SP：24／24＋3
力：21 見習い魔法士：−10 耐久：28 見習い魔法士：−10 俊敏：33 技：22 器用：6
魔力：29 見習い魔法士：＋17 神聖：37 魔力操作：29＋1 見習い魔法士：＋12
［風魔法：Lv43］＋3 ［エアブレード：Lv11］＋4 ［マルチタスク：Lv10］＋1
［自己強化：Lv2］＋1 ［不屈：Lv6］＋3 etc…18

♻

同日。異世界。

「えっと……毒草ですか？」

「はい、そうです。［毒耐性］を習得したので、毒の効きが悪くなってしまいました」

僕は朝から道具屋へ来ている。毒草は安いので、購入したいと思ったのだ。だが、カルディさんが怪訝な表情でこちらを見ている。

「そうですね。うちは毒草の買取はおこなっていますが、販売はしていないんですよ。というのも、売ったところで誰も買いませんから。以前にもお話ししたとおり、こちらで買取をして、毒草50枚ほどで毒薬にして販売しています」

やっぱり需要が少なくて安いのか。いやしかし、安全にＨＰを上げるのには良いアイテムだと思うんだけど……。

「そうなんですね。毒薬のほうはいくらくらいするんですか？」

「１つ１０００セペタです……まさか飲むつもりですか？」

宿代３泊よりも高い。ちょっと毒薬の使用は現実的ではないな。

「いえ、金銭的に厳しくなりますのでやめておきます」

カルディさんはどこかホッとしたような表情をする。

「それでは、毒草の入手をギルドに依頼することはできますかね？」

「まぁできないことはないですが、単価が安いですし、誰も引き受けないと思いますよ。うちで買い取っていますが、みなさんついでに採ってくるくらいの感覚です」

カルディさんが眉間にシワを寄せながら答えてくれる。表情を見ている限り、僕のほうがおかしいようだ。

「あとこちらで荷台のようなものは売っていますか？」

「えぇ、ありますよ。大きいので倉庫にあります。こちらに来てください」

僕はカルディさんについていき、倉庫へ入る。いくつかの荷台がある。リアカーのようなものが丁度良いのだが。

「こちらの小さいものが10000、少し大きいものは20000、1番大きいもので50000ですね。何か運ぶ予定でも？」

「はい、実は肉が食べたくなりまして、ホーンラビットを狩って持ち帰ろうと思っています」

いやしかし、荷台を買ってしまうと所持金がほとんど無くなるな……大丈夫か？

「なるほど、それでしたらお貸ししましょうか？」

「え!?　いいんですか？」

それは助かる。

「えぇ、実は［ストレージ］の習得には、ステータス以外にも荷物を運ぶことで習得する人もいるのです。狭間さんが［ストレージ］を覚えてくださるのは、私にとってもメリットがあることですからね」

なるほど、そういうことか。［ストレージ］は是非ともほしい。

「それで、賃料はおいくらでしょうか？」

「あぁ、もちろん無料で構いませんよ」

いや、それはマズイでしょう……ってあれだ。カルディさんが不自然にニコニコしている。これは払わせない気だ。

「ありがとうございます！　絶対に［ストレージ］を習得してみせます」

「お願いしますねぇ」

僕はカルディさんのプレッシャーを受けつつ荷台を引いて狩場へ向かった。

今日来た狩場は、最も易しい初心者用の狩場だ。前回の狩場に比べ、ステータス効率は若干下がる。しかし、クレスと戦うという目標を達成してしまった今、僕は肉を求めている。ホーンラビットを倒したら、狩場の外にある荷台で持って帰ろう。

そしてそれだけではない。ここは、薬草と毒草が手に入る。毒草の購入が厳しいので、自分で入手するしかない。

それから僕は、夕方までホーンラビット、薬草、毒草の採取をした。

帰りの荷台が重い。本来なら、仕留めたホーンラビットをそのまま持って帰りたいが、それだと重すぎるので、解体加工を狩場の外でおこなった。４匹分が荷台に乗っている。１匹はカルディさんにおすそ分けしよう。荷台を借りていることだし。

カルディさんは最初、肉はいらないと言っていたが、僕が食い下がったので、１匹もらってくれた。それから薬草を10枚買い取ってもらう。

解体加工している時間や、ホーンラビットを仕留めたあとに運ぶ作業があったので、狩り自体の効率はさらに下がる。それで薬草も10枚しか手に入らなかったのだ。

それから毒草は3枚。ボスまで行けば、毒草が10枚手に入っただろうが、今日は時間的に厳しいのでやめておいた。MPも温存しておきたかったし。それからSPだけは［ガウジダガー］で消費をしておいた。

MPを残しておいた理由は、治療所の仕事のためだ。治療所へ行く前に、ホーンラビットの肉を食っておく。

ウ、ウマイ！

僕は以前にもホーンラビットの肉は食べたことがある。しかし、何故だろう。新鮮だからか？

いや、生で食べているわけではない。焼いているのだ。新鮮さにそれほど影響があるとは思えないのだが。街で食べるよりも遥かに美味しい。これは気のせいなのだろうか。

香ばしい……。

ただ、血抜きをして洗って塩をふって焼いただけである。このスモーク感は何なのだろう。毎日少しなら、食べても金銭的に問題ないな。残りの肉は全部買い取ってもらおう。

その後治療所でひたすら回復をする。

クレスたちは……来ていないな……。

くそー……やっぱりやってしまった。

安全に耐久とHPを強化することは1番難しいんだが、彼らがいないと厳しい。誰か僕をボコボコにしてくれる人はいないのだろうか……。

いや、僕はMなわけではないのだが。

「おぅ、お前まだMPあんのか？」

ん？

考え事をしていたら、ギルド受付のドグバさんが話しかけてきた。相変わらずのスキンヘッドムキムキである。

「はい、そうですね。まだ半分くらいあります」

そういえば、さっきから何人も回復しているな。ここ最近、病室での訓練でMPが異常に上がっている。

「おい、お前この前までMPも神聖も低かっただろう。すげぇじゃねぇか！」

「ありがとうございます！」

「じゃぁ邪魔したな！　このまま頑張れよ！」

ドグバさんは、背中を向けて手を振ってくれた。そういえば、神聖も魔力も結構上がっている。

僕は次々と回復をしていった。


すごい……治療所だけで、880セペタも稼ぐことができた。ホーンラビットと薬草も合わせて1000セペタ以上の稼ぎだ。もう生活費については、心配する必要は無さそうだ。

とすると、いつまでも宿屋ってわけにはいかないよな。家を借りるか買うかしたほうが良いのだろうか。今はその必要も無いような気がするが……。

「おい小僧！　ちょっと来いよ！」

受付のドグバさんだ。

「はい。何でしょう？」

「お前、もしかしたら教会からお誘いがくるかもしれんぞ？」

「お誘いですか？」

お誘いってなんだろう。

「どこの街でも、回復職ってのは不足してんだ。だからギルドの優秀な回復職は、教会からお誘いが来るんだよ。まぁ教会のほうが金払いが良いからな」

えぇ～……教会なのにお金が良いってなんかイメージ悪いよな。

「んで、お前今使ってんのは［ヒール］か？」

「はい。そうです」

「そうか。このペースならじきに［ハイヒール］を覚えるだろう。そしたら俺んとこ知らせに来いよ！」

「はい。わかりました。［ハイヒール］を覚えると何か良いことがあるんでしょうか？」

「ん？　あぁ、教会には加入条件が2つあってな。1つは納税。お前、ギルドカード作ったときに金がかかっただろう？　アレにも少し税金が入ってんだよ。だけど、教会に所属するには、ここの領民にならなくちゃいけない。領民になるには、もっと多くの税金が必要ってわけだ」

「そうなんですね」

「お前、知らなかったのか？　宿屋暮らしだろう？」

「はい。しばらく宿屋でお世話になっています」

「税金がかかるから宿屋ぐらしだと思ったんだが……」

「なるほど、それでカルディさんがそのように勧めてくれたんですね」

そういうことか。多分、家を借りると、領民になり、納税額が上がるのだろう。

「話がずれたな。教会のもう1つの加入条件が［ハイヒール］以上の［回復魔法］だ。だからお前さんが［ハイヒール］を覚えたら、治療所は卒業ってわけだな」

「え⁉　ギルドはそれでいいんですか？」

「おいおい、良いも何もギルドと教会は協力関係だぞ。瀕死の冒険者が来たら、こっちも教会の世話になるんだ。持ちつ持たれつってわけだな」

「なるほど、わかりました」

まずは［ハイヒール］の習得か。今の稼ぎでも生活には困らないが、上位の［回復魔法］習得は、そもそもの僕の目標でもある。このまま領民になって、教会に所属するのもありかもしれない。

「教会って治療所でやっていること以外で、どんなことをするんですか？」

「基本は魔石に［ハイヒール］以上の［回復魔法］をぶち込んでいくって感じだな。教会ではひたすらMPを使う。安全に高い収入が得られるから、人気なわけだな」

「魔石には魔法が撃ち込めるんですね」

「あぁ、［錬金術師］がそういう［魔導命令］をした魔石だがな。そこに予め［回復魔法］を撃ち込んでおくってわけよ。んで、冒険者やら貴族やらがそれを使う。使ったら空になるから、また教会の人間が［回復魔法］を有料で撃ち込むってわけだ」

「なるほど、それで加入条件があるんですね」

下手に質の低い［回復魔法］を魔石に入れるのは勿体ないってことか。

「おぅ、そういうこった」

確かに、今の僕にはぴったりだろう。ＭＰは増えてきているし、神聖や魔力も上げられそうだ。

「所属すると、決まった仕事があって拘束されたりするんでしょうか？」

「いや、基本はギルドと変わんねぇよ。自分で教会から仕事をもらうんだ」

あれ？　そうなのか？　教会っていうから、きっちり決まった時間のお仕事があるのかと思った。

「ただし、緊急要請が出れば、領民は全員命令に従うことがある。まぁそりゃギルドも一緒だがな」

「緊急要請ですか？」

何か嫌な響きだな。緊急要請……。

「狩場の魔物が湧きすぎたときに、溢れてくることがある。そんときにゃ、ギルドに教会、騎士団の人間が討伐すんだよ。それが緊急要請だ」

「なるほど、皆一丸となって街を守るんですね」

「おうよ！　おまぇ良いこと言うな！」

ドグバさんに頭をグリグリとされる。痛い……なでているつもりだろうか……。

教会については、ある程度理解することができたな。今の僕に、あまりデメリットは無さそうだ。

「いろいろ教えていただき、ありがとうございます！　［ハイヒール］の習得目指して頑張ります！」

「おう！　頑張れよ！」

バツンッ！　背中を平手で叩かれる。痛い……耐久が上がるんじゃないだろうか……。

今日は念の為MPを残しておいたが、やはりクレスたちは来てくれなかった……。
何かHPと耐久を上げる方法を考えなければ。
僕は［水魔法］と［土魔法］でMPを使い、手持ちの毒草を食べて寝ることにした。

狭間圏《はざまけん》
［見習い聖職者：Lv3］＋1
HP：109／129　MP：41／398＋1 見習い聖職者：＋12　SP：1／25＋1
力：22＋1 見習い聖職者：－5　耐久：28 見習い聖職者：－5
俊敏：33 見習い聖職者：－10　技：22　器用：6　魔力：29 見習い聖職者：＋7
神聖：39＋2 見習い聖職者：＋12　魔力操作：29 見習い聖職者：＋7
［水魔法：Lv1］＋1　［土魔法：Lv1］＋1　［回復魔法：Lv15］＋1
［ヒール：Lv14］＋2　［短剣：Lv9］＋2　［ガウジダガー：Lv10］＋2
［盾：Lv10］＋1　etc…16

目が覚めると、見慣れた病室……ではない？

若干天井が違う気がする。僕はゆっくりと辺りを見回す。

「ケン、目が覚めたのか？」

兄さんだ。

「…………………」

僕は声を出そうとするが、上手く出せない。

「おい、無理すんなよ。お前、一般病棟に移ったんだよ」

あぁ、そうか。今までは個室だったけど、怪我も治っているしな。違う病室に移されたのか。

「…………」

しばらく無言のまま時間が過ぎる。心配をかけてしまった……。

「こっちでできることは、全部やってあるからな。まぁ心配すんな。ゆっくり休めよ」

いやいや、兄さん。心配だ。兄さんのシャツがよれよれなのだ。兄さんのことだから、クリーニングにも持っていかないし、アイロンもかけないのだろう。

「ケン、お前の回復力は凄いらしいな。医者も看護師もみんな驚いていたらしいぞ」

「…………」

まぁ……［回復魔法］を使ってますからね。

「こんなの診たこと無いってよ」

「…………」

「俺たち、2人で生きていくって決めたろ？」

そうだ。僕たちの両親が亡くなり、僕たちには選択肢があった。僕は未成年だったから、親戚の家でお世話になることもできた。だけど、兄さんと話し合って、2人で生活していくって決めたんだ。

「あのときに、神様なんていないし、いたとしてもろくでもないヤツだって思ったよ。今もそれは、そんなに変わらねぇんだ。けど、もしかしたら……」

「…………」

「母さんと父さんが、お前のことを助けてくれたのかもってな……」

「…………」

「じゃあな。また来るよ。お前の異常な回復力には、期待してんぞ」

兄さんは僕に気を使ったのだろうか。事故のこと、今後のことは一切話さなかった。とにかく今は休めという感じだ。兄さんは背伸びをして立ち上がる。

兄さん、立ち上がるとシャツのシワが目立つよ……。

兄さんは、手首、足首をグルグルと回し、ストレッチをする。陸上部だった兄さんは、基本的にどこでもすぐにストレッチを始める。そういえば、よく膝を痛めていたからな。

帰る前に［ヒール］を使っておこう。

［ヒール］

発動した感覚があったから、多分兄さんの膝が回復したと思う。

当たり前だけど、心配していたな。早く上位の［回復魔法］を習得して、兄さんを安心させてあげたい。あと、シャツのシワをなんとかしてあげたい。

兄さんが帰ったあと、あらためて部屋を見渡す。4人部屋だ。僕は交通事故で入院をしている。ということは、ここは外科病棟ってヤツか？

他の3人を見てみる。中学生くらいの若い男の子と、おじいさんが2人。男の子は足にギブスをしている。僕と同じく交通事故だろうか。

おじいさん2人は寝ているので、どこが悪いのかはわからない。まぁおそらくみんな怪我で入院をしているのだろう。

回復したらマズイだろうか……。

基本病室では［エアブレード］の空撃ちをしている。だからMPは上がっても、魔力や神聖などのステータスは上がらない。だけど、彼らを回復してしまえば、魔力と神聖を上げることができる。だが、回復をしてしまえば、医者や看護師はおかしいと思うだろう。

うーん……迷う……。

やめておこう。異世界で治療をしているから、ステータスはそこで我慢をする。それに［ヒール］は［エアブレード］に比べて発動に時間がかかりすぎる。回復をするよりも［エアブレード］の空撃ちのほうが、圧倒的にMPを成長させることができる。

昨日食べた毒草の分だけはHPが減っているから、回復はそれで我慢をしよう。そして、毒が切れるまで［ヒール］を使う。これだと［アンチポイズン］は成長しないな。だけど、毒状態を回復してしまうのは勿体ない。自分に［アンチポイズン］を使うことはしばらく無いだろう。

僕は毒によるダメージを全て回復したあと、［エアブレード］を撃ちまくった。目に見えないが、風の音がする。

隣のベッドまでは聞こえていないだろうか。まぁ多少聞こえたとしても仕方がない。MP成長の機会を逃すのは我慢ならない。エアコンの空調くらいに思ってくれれば良いが……。

狭間圏《はざまけん》
[見習い魔法士：Lv3]
HP：110／130＋1 見習い魔法士：－20
MP：467／433＋35 見習い魔法士：＋34 SP：28／28＋3
力：22 見習い魔法士：－10 耐久：28 見習い魔法士：－10 俊敏：33 技：22 器用：6
魔力：29 見習い魔法士：＋17 神聖：39 魔力操作：30＋1 見習い魔法士：＋12
[風魔法：Lv45] ＋2 [エアブレード：Lv14] ＋3 [毒耐性：Lv5] ＋1
[自己強化：Lv3] ＋1 [不屈：Lv9] ＋3 etc…18

♻

異世界。

今日も荷台を引きながら、狩場へと向かう。ギルドでは、荷台を引きながら街の外へ出る冒険者を見かけたことがない。大きなリュックを背負っている冒険者はよく見るし、馬車も見かける。狩りで得たアイテムは、リュックや馬車で持ち帰るのだろう。

それ以外は［ストレージ］持ちってことになるな。見かける多くの冒険者は、荷物が多そうだし、［ストレージ］持ちの冒険者はそれほど多くないのかもしれない。

昨日と同じ初心者用の狩場に着く。結局昨日の狩りでは、ステータスがほとんど上がらなかった。SP＋2と力＋1だ。スキルは［短剣］［ガウジダガー］［盾］が少し上がった程度。SPやスキルは使用回数で上がっていくから、この狩場でも安定して上げることができそうだ。

今日もホーンラビット4匹、薬草を10枚、毒草を3枚採取できた。昨日と変わらないな。解体に時間がかかってしまい、どうしてもこれ以上の効率は出せない。それに仮に時間を使いすぎると、治療所に遅れる。金銭的、ステータス的にも治療所のほうが圧倒的に効率が良いから、治療所を優先する。

僕は昨日と同様に、道具屋で買取をしてもらったあと、治療所へと向かう。今日は昨日よりも時間がやや早い。まだ空いているようだ。

ドグバさんが誰かと話している。全身鎧というのだろうか。騎士っぽい人物だ。

「では、私はこれで」

騎士っぽい人は、ドグバさんに一礼し、去っていく。

「おう小僧、良いところに来たな」

「ドグバさん、こんにちは」

僕はドグバさんに挨拶をする。

「クレスという冒険者は来ていませんか？」

「あぁ、あいつなら隣町で活動するらしいぞ。この街付近だと、そんなに良いものは採れねぇからな。あいつらに何か用なのか？」

「いえいえ、最近見ないなと思っただけです」

「もう今のお前ならハズレ扱いはされねぇよ、安心しな」

残念……隣町に行ってしまったのか……。

「そんなことより、昨日話してた要請がきたぞ」

げ……マジですか……。

「そうなんですか？」

「おい、嫌そうな顔すんなよ。要請って言っても、緊急じゃねぇ。毎年恒例の狩りだ」

ほほぉ、緊急じゃない要請なんていうのもあるのか。

「この時期になると、森林の奥でシングルヘッドっていう熊のモンスターが湧くんだけどよ。たまにダブルヘッドっていう上位のモンスターが出てくるんだ。そのダブルヘッドってヤツが厄介で、シングルヘッドを引き連れて、狩場の外まで出てきちまうんだ」

「なるほど、それで討伐ってことですか」

狩場の外にも結構魔物はいるけれど、集団は見かけないもんな。

「まぁ毎年恒例の狩りだ。教会で働くならオススメだぞ」

「そうなんですか？」

「あぁ。まずお前には実績が無い。通常のクエストや狩りと違って、要請を出すのは領主様だ。だから要請に応えるってのは、領主様からの評価が上がるわけだな」

「たしか、領民にならないと、教会には所属できませんでしたからね」

「それから2つ目、お前が参加するなら後方支援。つまり前衛の回復だ。前衛が魔物を倒してくれる。集団で狩りをすると、ジョブレベルが一気に上るぞ」

「そうなんですか⁉」

それは是非行きたいな。

「フン、興味が出てきたか。お前パーティーで狩りをしたことが無いんだろ？　ソロとは格段の差だぞ。集団で魔物を狩るわけだからな」

ドグバさんが説明を続けてくれる。

「それから、ダブルヘッドのほうは魔法が効きにくい。だから前衛の物理攻撃と、回復のパーティーになるわけだ。回復職は不足気味だから、お前のＭＰと［ヒール］でも活躍できるだろう」

それだと完全に回復役になりそうだな。攻撃魔法が効けば、僕も多少攻撃に貢献できるけれど。

「熊って魔法が効きにくいんですか？」

「あぁ、シングルヘッドには効くが、ダブルヘッドの毛皮には魔法耐性があってな。クソ硬い上に、魔法も効きにくい。毛皮だから、打撃もいまいちだ。だから素材はかなりの高値で売れるな」

マジか。いい事づくしではないか。

「ただし、素材は全部回収されるぞ。領主のものになる。まぁ報酬自体は治療所よりも少し良いくらいだ」

そうか……それはちょっと残念だな。

「しかしそれでも十分ですね。僕も参加して良いんですか？」

「あぁ、3日後に狩場に集合だから、明後日の昼間にここに来ればいいぞ。明後日出発して狩場付近で野営だな」

野営か……いろいろ準備しなくちゃいけないのかな？

「野営ですか。道具って必要なんですよね？」

「おいおい、お前野営したことねぇのか？　まぁ今回は要請だから、ある程度支給されると思うけどな。一応カルディさんのところに一式あるから、ある程度買っておけよ」

やっと稼げるようになったと思ったら、出費が多いな。今の所持金で全部買えるのだろうか……。

「わかりました。カルディさんに相談してみます」

狭間圏《はざまけん》
[見習い聖職者：Ｌｖ３]
ＨＰ：１３０／１３０　ＭＰ：44／４３３ 見習い聖職者：＋12　ＳＰ：２／29＋１
力：22 見習い聖職者：－５　耐久：28 見習い聖職者：－５　俊敏：33 見習い聖職者：－10
技：22　器用：６　魔力：30＋１ 見習い聖職者：＋７　神聖：41＋２ 見習い聖職者：＋12
魔力操作：30 見習い聖職者：＋７
[炎魔法：Ｌｖ18]　[ファイアボール：Ｌｖ１]　[風魔法：Ｌｖ45]
[エアカッター：Ｌｖ20★]　[エアブレード：Ｌｖ14]　[水魔法：Ｌｖ１]

【土魔法：Ｌｖ１】【回復魔法：Ｌｖ16】＋１【マイナーヒール：Ｌｖ20★】
【ヒール：Ｌｖ16】＋２【状態異常回復魔法：Ｌｖ０】【アンチポイズン：Ｌｖ０】
【体術：Ｌｖ１】【短剣：Ｌｖ10】＋１【ガウジダガー：Ｌｖ11】＋１
【炎耐性：Ｌｖ６】【盾：Ｌｖ11】＋１【ガード：Ｌｖ４】【毒耐性：Ｌｖ５】
【痛覚耐性：Ｌｖ０】【マルチタスク：Ｌｖ10】【自己強化：Ｌｖ３】【不屈：Ｌｖ９】
取得ジョブ
【見習い聖職者：Ｌｖ３】【見習い魔法士：Ｌｖ３】【盗賊：Ｌｖ12】

15　パーティー狩り

昨日は病室で目覚めることが無かった。ＭＰやスキル強化のために、毎日日本でも修行がしたいのだが、目覚めないものは仕方がない。

そして、今日は朝から道具屋へ来ている。

「野営装備ですか。一式揃えるのですか？」

「そうです。要請が出ているので、ダブルヘッドという魔物を討伐に行く予定です」

「ダブルヘッド……」

カルディさんは眼鏡を持ち上げながら言う。何か思うことがあるのだろうか。

「？」

「おそらく、知り合いの息子がその討伐に参加すると思います。ジーンと言いましてね。なかなかの槍使いですよ」

僕が疑問に思っていると教えてくれる。

「狭間さん、彼に手紙をわたしていただけますか？」

「はい、了解です」

槍使いか。カルディさんの知り合いというだけで強そうだな。

「あぁ、野営装備でしたね。寝具とテント、それから食料といくつかの魔石が必要ですよ。まずは寝具とテントですね。こちらへ来てください」

僕はカルディさんについていく。

「今回の討伐ではシングルヘッドという魔物も出てくると思うのですが、そのシングルヘッドの毛皮でできたものです。1人用だと、3000、5000、10000セペタのものがあります」

1番高いものはしっかりとテントに骨組みがある。1番安いものは、ただの長い毛皮を棒でコの字にするだけだ。激しい雨だと寝られそうもない。今の所持金は15000セペタとちょっとだ。最近黒字になったばかりで調子に乗っていたが、また一気に所持金が減りそうである。

「では、5000のものをお願いします」

僕は横からの風もある程度防げる5000セペタのものにした。

「では次に携帯食料ですね。要請では基本的に食料は支給されるんですよ」

「それはありがたいですね」

「ただし、本隊に合流するまでは自分の食料を使います。乾燥肉とパンですね。５日分くらいあれば十分でしょう。５００セペタですね」

「では、そちらもお願いします」

そういえば、僕は病室でずっと点滴をうけている。最悪食べなくても死ぬことはないだろう。遭難したとしても、ずっと生きていけるかもしれない。そう考えると凄いな……。

「あとは水ですね。狭間さんは［水魔法］は使えますか？」

「はい、一応使えますね」

［水魔法］は習得しているものの、ほとんど使っていない。手から水が出る［水魔法］のみだ。固有の［水魔法］はまだ覚えていない。

「それは素晴らしいですね。水は通常、このような容器に入れて持っていきます」

カルディさんが、革でできた容器を見せてくれる。

「ただし、水は重い上に消費も激しいですからね。お金に余裕のある人は、この水の魔石を持っていきます」

カルディさんが５ｃｍくらいの魔石を見せてくれる。

「これにＭＰを注げば、水が出てくるんです。そうすると荷物になりませんからね。ちなみに５０００セペタです。狭間さんの場合［水魔法］が使えますので、必要ないでしょう」

それは助かる。５０００の出費は痛い。

「その他ですが、［光魔法］はどうでしょう？」

「[光魔法]が発動します」

カルディさんは、木製の筒とランタンのようなものを見せてくれる。

「どちらも中央に魔石が入っています。MPを注ぐと[光魔法]が発動します」

「2つ必要なんですか？」

「そうです。こちらがこのように使用します」

カルディさんが木の筒にMPを注ぐ。

「おぉ、結構光りますね」

「そうですね。1度MPを使えば、2、30分は光っていますよ」

なるほど、木の筒は懐中電灯のような役割だ。

「それからこちらも同じように光ります」

今度はランタンにMPを注ぐ。周囲が明るくなる。

「どちらも腰につけて使用するのが一般的ですね。このランタン形のほうは、野営でも必要になります。これも5000ですね」

「ではそれをお願いします」

全部で10500セペタの出費だ。所持金が約5000セペタになってしまった。これは結構やばくないか？

「では、用意しますので少々お待ち下さい」

「はい、ありがとうございます」

カルディさんが一式用意してくれる。

「この手紙をジーンに渡してください。それからこのバックパックはお貸ししますよ」

大きなバックパックだ。今は買ったもの以外入っていないが、パンパンになるまでものを入れたら背負えなくなるんじゃないだろうか。

「ありがとうございます！」

ちなみにカルディさん相手に遠慮をするのはもうやめた。素直に借りておこう。にしても、デカイな。おそらく回収した素材を入れるのだろう。帰りのほうが中身が多くなることを考えてか。


買い物を終えた僕は、ギルドへ来ている。受付でドグバさんが誰かと話をしている。身なりは普通の冒険者だな。ドグバさんが僕に気づいたようだ。

「おぅ小僧、良いところに来たな。ちょっとこっちに来い」

「はい」

僕は小走りでドグバさんのほうへ行く。

「こいつがさっき話した回復職だ」

どうやら冒険者に僕の話をしていたようだ。

「今回の要請クエストに参加するノーツだ」

ノーツさんというのか。大きいな。１８０cmはありそうだ。背中に大きな盾と剣を装備していて、防具も重装備とまではいかないが、胸や肩、膝に手の甲と主要な部分には金属製のものを装備している。20代後半だろうか。僕から見ると、ベテランの冒険者に見える。

「どうも、狭間です」

僕は軽くお辞儀をし、挨拶する。

「君が狭間くんか。早速だが、ちょっとギルドカードを見せてくれないか？」

「え？……はい、わかりました」

そうか。僕のステータスを確認しておくってことか。一応ジョブを［見習い聖職者］に変えておく。

狭間圏《はざまけん》
［見習い聖職者］
HP：E　MP：C　SP：F
力：F　耐久：F　俊敏：E　技：F　器用：F　魔力：F　神聖：E　魔力操作：F

MP以外のステータスがしょぼい。連れて行ってもらえるのだろうか。

「ほぉ……まだ若いのにMPがCか。これは期待できそうだな」

「だろう？　魔力や神聖だって、MPがありゃ上がってくはずだ。今回ノーツが連れてってやれば、［見習い聖職者］も卒業できるかもな！」

「ありがとうございます！」

おぉ……MPがCというのはまぁまぁなのか。確かに、MPだけは駆け出し冒険者よりも多いみたいだ。

「キミ、パーティーは初めてなんだって？」

「はい、そうなんです」

「今日は時間があるかい？」

「はい、野営装備も買いましたし、いつもの狩りへ行こうかと思っていたところです」

「そうか。では少しパーティーに慣れてもらいたい。そろそろ俺のパーティーメンバーが来る。今日は一緒にクエストをしてみないか？」

「いいんですか⁉　是非お願いします」

やった。これは良い機会だ。ベテラン冒険者の動きを是非見ておきたい。


しばらくすると、ノーツさんのパーティーメンバーがやってきた。

［斧戦士］のオルランドさん、［剣士］のラウールさん、［アーチャー］のカーシーさんというらしい。

ちなみにノーツさんは［シールドウォーリアー］だ。［聖職者］と［僧侶］が誤差程度の違いしかないように、［盾戦士］と［シールドウォーリアー］もほとんど差がないらしい。バリバリの物理攻撃パーティーだろう。要請で討伐するダブルヘッドには、魔法がほとんど効かないらしいからこのパーティー構成なんだろうか。みんな見た目はノーツさんと同じくらいの年齢だ。

「今回の目的は、彼のパーティーでの戦いに慣れてもらうことだ。それから、彼にどんなことができるのかを俺たちが把握することも必要だ」

ノーツさんが今日の狩りについて説明してくれる。

「とりあえず、狩場へ向かいながらスキルなどの確認をしよう。今日はフォレストウルフでいいな？」

ノーツさんがそう言うと、他のメンバーがうなずく。フォレストウルフというのは名前からして魔物だろう。出てくるのはいつもの狩場よりもレベルの高いところだろうか。

「それから狭間くん。大きなバックパックだな。今日は野営は無いがそれで来てくれ。荷物の多い状態にも慣れてもらおう」

「はい、よろしくお願いします」


狩場へは1時間ほどで到着した。途中まではいつもの狩場と同じ道だ。いくつか枝分かれしている道の1つではあるので、いつもの森と同じ森なのだろう。

道中では、僕が［ヒール］［ガード］［エアブレード］を使えること、それから［短剣］についても少し使えることを説明した。その結果僕の装備は、木製の小盾とステッキになった。このパーティーで［短剣］を使ったところで足手まといなのだろう。

フォレストウルフというのは、その名の通りオオカミ系の魔物で、緑色をしているらしい。動きが速く、攻撃力も高いが耐久はそれほどではないとのことだ。

「よし、それじゃさっき説明した通り、狭間くんは防御に徹してくれ。できるだけ守るが攻撃をくらいそうになったら［ガード］でしのいでほしい。とりあえずまだ戦闘中の回復はしなくていい」

「はい、了解です！」

狩場に到着すると、緑色の狼、フォレストウルフが数匹いた。僕は盾を構えると、ノーツさんが単独で狩場に突っ込む。

え!?　１人での突進？

「うおぉぉぉ！！！」

ノーツさんが大きな雄叫びをあげると、全ての魔物がノーツさんへと突っ込む。まるで全ての魔物がノーツさんしか見えていないかのようだ。何かのスキルだろうか。

「いくぞ、よく見ておきな」

［斧戦士］のオルランドさんが、ノーツさんを攻撃している1匹を背後から攻撃する。

ドッスン！

斧の重量が魔物に直撃する。これ以上無いくらいいい角度で攻撃が決まった。1撃である。

さらに［剣士］のラウールさんが別の魔物に背後から突き。1匹だけをノーツさんから引き剥がし、1対1に持っていく。その剥がれた1匹に［アーチャー］のカーシーさんが僕の隣から矢を放つ。完璧な布陣だ。

ノーツさんは最初こそダメージをもらったものの、パーティーメンバーが流れるように魔物を仕留めていったので、それ以降のダメージはほとんどないだろう。何しろあっという間に狩場の魔物が殲滅されたのだ。

「凄い……」

僕は思わず声に出してしまった。

「よし、素材の回収だ。急げ」

全員がフォレストウルフの解体を始める。狩場は倒れた魔物が魔素になってしまう。それから追加で魔物が出現する。その前に解体をするわけだな。僕も解体を手伝おう。

「いや、キミはいい。フォレストウルフは初めてだろう？　それよりもよく見ておけ」

「はい、わかりました」

確かに、1度も解体したことが無い魔物を手探りで解体するよりも、慣れている人たちの解体を見ていたほうが良さそうだ。

そして、解体を終えると狩場から一旦出る。

「これが一連の流れだ。どうだい？　理解できたか？」

「はい。全く無駄のない動きで驚きました……」

「そうか。だが、これは何度も繰り返せるわけじゃない。1回ごとに確実にダメージが入る。だから一旦狩場を出るんだ。［ヒール］を頼めるか？」

「はい、わかりました。［ヒール］！」

僕は、ノーツさんに手をかざし［ヒール］を発動させる。

「ほぉ、なるほど悪くないな。神聖はEだったが、この回復量ならもうすぐDになるだろう。少し経ったらもう1度狩場へ突っ込むぞ。次は俺が合図をしたら、戦闘中に俺を回復してほしい」

「わかりました」

戦闘中のノーツさんはひたすら防御に徹している。動きは激しくないので、離れ過ぎなければ戦闘中の回復もできそうだ。

一連の流れは概ねこんな感じらしい。最初にノーツさんが突っ込んで［咆哮］というスキルを使う。すると、魔物のターゲットが全てノーツさんになる。

その後パーティーメンバーは背後から攻撃し放題だ。そしてノーツさんにはダメージが入るから、僕が［ヒール］を使う。ＭＰやＳＰが切れるまでは、この流れだそうだ。

少し休むと、狩場には再びフォレストウルフが出現している。先程と同じようにノーツさんが突っ込む。

「うおぉぉぉ！！！」

雄叫びをあげると、僕らなんか眼中に無いと言わんばかりに全ての魔物がノーツさんへと突っ込む。

［ヒール］！

僕はノーツさんに［ヒール］を使う。

他のメンバーを見るが、［斧戦士］のオルランドさんはダメージが無さそうだ。しかし［剣士］のラウールさんは1対1にもっていっているので、多少のダメージがある。

しかし、回復しようにも動きがあるのでなかなかうまくいかない。［魔力操作］が不足しているというよりは、圧倒的に慣れが足りていない気がする。もう少し頑張ればできそうではある。

その後魔物を解体し、狩場をでる。

「今の［ヒール］なかなかよかったぞ」

ノーツさんが褒めてくれる。

「ありがとうございます」

「こっちも頼む」

［剣士］のラウールさんにも同時に［ヒール］を使っていく。

「ラウールさんにも［ヒール］を使おうと思ったんですが、なかなかうまくいきませんでした。すみません」

「俺はノーツと違って動くからな。お前、そんなことより今同時に回復してないか？」

ラウールさんは驚いたような表情をしている。

「はい、今は［ヒール］の対象が近いですし、動いていませんから」

僕は［マルチタスク］のおかげで2人同時に回復できている。これが［ヒール］と［エアカッター］などの別の種類の魔法だとまだまだ全然できないが、［ヒール］の重ね撃ちなら可能だ。

「なっ！」

ノーツさんも驚いている。

「すげぇな！　こんなの聞いたことねぇぞ！」

ラウールさんは声を大きくする。

「そうなんですか？」

「あぁ、お前戦闘中もそれできんのか？」

「今はまだ厳しいですね。もう少しスキルが上がればできるかもしれません」

「こいつは掘り出し物件だな！」

オルランドさんが豪快に笑う。なるほど、どうやら［マルチタスク］は割とレアなスキルらしい。

「ちょっとすみません、ノーツさんに重ね撃ちを試してもいいですか？」

「あぁ、やってみてくれ」

僕は1番ダメージ量が多かったノーツさんに［ヒール］を撃ちながら［ヒール］を撃つ。

対象が同じでも［マルチタスク］はどうやら使えるようだ。

「おぉ！　これは凄いな！　［ハイヒール］くらいあるぞ！」

「そりゃいいな！　明日からもまたよろしくな！」

「はい！　こちらこそよろしくお願いします」

ノーツさんのパーティーは僕を重宝してくれるようだ。

その後、僕の［ヒール］の射程を調べ、ノーツさんのSPや僕のMPの残量を調整しながらの狩りが続いた。

僕のMPが3割程度減ったくらいで狩りは終了した。明日からの要請クエストに支障が出ないようにということだった。明日になれば、MPは全快するのだが、そんなことはみんな知らないので、1日のMP回復量を目安にしたわけだ。僕としてはもう少しMPを消費したかったのだが、MPの秘密がバレるのは良くないだろう。

「おぅ、本当はこのまま飲みに行きたいが、明日出発だからな。要請クエストが終わったら、一緒に祝杯だ」

ラウールさんが言う。

「ちょっとはいいんじゃねぇか？」

オルランドさんは飲みたいらしい。

「いや、ダメだ。オルランドは絶対にな」

ノーツさんがピシャリと止める。

「それじゃ狭間くん、明日もよろしく頼むな」

「はい、明日またよろしくお願いします」

帰りのバックパックの中身が半分くらいまで埋まった。少し重かったが、以前より耐久が上がっているせいかほとんど疲れていない。
素材を全て売り払い、僕には１０００セペタほどの収入が入った。ＭＰの３割を消費して１０００セペタだから、治療所よりもやや効率が良い。さらに、ジョブレベル効率は半端ではない。今日の狩りだけで［見習い聖職者］が９レベルも上がった。これは明日からの狩りが楽しみだ。僕は残りのＭＰ全てを［土魔法］で消費し、眠りについた。

狭間圏《はざまけん》
［見習い聖職者：Lv12］＋9
HP：130／130　MP：21／433　見習い聖職者：＋21　SP：29／29
力：22　見習い聖職者：－4　耐久：28　見習い聖職者：－4　俊敏：33　見習い聖職者：－9
技：22　器用：6　魔力：30　見習い聖職者：＋16　神聖：42＋1　見習い聖職者：＋21
魔力操作：31＋1　見習い聖職者：＋16
［土魔法：Lv4］＋3　［マルチタスク：Lv11］＋1　［回復魔法：Lv17］＋1
［ヒール：Lv17］＋1　etc…19

病室で目覚める……。

兄さんは来ていないな。まずは、毒のダメージがあるから、［ヒール］を使わなければならない。

それから、［エアブレード］の空撃ちを始める。

ビュ……ビュッ……。

やっぱり風の音がするな。向かいのベッドはおじいさんだから、おそらく大丈夫だと思う。しかし、その近くには骨折している男の子がいる。彼には気付かれてしまうかもしれない。

う〜ん……どうしたものか……。

僕は辺りを観察する。

ポットだ。おじいさんの近くにポットがおいてある。これは利用できるかもしれない。

［炎魔法］！

僕はポットの中に［炎魔法］を発動させる。魔力操作のステータスが上がってきたことで、離れた場所にも魔法が発動できるようになっている。最近の［エアブレード］の空撃ちのおかげだろう。

ポットから蒸気が出てくる。

この方法ならば、［炎魔法］とMPの強化ができる。ただし、［エアブレード］よりも発動時間がかかる。MP効率だけで言えば、［エアブレード］に比べるとかなり落ちるな。しかし［炎魔法］はレベルがまだまだ低いので上げておきたいところだ。それから、ポットの中に［ファイアボール］を撃つのはできないな。ポットが吹っ飛びそうだ。

しばらく［炎魔法］を使っていると、蒸気が出なくなってしまった。中の水を蒸発させてしまったのだろう。

それなら……［水魔法］！

僕はポットの中に水を発生させる。

よし、これで3属性の魔法を強化することができるな。しばらくは［炎魔法］と［水魔法］の強化をしていこう。


面会が来た。兄さんかと思ったら、担任のイケザキ先生だった。

「おぉ、狭間」

「…………………」

「無理に話さなくていいぞ。ところでお前、耳は問題なく聞こえるんだよな？」

兄さんか看護師さんに状態を聞いたのだろうか。耳ははっきりと聞こえる。僕はうなずく。

「よしよし、先生な、お前のために良いものを用意してやったぞ」

イケザキ先生はそう言うと、スマホを取り出し、操作をする。スマホからは英語の音声が聞こえてきた。

「これなら英語の勉強ができるぞ！　退院したときに、勉強が遅れないように用意したんだ」

「…………………」

英語か……英語は1番苦手なんだよな……。

イケザキ先生は、担任の先生で、英語の先生でもある。そして熱血。しかし、この状態でも勉強とは筋金入りだな。

イケザキ先生は、英語の音声を流すと、自分は本を読み始めた。

これ、この音声が終わるまでずっと続くのかな……。

とりあえず、僕はポットの中に［炎魔法］と［水魔法］を繰り返しておく。

そういえば、異世界では普通に日本語が使えたけど、英語とかって通じるんだろうか。もう2ヶ月以上生活しているけれど、異世界のことはあまりわかっていないな。

英語の音声がしばらく続いた頃、兄さんがやってきた。兄さんがイケザキ先生に挨拶をすると、先生は少し話して帰っていった。

「この状況で英語の勉強って、お前の担任ヤバいな……」

兄さんが若干引いている。あの先生は、体育祭や文化祭でもプリントを渡してくるほどの先生だ。

修学旅行中に課題を出されたときには、何かの冗談かと思った。

「おいケン、俺の膝、すっげぇ調子いいんだけど何か知らないか？」

こういうときの兄さんの鋭さには参る。普通に考えて、僕だとは思わないだろう。

「…………………」

僕は首を振っておく。

「ふーん……」

なんだか納得していないようだが、仕方ないだろう。

「まぁいい。明日も仕事だから、明後日来るぞ」

やっぱり安易に回復をするのは良く無さそうだな。

狭間圏《はざまけん》
[見習い魔法士：Lv3]
HP：111／131＋1 見習い魔法士：−20
MP：474／440＋7 見習い魔法士：＋34 SP：32／32＋3
力：22 見習い魔法士：−10 耐久：28 見習い魔法士：−10 俊敏：33 技：22 器用：6
魔力：30 見習い魔法士：＋17 神聖：42 魔力操作：33＋2 見習い魔法士：＋12
[炎魔法：Lv21]＋3 [水魔法：Lv5]＋4 [ウォーターガン：Lv0] New
[毒耐性：Lv6]＋1 [自己強化：Lv4]＋1 [不屈：Lv12]＋3 etc…18

16 大きな荷物

朝、日本で新しく習得した［水魔法］の［ウォーターガン］という魔法を試してみる。指から勢いよく水が噴射されるが、それだけだ。これも［エアカッター］と同じく、攻撃系の魔法ではないな。しかも、単純に飲水を確保するならただの［水魔法］を使ったほうがMPの節約になる。

そして、今日はダブルヘッド討伐の出発予定日だ。本来は昼間に出れば間に合うが、先に行って狩場に慣れておこうということで、朝に集合している。

メンバーは昨日お世話になったノーツさんたちだ。

「今日はまず目的地へ向かう。それから、集合場所には昼到着予定だ。着いてしばらくは狩りだな。本隊が到着するまでに手に入れた素材は俺達のものだ。カーシー、［ストレージ］を空けておけよ」

パーティーリーダーのノーツさんが説明してくれる。［アーチャー］のカーシーさんは［ストレージ］持ちだ。昨日も少し使っていた。

［ストレージ］は収納スキルで、レベルが上がると容量も増える。そして、さらにレベルが上がると、収納したものの保存が可能になる。レベルの高い［ストレージ］は食料が長持ちするらしい。

ただし、デメリットもある。収納する際にSPを消費するんだ。出すときにはSP消費がないので、ピンチのときに回復アイテムが出せない、なんてことは無いらしい。だから昨日も少ししか使わなかったのだろう。

そして、僕も［ストレージ］を習得する必要がある。上手くいけば、日本のものを異世界へ持ち込めるかもしれないからだ。

ノーツさんは各自に役割や、荷物の確認をしている。

「毒消しも持ったな？」

「あぁ、回復薬は一通り持ったよ。念の為、麻痺や混乱にも備えてある」

カーシーさんは［ストレージ］にそれらのアイテムを収納しているのだろう。

「あの、僕［アンチポイズン］を習得しています。まだ使ったことはありませんが」

「おぉ、それは助かる。毒消しポーションは1つ500セペタするんだ。節約できる」

500セペタもするのか。結構高いな。もしかしたら、毒消しポーションもドロップアイテムを

［薬師］のジョブで加工しなければならないのかもしれない。その場合、絶対に高くなるよな。

そして、アインバウムの街を出る。道中は馬車など無く、もちろん徒歩だ。しかもちょっと遠い。しかし、みんな結構な荷物があるのに余裕だ。そして僕も意外と疲れていない。耐久が上がっているからだろう。そういえば、台車を引いて狩場に行ったときも、面倒ではあったがそこまでの疲労はなかった。これは馬車などもったいなくて使えないな。

道中で僕は気になることを聞いておく。［アーチャー］のカーシーさんにだ。

「あの、［ストレージ］の習得には［アーチャー］のジョブが必要なんですか？」

「いいや、そんなことはない。他のジョブでも［ストレージ］を持ってるやつは結構いるぞ。ただ、［アーチャー］はだいたい持っているだろうな」

「そうなんですか？」

「あぁ、［アーチャー］は矢が無くなったら詰みだからな。［ストレージ］には矢が収納してある。なんだ？［ストレージ］が必要なのか？」

「はい、是非習得したいです」

「ほぉ、こいつは丁度良いな。おいノーツ、止まってくれ」

「ん？なんだ？」

「狭間が［ストレージ］欲しいってよ。荷物まとめるぞ」

ん？何が丁度良いんだ？

「あぁ、それは都合が良いな」

「あの、荷物が必要なんですか？」

「そうだ。今日の移動では、荷物を全て狭間に持ってもらうぞ」

「え？」

カーシーさんがそう言うと、みんな荷物をドサドサと下ろす。

「［ストレージ］ってのは荷物を運ぶのに便利だろ？　だから荷物を運ぶ苦労が必要ってわけだ。お前、［盗賊］のジョブがあるんだろ？」

「はい、あります。［ストレージ］習得には、［盗賊］のジョブが必要なんでしたっけ？」

「まぁ必ず必要ってわけじゃないけどな。［アーチャー］や［斥候］、［盗賊］なんかにしておくと習得しやすいって感じだ。だから［盗賊］にしておけ」

「はい、わかりました！」

「狭間くん、良いバックパックを持っているじゃないか」

ノーツさんがニコニコと言う。

「おい小僧、俺のは重いぞ。まぁ酒だがな！」

オルランドさんが言う。この人、酒持ってきてんのかよ……。

みるみるうちに、僕のバックパックがパンパンになっていく。

「フン！」

バックパックを背負ってなんとか立ち上がる。クッソ重い……。

大変そうだが、これで［ストレージ］を習得できるんなら喜んでやるさ。

「ありがとうございます！」

僕は感謝で思わず大きな声を出してしまう。

「お前、変わってんな」

「はは……」

「ガハハ！　もっと酒持ってくりゃ良かったな！」

カーシーさんが若干引いて、ノーツさんは苦笑い、オルランドさんは豪快に笑っている。

「はい！　頑張ります！」

僕は率先してキビキビと歩く。


「ぜぇ……ぜぇ……」

当たり前だが、荷物が物凄い重い。耐久が上がっているとはいえ、まだまだ駆け出し冒険者以下だろう。さっきまであんなに張り切っていたのに、もう疲れてしまった。

「おい、無理すんなよ？」

カーシーさんが声をかけてくれる。

「いえ、大丈夫です」

なんの……まだまだ……。

「狭間くん、キミは回復職なんだから［ストレージ］は必須ってわけじゃないだろう？」

ノーツさんが意外なことを言う。

「え？　そうなんですか？　回復職などの後衛ってそれほど動きませんし、［ストレージ］があったほうがいいんじゃないんですか？」

「まぁ無いよりはあったほうがいいわな？」

「けど［聖職者］とか［僧侶］なんてそもそも街から出ないだろ」

カーシーさん、ラウールさんが教えてくれる。

「あれ？　回復職の人って外に狩りに行かないんですか？」

「まぁ治療所や教会にいればそこそこ金になるし、わざわざ外に出ないよな」

へぇ……それは意外だ。

「でも、それじゃぁジョブレベルが上がらなくないですか？」

「あぁ、だからたまにパーティーに入ってくる。ただで回復してくれるかわりに、パーティーに入ってジョブレベルを上げるわけだ。でも、たまーにだぞ」

「今回の要請だって、狭間くんがいなかったら他の回復職が来たかどうかはなぁ？」

「まぁ街で安全にお金が稼げて、神聖やＭＰだって少しずつ上がるわけだ。多少の個人差があるとしても、わざわざ狩りに出るメリットがそんなにねぇんだよ」

「そうなんですねぇ……」

うーん……正直、全く理解できない。チャンスが有れば、ステータスやジョブは片っ端から上げたいと思うんだけど。

「まぁ要するに、お前に［ストレージ］は絶対必要ってわけじゃねぇってこった。疲れたら荷物を分けるからすぐに言えよ！」

オルランドさんが気を使ってくれる。

「いえ！　まだまだ大丈夫です！」

僕は早足で進む。僕にとって［ストレージ］は必須だ。

狩場へ着いた。既にお昼を過ぎている。道中、魔物はほとんど出なかった。数匹だけだ。街道は狩場から離れているので、狩場で出現した魔物がこっちまでくることはあまりない。

本来ならば、お昼頃には到着していたはずなんだが、僕が［ストレージ］習得のため大量の荷物を持っていたことで遅くなった。

「はぁ……はぁ……すみません、遅くなってしまいました」

「あぁ、構わないよ。それより、［ストレージ］は習得できたかい？」

ステータスを確認したが、特に新しいスキルは習得できていない。

「いえ、出ていません」

「まぁそうだろうな。そんなにすぐには習得できないだろう」

「それじゃ、狩場の確認だ。まず基本的な魔物は3種。熊の魔物、シングルヘッド。植物の魔物、ポイズンフラワー、それからアリの魔物、ビッグアントだ。注意するのはシングルヘッドとポイズンフラワー。ビッグアントは雑魚だ」

どうやら僕のために説明をしてくれているようだ。他のメンバーはみんな知っていることなのだろう。ふむふむ……勉強になるな。

「シングルヘッドは単純に強い。ヤツが出たらラウールに任せるぞ」

「はいよ、任せな」

［剣士］のラウールさんが1対1で仕留めるのだろう。

「ポイズンフラワーは毒にだけ注意だ。狭間くんが［アンチポイズン］を使えるのと、毒消しポーションがあるから大丈夫だが、できるだけ消費は避けたい」

「あの、ノーツさん」

「ん？　なんだい？」

「できれば背負ったままがいいんですが、足手まといでしょうか？」

「ははは……凄いやる気だな」

うん、やっぱり若干引いてるよな。

「守るつもりではいるが、多少の攻撃をくらうこともあるぞ？　死ぬことは無いだろうが、避けることができなくなる。それでもいいのか？」

「はい！　お願いします！」

ノーツさんが呆れたように笑う。

「わかった！　いいぞ！　俺が全力で守ってやるさ！」

「ありがとうございます！」

ダメ元でも頼んでみるもんだな。多少の攻撃をくらってでも［ストレージ］は習得したい。というよりも、今後の耐久やＨＰのことを考えると多少攻撃をくらっておきたい。


こうして、僕はふざけた量の荷物を背負ったまま狩りをする。本来ならありえないそうだ。ステータスやスキルのことを考えれば、こっちが普通だと思うのだが……。

狩場には、大きなアリとでかい植物がいる。シングルヘッドはいないな。あれがビッグアントとポイズンフラワーだろう。ビッグアントは１ｍくらいか。大型犬くらいの大きさだ。ポイズンフラワーは植物だが、根を脚のように使い、動いている。紫色で、いかにも毒々しい。花の中央から毒を噴射するから、それには要注意だそうだ。毒は徐々にＨＰが減るので、すぐに致命傷になるわけではないが、ＭＰや消費アイテムを削られると、帰還しなければならなくなる。利益減に直結するわけだ。

前回の狩り同様に、ノーツさんが突っ込む。

「うおぉぉぉ！！！」

雄叫びを上げる。［咆哮］というスキルだ。狩場の魔物が一斉にノーツさんへと向かう。

そして、他のメンバーが背後から攻撃。前回と全く同じで効率も最高に良い。でも、あれだと毒をもらってしまうのでは？

ポイズンフラワーが花の中央から紫色の気体を噴射する。

プシューッ！

そのタイミングに合わせ、ノーツさんが盾で薙ぎ払う。

ガツンッ！

なんだあの音は？

ノーツさんは、毒の気体と、周りのビッグアントを盾でふっ飛ばした。気体を吹き飛ばすような音ではなかったけれど、スキルの効果だろうか。毒の霧は霧散して消える。

その間に、他のパーティーメンバーが次々と魔物を仕留める。相変わらず素晴らしい手際だ。僕もノーツさんへ［ヒール］を使っておく。結局こっちに魔物は来なかったな。

「よし、終わったな。魔石は出たか？」

「あぁ、１個出てるぞ。あとは毒の実だけだな。どうする？　一応持って帰るか？」

「そうだな、回収しておこう」

「はいよ」

ビッグアントもポイズンフラワーも素材はあまりよろしくないらしい。魔石が出れば良いが、ビッグアントは特に何も落とさず、ポイズンフラワーは毒の実だけ。

「あの、できたら毒の実は僕にいただけませんか？　僕の報酬から引いていただいて構いませんので」

「あぁ、別に構わないが、キミは［薬師］を持っているのか？」

「いえ、そういうわけじゃないんですが……」

「なんだ？　食うのか？」

オルランドさんがニヤニヤしながら聞いてくる。

「その予定です」

「は？」

冗談のつもりだったのだろう。面食らっているようだ。

「お前、正気か？」

「はい、毒を摂取すると［毒耐性］が得られるんですよ。そろそろ毒草で［毒耐性］が上がりにくくなってきたので、毒の実はありがたいです」

「おいおい、マジかよ……」

若干……というより、だいぶ引いているようだ。

いやいや、何故みんなやらないのだろうか。多少痛いだけで、良いことしか無いと思うのだが。

その後しばらく狩りを続けたが、シングルヘッドは出てこなかった。

「シングルヘッドは出ませんでしたね」

「まあ狩場の入り口だからな。ちょっと奥へ行ってみようぜ」

「あぁ、本隊が来るまで深追いするつもりは無いが、もう少しは大丈夫だろう。ダブルヘッドに関しては、相当奥へ行かないと出ないはずだ」

僕たちは奥の狩場へと向かう。


いた。

熊の魔物、シングルヘッドだ。茶色と灰色、銀色が少し混ざった熊だ。

でかいな……2mくらいはあるだろうか。そして、ビッグアントやポイズンフラワーも数匹いる。

僕は多少の攻撃をもらっても大丈夫なように盾を構えておく。

ノーツさんが突っ込み、[咆哮]。

「うおぉぉぉ!!!」

周りの魔物全てがノーツさんに突っ込む。これ、ちょっと数多いな。ノーツさん大丈夫だろうか。

そして、シングルヘッドもノーツさんに突っ込む。

「ガァ!」

が、ラウールさんが背後から斬撃を浴びせる。

ザシュッ!

少しダメージが入った程度に見える。

「相変わらず硬ぇなこいつは！」

うまく1対1に持っていったようだ。しかし、シングルヘッドの動きも速い。ラウールさんは剣で受け流しながら反撃しているが、それでもダメージがある。

その間にも、オルランドさん、カーシーさんが雑魚を次々と仕留めていく。数が多いな。

こっちにも数匹のビッグアントが来たが、カーシーさんが近づく前に仕留めてくれる。

「ハッ！［3連撃ち］！」

凄まじい速さで矢を射る。撃っている腕が良く見えないほどだ。あれは指とかどうなっているんだろうか。

そして、オルランドさんもスキルを使っている。

「［岩砕き］！」

ズドンッ！ ビッグアントは1撃だ。威力自体はあれが1番高そう。

次々と魔物の数は減っているが、1対1のラウールさんが1番きつそうだ。僕はさっきから［ヒール］をラウールさんに使おうとしているが、うまくいかない。動きが速くて全く捉えられないのだ。

ちなみに今のジョブは［盗賊］だ。［ストレージ］を習得するために、［見習い聖職者］のジョブは外してある。［見習い聖職者］のほうが魔力操作のステータスが高いが、俊敏が下がる。［盗賊］のジョブでもあの速さに対応できないってことは、［見習い聖職者］では、絶対に回復できないだろう。ラウールさんの動きを見ながらでは、どうにも対応できない。

今度は、ラウールさんが動きそうな場所へ予め［ヒール］を使ってみる。

が、別の方向に動いてしまう。ダメだ、全然発動できない。

唯一の救いは、失敗してもＭＰが消費しないことだ。［ヒール］などの回復魔法は発動しなければＭＰが消費されない。病室では空撃ちできなかったが、ここにきてそれに助けられている。

今度は、［マルチタスク］を使って、ラウールさんが動きそうな箇所に2発の［ヒール］を使っておく。

おぉ……おしいな！

何度か繰り返してみる。常にラウールさんの周り2箇所に［ヒール］を撃っておく。

よし！　今のは決まったぞ！

なんとか1発だけ［ヒール］を決めることができた。

そして、そうこうしているうちに雑魚が減ってきた。雑魚が減ってくると、カーシーさんは攻撃対象をシングルヘッドにする。

「［旋風撃ち］！」

ギュルギュルと渦を巻いて矢が飛んでいく。

ズドッ！

「グモゥッ！」

シングルヘッドが一瞬怯む。

「ナイス、カーシー！」

そして、その隙をカーシーさんは見逃さない。

「［円月斬］！」

上段に構えた剣を、身体をひねり、高速で回転させる。

ズバッ！

見事に決まった！

シングルヘッドが吠える間もなく首が吹っ飛ぶ。

あとは雑魚を片付けるだけだ。殲滅にラウールさんも加わり、あっという間に仕留めていく。

「はぁ……はぁ……よし、さすがはラウールだ」

「[円月斬]が決まったな！　素材がきれいに残ってるぞ」

「あぁ、まさか狭間の回復が入るとは思わなかったぞ」

「おい、回復できたのか⁉」

「はい、何度か挑戦してみたらできていました」

「やるな！　とりあえず、さっさと素材の回収だ」

「あとは、毒の回復も頼む」

「了解です」

結構な数だった。さすがにノーツさんでも毒をもらってしまったようだ。

「[アンチポイズン]！」

毒を回復する。

あれ？　回復しているようには見えないな……。

ＭＰは消費しているので、[アンチポイズン]の発動はしていると思うのだけど。

「すみません、毒の回復できていませんよね？」

「いや、効いているよ。そうか、毒の回復は初めてかい？」

「はい、そうです」

「毒の場合、効果時間があるだろう。おそらくこの毒は、俺の耐久だと3、4時間は続くだろう。［アンチポイズン］は毒の効果時間を減らすんだ。だから、何度か撃つと毒が消えるはずだ」

なるほど、だから1度毒をくらってしまうと結構なMPを消費するわけか。

「了解です。消えるまでいきます。［アンチポイズン］！」

そうすると、スキルレベルはこの毒の効果時間をより減らすことになるんだろう。おそらく神聖にも依存しているはず。

僕が毒を回復している間に、他のメンバーが手早く素材を回収する。魔石と毒の実を回収し、シングルヘッドはみんなで担いで狩場の外へと持っていく。それから解体だ。

「狭間くん、MPはどうだ？」

「まだかなりあります。どうしますか？」

「よし、もう少し続けよう」


それからしばらく狩りを続けた。シングルヘッドは合計で3体も倒すことができた。魔石や毒の実もぼちぼち手に入った。

「よし、今日はこのくらいにしておこう。狩場の入り口へ戻るぞ」

狩場から出て、街道近くの開けた場所へ戻る。野営の準備だ。

とはいっても、食事を作るわけでもなく、乾燥肉とパンを食って寝るだけだ。光の魔石をともして、魔物が来ないようにする。光の魔石には、魔物よけの効果も多少あるようで、弱い魔物なら寄ってこないそうだ。

ドサッ！

やっと荷物を下ろすことができた。

「おい、どうだった？」

オルランドさんが今日の狩りについて聞いてくる。

「相変わらず皆さん、素晴らしい手際でしたよ。今日は［盗賊］のレベルが物凄い勢いで上がっています」

「いや、そうじゃやねぇよ。［ストレージ］の話だ。覚えたのか？」

「あぁ、そうでした。確認してみます」

僕はステータスを確認してみる。

［エリアヒール：Lv0］New

「出ていませんね。でも、［エリアヒール］を習得したみたいです」

「何だって!?　本当か!?」

オルランドさんが驚いたように大きな声を出す。

「おい、どうした？」

「狭間が［エリアヒール］を習得したらしいぞ！」

「それは凄いな……おめでとう」

「ありがとうございます。［エリアヒール］は優秀な魔法なんですか？」

「あぁ、もちろんだ。範囲内の生物全てを回復するからな。使い方によってはＭＰを節約できるぞ」

「なるほど。範囲内の生物全てってことは、魔物も回復しちゃうんですか？」

「まぁそうなるな。エリア内の対象は選べないらしい」

「良かったな狭間、今日は祝杯だ！」

「おい、要請クエストは明日からだぞ」

「バカヤロウ！　このタイミングで飲まなきゃいつ飲むんだよ！」

「いや、お前毎日飲んでるだろ……」

その日僕は、野外でお酒を飲んだ。初めて飲んだお酒は酷くまずかったが、楽しかった。

そして、みんなが引くので、こっそりと毒の実をかじり就寝した。

狭間圏《はざまけん》
［盗賊：Ｌｖ20］＋８
ＨＰ：１６１／１３１　盗賊：＋30　ＭＰ：54／４４０　盗賊：－16
ＳＰ：41／32　盗賊：＋60
力：22　耐久：28　俊敏：33　盗賊：＋30　技：22　盗賊：＋30　器用：６
魔力：30　盗賊：－８　神聖：43＋１　盗賊：－８　魔力操作：34＋１　盗賊：－８
［回復魔法：Ｌｖ18］＋１　［ヒール：Ｌｖ18］＋１　［エリアヒール：Ｌｖ０］Ｎｅｗ

［状態異常回復魔法：Ｌｖ1］＋1　［アンチポイズン：Ｌｖ2］＋2
［マルチタスク：Ｌｖ12］＋1　ｅｔｃ…19

♻

同日。日本。

今日は日本で目覚めることができたようだ。誰かの声が聞こえるな。いや、誰かの声というより英語だな。音声だ。

ベッドの横にはイケザキ先生だ。今日も来てくれたのか。先生のスマホから英語の音声が流れている。せめて僕が起きてからにしてはどうだろうか……寝ている間に音声を流しても、意味がないと思うんだけど。

それにしてもここは４人部屋だ。この音声は、他の入院患者に迷惑ではないだろうか。と思った矢先、同室の中学生のお母さんらしき人に褒め言葉を言われている。熱心な先生なんですね。といった感じだ。確かに素晴らしい人物だとは思うが、まさかこんな状態でも英語をやらされるとは……。

ん？

僕は頭上になにかあることに気づいた。あれは、千羽鶴だ。クラスのみんなが折ってくれたのだろうか。すごい量だ。僕が千羽鶴を見ていると、先生がそれに気がついたようだ。

「おぉ、狭間。千羽鶴に気づいたか。あれはな、クラスのみんなが折ってくれたんだ」

やっぱりそうか。

「ちなみに鶴は英語でｃｒａｎｅだ。覚えておけよ」

「…………」

いや、僕としては、みんなが鶴を折ってくれた話が聞きたかったんだけど……。

「俺は折ってないかわりに、1つ1つに頻出単語を書いておいたぞ。ほら、よく見てみろ」

「…………」

確かに英単語らしきものが、1羽1羽に書いてある。これは、千単語書いてくれたのだろうか
……この人、すげぇな……。

「はぁ狭間、知ってるか？　医者ってのは、一般人よりもスピリチュアルや超常現象を信じている人間が多いんだ」

え？　そうなのか？　医者なのに？

「何故だと思う？」

「…………」

何故だろうか。むしろ逆のイメージだけどな。

「医学的に絶対に治らないという人間が、ある日突然治ってしまう。医者をしていると、そういうことに遭遇するらしい。それに何度も遭遇すると、神や超常現象ってのしかありえない、そう思うんだそうだ」

なるほど。僕も異世界に行っているし、超常現象は体験済みだ。

「だから先生も、お前が受験できるようにやれることはやるからな。お前も単語覚えておけよ」

「…………………」

僕は小さくうなずく。先生にここまでやってもらったら頑張るしかないだろう。僕は鶴から見える単語を覚えようと思う。

……すごく見えにくい。

僕は［水魔法］と［炎魔法］をポットに交互に撃ちつつ、英単語を覚える作業をこなした。なんと、［マルチタスク］が1つ上がった。魔法の使用と暗記作業は［マルチタスク］に影響するのか。

狭間圏《はざまけん》
［見習い魔法士：Lv3］
HP：111／132＋1 見習い魔法士：－20
MP：480／446＋6 見習い魔法士：＋34 SP：35／35＋3
力：22 見習い魔法士：－10 耐久：28 見習い魔法士：－10 俊敏：33 技：22 器用：6
魔力：30 見習い魔法士：＋17 神聖：43 魔力操作：35＋1 見習い魔法士：＋12
［炎魔法：Lv23］＋2 ［水魔法：Lv9］＋4 ［毒耐性：Lv7］＋1
［マルチタスク：Lv13］＋1 ［自己強化：Lv6］＋2 ［不屈：Lv16］＋4
etc…19

17　槍使いのジーン

野営は初めてだったが、意外とよく眠れたようだ。身体も全く問題ない。こんなゴツゴツした地面でよく熟睡できたな……。

最低限の身支度を整える。こういうときは［水魔法］が1番便利だ。手から水を出すことができるので、そのまま顔を洗える。

「おはよう、早いな」

「おはようございます。ノーツさんこそ早いですね」

「まぁな、俺はいつもこの時間だ。集合は昼だから、ゆっくりしていていいぞ」

「水、使います？」

「あぁ、MPはいいのか？」

「はい、昨日の分は全て回復しています」

「ありがとう、ではいただこう」

僕は、ノーツさんの革製の水袋に水を入れていく。

「あの、よければノーツさんのスキルについてうかがってもいいですか？」

「あぁ、構わんよ」

「昨日は盾で毒や魔物をふっ飛ばしていましたよね？　あれもスキルですか？」

「あれは［シールドバッシュ］だ。［盾戦士］の基本だな」

「魔物はわかるんですが、霧状の毒までふっ飛ばしていましたよね」

「それはスキルレベルの関係だろう。ある程度スキルレベルが高くなると、タイミングさえ合えばなんでも吹き飛ばせるぞ」

「さすがに魔法は無理ですよね？」

「確かに、魔法は無理だな。ただし、上位の盾スキルなら話は別だ。魔法にも対応できる盾スキルもあるらしい」

「魔法まで防げたら無敵ですね」

「まぁな、まだまだ俺もベテランには勝てんさ」

僕も一応［盾］のスキルレベルはあるが、盾スキルは［ガード］のみだ。［シールドバッシュ］が使えれば、戦いの幅が広がりそうだ。

のんびりしていると、他のパーティーメンバーも起きてきた。

「昼までどうする？　少し狩るか？」

「そうだな、軽くいこう。狭間くんもそれでいいか？」

「はい、是非行きたいです」

「よし、じゃあ荷物をまとめたらすぐに出るぞ」

そして、まとめた荷物は今日も僕が1人で背負う。昨日と同じ場所で狩りをする。安定の狩りだ。シングルヘッドも1体倒した。

僕は昨日よりも動きに合わせた［ヒール］を使えるようになっていた。単純な慣れと［盗賊］のジョブレベルアップによる俊敏の上昇だろう。そして、毒の実も昨日と合わせて15個ほど手に入れることができた。

それにしてもパーティーの狩りは、素材、ジョブレベル効率が桁違いに良いな。デメリットは、各自の役割が固定されているから、僕のような後衛の場合だとステータスがほとんど上がらないことだ。

「よし、そろそろ集合場所へ行こう」

狩場を離れて、森を迂回する。進む先に中心部への入り口があるようだ。

入り口には既に数人の人がいた。他の冒険者パーティーだろう。ノーツさんが他の冒険者に挨拶をしている。顔見知りなのだろうか。

「まだ騎士団は来ていないな。他の街の冒険者、彼ら以外もそのうち来るだろう」

「ノーツさんは彼らの知り合いなんですか？」

「あぁ、まぁな。狩場で何度も顔を合わせたことがある」

「ジーンさんという人は知っていますか？」

「槍使いのジーンか？　それならアイツだ。若いのに相当強いらしいぞ」

ノーツさんが親指で示した先には、1人の男性がいた。緑髪がツンツンとしている。僕と同じくらいの歳だろうか。木に寄りかかってあくびをしている。細身だし、あんまり強そうには見えないけど……。

「ありがとうございます。手紙を預かっていますので、渡してきます」

僕はそう言うと、ジーンさんのところへ小走りで近寄る。近寄ってみると、ジーンさんはかなりのイケメンだった。キリッとした顔立ちの美少年だ。

「ジーンさんですか？」

「ん？　あぁ、そうだけど」

「カルディさんから手紙を預かっていまして、これをどうぞ」

僕はジーンさんに手紙を渡す。

「あぁ、カルディさんか。懐かしいな」

ジーンさんが一通り手紙に目を通す。

「へぇ……あんたを鍛えてくれってさ。どうする？　暇だしやってみるか？」

「え!?　いいんですか!?　お願いします！」

「んじゃ、もっと広いとこ行こうぜ」

「はい！」

おぉ、是非鍛えてもらいたい。

僕は、広いところへ移動すると、荷物をおろし、盾と短剣を構える。

「盾と短剣か。変わってんな」

ジーンさんは槍で肩をトントンと叩きながら言う。僕はいつ攻撃がきてもいいように、盾の裏からジーンさんを見る。

「来ないなら、こっちからいくぜ」

メキッ……。

え？

ジーンさんが構えた瞬間、僕の身体は後方へ吹っ飛んでいった。

ドガッ！

僕は地面を転がる。

あれ？

右肩に痛みが走る。今、攻撃をされたのか？

全く見えない……痛みがくるまで、攻撃をされたことすらわからなかった。

僕は［ヒール］を重ね撃ちしながら、立ち上がる。ダメージはかなりあるが、おそらく槍の持ち手の方で攻撃をしてくれたのだろう。血は出ていないが、骨はやられているようだ。

「おい、なんだよ。いまので終わりか？　カルディさんが言うくらいだから、つぇぇのかと思ってたよ」

「ッ！　すみません……」

次元が違う……ノーツさんやラウールさん、オルランドさんだって僕より随分強い。けれど、その比じゃない。攻撃が全く見えない。その上、持ち手部分の威力で骨までやられている。

「もう1度お願いします！」

だけど、このまま終われない。カルディさんにも申し訳ない。

「俺手加減とか苦手なんだよな……」

ジーンさんは、頭をポリポリと掻きながら面倒くさそうにしている。

僕は盾を構える。集中だ。今ジョブは［盗賊］で俊敏も上がっている。なんとか攻撃の軌道だけでも見るんだ。

「んじゃ、行くぞ」

ダッ！

メキッ！

ジーンさんが踏み込んだ瞬間、また右肩に痛みが走り、後方へ吹っ飛ぶ。

ドガッ！

僕は地面を転がり、また［ヒール］を使いながら立ち上がる。ダメだ、全く見えない。

「もう1度、お願いします！」

「いや、もういいだろ。お前骨折れたぞ。やめとけよ」

［ヒール］を重ねて撃つ。

「大丈夫です！　お願いします！」

「やれやれ、変な野郎を押し付けられたぜ……」


それから10回以上肩の骨がやられたが、結局防ぐどころか、1度も攻撃を見ることもできなかった。

「お願いします！」

「いや、お前これから狩りだぞ？　MP空にしてどうすんだよ」

「ぁ、そうでした。狩りがあったんですね」

そうだった。つい夢中になってしまい、狩りのことを忘れていた。

「なんなんだよこいつ……まぁ根性あるやつは嫌いじゃねぇから、狩りが終わったら来いよ」

「おぉ！　ありがとうございます！」

「あとさ、敬語やめてくんねぇかな。なんつーかさ、苦手なんだよそういうの」

「わかりました！」

「いや、だからそれ敬語じゃん。ぁ、ほら、そろそろ騎士団来んぞ」

「あ、ホントだ。ではまたお願いします！」

「いや、だから敬語……まぁいいや……」

僕はノーツさんパーティーのところへ戻って行った。


「あれ？　ノーツさんは？」

ノーツさんが見当たらない。

「あぁ、各パーティーのリーダーは騎士団長のところだ。これからの作戦の説明を受けてくるんだろ」

なるほど、カーシーさんが教えてくれる。

「俺たち下っ端は待機だろ。人数も多いし、全員で説明を聞く意味がねぇからな。まぁあれだろ？　去年と同じだろ？」

「だろうな」

オルランドさんや、ラウールさんたちも去年この要請クエストに参加したのだろう。

「おい、狭間。お前派手にやられてなかったか？」

「はい、ジーンさんに鍛えてもらっていたんですよ」

「鍛えてもらう？」

「はい、知り合いの知り合いだったので、修行に付き合ってもらいました」

「あぁ、ならいいんだが」

僕が何度もふっ飛ばされていたので、ラウールさんが心配してくれたようだ。

「あいつ、槍使いのジーンだろ？　先月の武闘大会で優勝したらしいぞ」

オルランドさんが言う。

「おいおい嘘だろ？　あんな若いやつが優勝することなんてあんのか？」

武闘大会っていうのがあるのか。ラウールさんが驚いている。あのリアクションを見る限り凄いことなのだろう。

「確かに、めちゃくちゃ強いですね。何度くらっても攻撃が全く見えませんでした」

「お前回復職なんだから、戦う必要なんてないだろ」

カーシーさんが呆れたように言う。

そんな話をしていると、ノーツさんが戻ってきた。

「今回も南回りだそうだ」

「あぁ、去年と一緒だな」

そうなのか。

「狭間くんは初めてだからな。ダブルヘッドが出てくるのは森の中央よりも奥だ。だが、そこへ向から前にもできるだけ魔物は殲滅させておきたい。だから、俺達や他の街の冒険者は全員南回りのルートで、騎士団は北回りのルートで進むんだ。各ルートは中央でぶつかるから、そこで合流してさらに奥へ進む」

「なるほど、ジーンさんも一緒のルートですね」

「？」

「あの槍使いに鍛えてもらうんだとよ」

オルランドさんがノーツさんに説明をしてくれる。

「そうか。よし、早速出発だ。明後日には森の中央で騎士団と合流だ」

僕は再び大きな荷物を背負う。

それから、他の街の冒険者達と南ルートを進む。4つの街から1パーティーずつ来ているようだ。要請クエストだからなのかはわからないが、ガラの悪い連中はいない。冒険者って別にガラが悪いわけじゃないのだろうか。

「おい、お前のそれ［ストレージ］だろ？」

他の街の冒険者に話しかけられる。［ストレージ］習得のためだろって意味だろうな。

「はい、そうですよ」

「おい、ノーツ。いいよな？」

「あぁ、構わないよ」

「え？」

他の街の冒険者たちが、荷物を僕にくくりつける。さらに荷物が多くなり、最終的にはバックパックの上にも荷物が積まれていく。

「じゃ、頑張れよ」

「はい！　頑張ります！」

そういうことか。［ストレージ］習得のために、協力してくれるのだ。しかし、荷物が多すぎてやばいな。みんなの足を引っ張らないようにしないと。

「俺のも頼むぜ」

ドサッ！

さらに荷物が増える。

「あ、ジーンさん！　ありがとうございます！」

「お前なぁ……荷物持ちにされてんだぞ？」

「はい！　ありがとうございます！」

「ったく、ぶっ飛んだ野郎だぜ……」

僕たちは南ルートをどんどん進む。出た魔物は昨日と一緒だ。大きなアリの魔物、ビッグアント、植物の魔物、ポイズンフラワー、そして熊の魔物、シングルヘッド。

こっちは20人以上の冒険者パーティーだ。そして、ノーツさんたちだけでなく、他の街のパーティーの動きも良い。魔物が出た瞬間に殲滅されていく。こんなんでジョブレベルを上げても良いのだろうか、と思ってしまうほどに手際が良いのだ。

特に、やはりというべきか、ジーンさんの動きは別格だ。回復なんていらないんじゃないかってくらい、さっさと殲滅してしまう。

それから日が暮れるまで移動を続ける。

「この辺で野営だ。ドロップアイテムの振り分けもやっておこう」

他の街の冒険者が言う。

「よし、行ってくる。狭間くんはやっぱり毒の実がほしいのか？」

「あれ？　ドロップアイテムは全て領主様にいくのでは？」


「それは、シングルヘッドとダブルヘッドの素材だ。魔石と毒の実はもらっていいぞ」

「では、毒の実をお願いします」

ノーツさんが代表で、ドロップアイテムをもらってくる。

「魔石も結構出ていたようだな。狭間くんは本当に毒の実だけでいいんだな？」

「はい、今は魔石よりも毒の実がほしいんです」

「これ、全部いいぞ」

ドサッ……。

全部で40個くらいあるだろうか。

「おぉ、大量ですね」

「そりゃ誰も欲しがらねぇからな」

オルランドさんが言う。

昨日の分と合わせて50個くらいになった。また荷物が増えるな。早く［ストレージ］を習得したい。

僕は野営の準備を済ますと、ジーンさんのところへ行く。

「ジーンさん、また稽古をつけてください」

「やっぱり来たか……」


僕たちは野営地から少し離れたところまでやってきた。

「明日の分はMPもちゃんと残しておけよ」

「はい！　お願いします！」

「じゃ、いくぞ！」


それからまた何度もふっ飛ばされた。地面を転がり続けるので、泥だらけになる。もう何回目だろうか。

ダメだ……動きが全く見えない。どうなっているんだ？

「なぁ、そろそろやめにしないか？」

「すみません、もう少し、もう少しだけお願いします！」

「MP切れないわけ？」

「はい、まだ残っています」

「てかさ、お前結構MPあんのな」

「はい、それくらいしか能がないですからね」

「飯行こうぜ、飯」

「すみません、もう1回だけお願いできませんか?」

「ったく、しつけぇな!」

そういうと、またジーンさんが踏み込む。

ダッ!

メキッ!

肩に槍がめり込む。

ドガッ!

地面を転がる。勢いが強すぎるので、受け身をとることもできない。

ガッ……ゴロゴロ……。

吹っ飛びながら地面を転がり続ける。ジーンさんの攻撃の威力が強すぎて、全然止まらない。

バゴッ!

僕は木に背中がぶつかりようやく止まる。

やばい……肩だけでなく、他の骨も折れているようだ。

「わりぃ! つい力が入っちまった! 大丈夫か?」

ジーンさんが駆け寄ってくる。

「だいぶ吹っ飛んだな。まだ意識はあるか……って、お前……」

「大丈夫ですよ」

僕は[ヒール]を重ねながら言う。

「どうしたんですか?」

「なんで笑ってんだよ……」

あれ？

そうか……どうやら僕は笑っていたようだ……。

カチャリ。

狭間圏《はざまけん》
［斥候：Lv0］New
HP：44／142＋10　MP：121／446　SP：65／35斥候：＋30
力：22　耐久：31＋3　俊敏：35＋2斥候：＋15　技：22斥候：＋15　器用：6　魔力：30
神聖：46＋3斥候：−10　魔力操作：35
［回復魔法：Lv19］＋1　［ヒール：Lv19］＋1　［盾：Lv12］＋1
［毒耐性：Lv8］＋1　［マルチタスク：Lv14］＋1　etc…：20

翌日、日本。

今日は親友のササモトが来てくれた。

「よぉ、狭間。もう面会できるってイケザキが言ってたから来たよ」

ササモトは、この2ヶ月学校であったいろいろなことを教えてくれた。僕も早く学校に戻りたいな……。

「てか、イケザキはどこでもイケザキだな。千羽鶴に単語書くとか、頭おかしいだろ……」

ササモトは窓の外を見て、しばらく無言になる。ササモトは、普段ヘラヘラしているが、意外といつもいろんなことを考えている。この表情は、何か考え事をしているときのヤツだ。それも、あんまり良くないことを考えていると思う……。

ササモトは、高身長だし、顔もいい。そして、こうやって考え事をしているときが1番イケメンだったりする。だけど、普段ありえないくらいの下ネタばかり言うので、モテない。いや、実際はモテるんだけど、いつも女子を遠ざけているように見える。

「あ、そうだ。アニメ、結構話すすんでるぞ。見るか？」

え？　見られんの？

僕は小さくうなずく。

「これこれ、月500円でいけるんだよ」

ササモトは僕の耳にイヤホンをしてくれる。携帯でアニメを見せてくれるようだ。

こ、これは！　毎週楽しみにしていた異世界転生アニメ！　ササモトが2話ほど見せてくれる。

「あ！　時間がやべぇ！　今日はここまでな。また来るわ」

おぉ！　ありがとうササモト！

気になっていたアニメの続きを見ることができた。

ちなみにアニメを見ている間もずっと［炎魔法］と［水魔法］をポット内に交互に撃っていた。が、［マルチタスク］は上がっていない。英単語暗記と同時に魔法を撃つことで上がるのに、アニメを見ながらの魔法では上がらない。

んー……アニメを見ながらだけだと、負荷が少ないのだろうか？　単純な考え事と魔法でも上がらなかったしな。やはり負荷が足りないんだろう。

そして、昨日ジーンさんに吹っ飛ばされたことで新しいジョブ［斥候］を習得することができた。ジョブのステータス補正を見る限り、［盗賊］よりも若干強いような気がする。マイナス補正が少ないのは嬉しい。

そして、［盗賊］のジョブはレベルが20から25に上がっている。昨日の狩りで、大量の魔物を倒したから一気に上がったんだ。おそらく［斥候］の習得はこの［盗賊］のジョブレベルアップも影響しているんだろう。

昨日［ストレージ］習得のため、［盗賊］にしていたが、本当は良くないよな。神聖も魔力もマイナス補正がついているから、本来なら［見習い聖職者］のほうがパーティーに貢献できる。ただし、［斥候］にするのであれば［盗賊］よりもマイナス補正が少ないので、昨日よりは回復量も速度も上がるだろう。

それから結局［ストレージ］は未だに習得できていない。さらに、寝る前に毒の実を食っているところをジーンさんに見られてしまった。

もうあれだ……完全に変人扱いをされている。おかしいなぁ……みんなは［毒耐性］とかいらないのだろうか。もちろん今も毒でHPが減っている。［アンチポイズン］はあえて使わずに、［毒耐性］とHPの強化中だ。

それから回復には［ヒール］を使っている。本当は［エリアヒール］も上げておきたいのだが、あれだと効果範囲が光ってしまう。今の４人部屋では、さすがにまずいだろう。

そして、［炎魔法］と［水魔法］の交互撃ちも若干効率が悪くなりつつある。どうしても［エアブレード］の発動に比べると遅い。なにか別の方法を考えるべきだろうか。

狭間《はざま》圏《けん》
［見習い聖職者：Ｌｖ11］
ＨＰ：１４３／１４３＋１　ＭＰ：４７１／４５０＋４　見習い聖職者：＋21
ＳＰ：36／36＋１
力：22　見習い聖職者：－４　耐久：31　見習い聖職者：－４　俊敏：35　見習い聖職者：－９
技：22　器用：６　魔力：30　見習い聖職者：＋16　神聖：46　見習い聖職者：＋21
魔力操作：36＋１　見習い聖職者：＋16
［炎魔法：Ｌｖ24］＋１　［水魔法：Ｌｖ12］＋３　［毒耐性：Ｌｖ９］＋１
［マルチタスク：Ｌｖ14］　［自己強化：Ｌｖ７］＋１　［不屈：Ｌｖ18］＋２　ｅｔｃ…19

♻

「よぉ毒喰らい」

ラウールさんがからかうように言う。

「おはようございます」

僕は昨日の夜毒の実を食べているところを見られ、毒喰らいと呼ばれるようになってしまった。

「僕ってもう完全に毒喰らいなんですかね？」

「はは、まぁそう嫌そうに言うなよ。この狩りが終わってからも、毒のアイテムが余ったらくれてやるよ」

「えぇ！　それはありがたいです！」

「やっぱお前……完全に毒喰らいだわ」

今日も他のパーティーの荷物も含めて僕が限界まで持つ。

「なんか今日もすげぇことになってんのな、お前」

「あ、ジーンさん。おはようございます。今日もよろしくお願いします」

「まぁ程々にな。カルディさんが特殊なヤツだって言ってた意味が今ならわかるぜ」

「特殊でしょうか？」

「お前、自分のことをよく考えてみろよ。すげぇデカイ荷物持って、毒喰って、盾と短剣持った回復職なんているか？」

「どうなんでしょう？　いないんですか？」

「いねぇよ……」

ん～……単純に効率を求めた結果なんだけど。

「まぁ今日もガンガン狩るから頑張ってついてこいよ！」

「はい！　頑張ります！」


本日も冒険者パーティーは破竹の勢いで狩りを続けている。ただ、さすがに昨日よりはペースが落ちている。というのは、魔物の割合が変わっているのだ。昨日までは数匹しか出てこなかったシングルヘッドの数が増えてきた。

「おい、だいぶ増えてきたな。去年より多いんじゃないか？」

カーシーさんがノーツさんに言う。

「あぁ、これは合流地点の割と近くにダブルヘッドがいるかもしれないな」

「おいおい、大丈夫かよ。合流前にいたらヤバくないか？」

どうやら去年よりもシングルヘッドの割合が高いらしい。強力な魔物の割合が増えてきたこともあり、ジョブレベルの上がりが激しい。

「いや、あのジーンとかいう槍使いを見てみろ。あいつがいれば大丈夫だろ」

「まぁたしかにな」

ジーンさんは、シングルヘッドを見つけると真っ先に殲滅に向かう。初撃の突進で大ダメージを与えている。槍の特性を活かした戦い方だ。しかも、間合いが狭くなると、蹴りも使っている。その蹴りの威力も尋常ではない。ビッグアントの頭なら１撃で吹き飛ぶ。囲まれれば槍を振り回し、

1対1で距離があれば突進からの突き、距離が無くなれば蹴りだ。死角がない。

そして［剣士］のラウールさんや、他の冒険者達も蹴りを上手く使っている人が多い。なるほど、蹴り技か。僕もそのうち習得したいな。


野営の準備が始まる。今日で3回目の野営だ。疲れてくるかと思ったが、そうでもない。耐久が影響しているのだろうか。

ということで、早速ジーンさんのところへ行く。

「今日もお願いします！」

「だよな、やっぱり来るよなお前」

「今日は盾に攻撃してやるから、吹っ飛ばされないようにしてみろよ」

「はい！　やってみます！」

僕は盾を正面に構える。

「いくぞ！」

ドガッ！

踏ん張りが利かずに吹っ飛ばされる。

ズザァー！

相変わらず凄い威力だ。完全に盾の上からなのに、ダメージが入る。

僕はすぐに起き上がり、再び盾を構える。さっきのではダメだ。もっと腰を落として……。

「ハッ！」

ジーンさんの突きがくる！

ドガッ！

のけぞってバランスが崩れる。

「おぉ、吹っ飛びはしなかったな」

「はい、でも1撃防いだあとは隙だらけですね」

「まぁな、連撃なら即死だろう」

「今度は「ガード」を使ってみます」

「おぉ、いいぜ。どんどんやれ。いくぞ！　ハッ！」

「ガード」！

ガギンッ！

ズッ！

吹っ飛ばずに、のけぞりもせず、少し後ろへずれただけだ。

「お、いけたんじゃないか？」

「ゲホッ！」

僕は咳き込んでしまう。

「はぁ……はぁ……」

やばいやばい、「ヒール」だ。

「いや、ダメですね。吹っ飛びもせず、のけぞりもしなかった分、威力がどこにも受け流せずに身体にきました」

「そうか、まぁ俺も意識して後ろに飛ぶことがあるからな。打撃なんかは、それである程度攻撃を受け流せる」

「それでも、［ガード］を使ったほうが多少ダメージは少なくなりますね」

「だろうな」

しかし、とんでもない威力だ。ただの突きでクレスの［連撃］よりもずっと強力だ。

それに［ガード］だって攻撃を見てから使っているわけではない。ジーンさんの合図で使っているだけだ。結局未だに攻撃は見えないわけだし。

「んで、どうすんの？　まだやるわけ？」

「はい！　是非お願いします！」


それからできるだけ［ガード］を使ってジーンさんの突きを受け続けた。

「すみません、ＳＰが切れました」

「了解、お前ＳＰは少ないのな」

「そうなんですよ。ＳＰは全然無いです」

「どうせステータスもいびつなんだろ？」

確かに、それは否定できない。

「それはそうかもしれませんね。ＭＰだけは多少あります」

「まぁ回復職なんだからそれでいいんだよ。明日も早いから、今日はここまでな。飯だ飯！」

「あー……はい、わかりました」

正直もっと続けてほしかったが、明日の狩りもあるし、残りのMPは自分で消費しておこう。そして、荷物から食料を出し、干し肉を食べながらステータス確認をした。

あ！

「ストレージ」出た。

狭間《はざま》圏《けん》
[斥候：Lv17]＋17
HP：115／149＋6　MP：41／451＋1　SP：1／40＋4斥候：＋64
力：22　耐久：33＋2　俊敏：37＋2斥候：＋32　技：22斥候：＋32　器用：6　魔力：30
神聖：47＋1斥候：－9　魔力操作：36
[回復魔法：Lv19]　[ヒール：Lv20]＋1　[盾：Lv14]＋2　[ガード：Lv7]＋3
[ストレージ：Lv0]New　etc…21

♻

昨日は「斥候」のジョブが爆上がりした。0から一気に17だ。僕の少ないSPを大幅に上昇させてくれるのは大きい。そして、念願の「ストレージ」習得だ。もしかしたら、「斥候」のジョブも影響しているのかもしれない。

さらに昨日は［ストレージ］の検証をした。［ストレージ］を発動させると、自分にだけ見える空間が現れる。10ｃｍくらいの立方体の空間だ。その中は使用者以外は見えないらしい。そして、その空間から取り出された瞬間に他者にも見える。

［ストレージ］内にものを入れるとSPを消費する。どんなに小さなものでも1つ入れるとSPを1消費する。［ストレージ］大きなものや、重いものだと1つ入れるだけでもSPの消費が激しいようだ。だから、バッグにものを詰めて、それを［ストレージ］に入れてもSPの節約にはならない。土などの粉末や、水などの液体は、コップ1杯程度までSP消費が1のようだ。

僕の［ストレージ］はまだスキルレベルが0だ。容量は10ｃｍくらいの立方体。魔石なんかのドロップアイテムを入れておくことはできるけど、武器や防具なんかの大きな物を入れることはできない。

そして、昨日異世界から1枚の小さな葉っぱを［ストレージ］に入れてきた。日本で異世界のものを取り出せるか検証したい。小さな葉なら、病室に落ちていたとしても、それほど違和感は無いだろう。

［ストレージ］！

おぉ！　空間ができた！　中にはちゃんと葉が入っている。

よし！

僕は［風魔法］を使って中の葉を取り出す。

おぉぉ!!

出てきた。ベッドの上にひらりと小さな葉が1枚落ちてくる。これはいけるな。確定だ。異世界のものを持ち込むことができる。

さぁ、逆はどうだろうか。僕は［ストレージ］を使いながら［土魔法］を発動させようとする。

あれ？　これ、難しいな……。

［土魔法］を発動させようとすると、［ストレージ］が閉じてしまう。［ストレージ］を発動させたままだと、［土魔法］の使用ができない。

これも［マルチタスク］なのだろうか。ただし、［回復魔法］と［攻撃魔法］の同時撃ちのように絶対に無理な感覚は無い。頑張ればできそうな感覚だ。

次に、［ストレージ］と［水魔法］を同時に発動させようとする。

おぉ、これはいける！　［マルチタスク］は関係ないのか？

いや……感覚的にはやはり［マルチタスク］を使っているような気がする。あとは、おそらく［水魔法］のスキルレベルが少し高いことが影響しているんだろう。［土魔法］はまだレベルが低いからな。それに加えて［ストレージ］は覚えたてでスキルレベルが0だから同時発動が難しいんだ。

とりあえず、今日は［水魔法］で検証してみよう。［ストレージ］の内部を水でいっぱいにする。

1回限りだが、これでSPと［ストレージ］を多少は強化できる。

その後はいつものようにポットの中に［水魔法］と［炎魔法］を交互に撃つ。

ん？　これは……。

1度［ストレージ］に入れた水をポットに出すことはできないのだろうか。

ダメだ……無理っぽい。

ポットまでの距離が遠すぎる。もしかしたら、［ストレージ］のスキルレベルが上がればできるかもしれない。何にしても、スキルレベル0の状態だとできることが限られるな。

僕は英単語を覚えながら、［水魔法］と［炎魔法］を交互に撃ち続けた。スキルレベルは多少上がっているが、この方法もそろそろきついな。ステータスの上昇があまりみられなくなってきた。

狭間圏《はざまけん》
［見習い聖職者：Lv11］
HP：150／150＋1　MP：476／455＋4 見習い聖職者：＋21
SP：40／40
力：22 見習い聖職者：−4　耐久：33 見習い聖職者：−4　俊敏：37 見習い聖職者：−9
技：22　器用：6　魔力：30 見習い聖職者：＋16　神聖：47 見習い聖職者：＋21
魔力操作：37＋1 見習い聖職者：＋16
［炎魔法：Lv25］＋1　［水魔法：Lv14］＋2　［毒耐性：Lv10］＋1
［マルチタスク：Lv15］＋1　［ストレージ：Lv0］　［自己強化：Lv8］＋1
［不屈：Lv20］＋2　etc…19

♻

「やれやれ、今日から荷物は自分で持たなきゃな」

オルランドさんが言う。今日から僕は荷物が普通の量だ。

「狭間くんが［ストレージ］を習得したからな。めでたいことだろ」

「さっさとダブルヘッドを仕留めて打ち上げしたいぜ」

「結局酒が重いんだろ？」

「お酒って［ストレージ］には入れないいんですか？」

「入れないな。［ストレージ］ってのは、魔石を使ったアイテムやポーションを入れるのが一般的だ。発動させればすぐに取り出せるだろ？　緊急性の高いアイテムを入れておくのが普通だ。まぁ俺の場合は、矢も入れてるけどな」

カーシーさんが説明してくれる。

そういえば、昨日病室で水を入れておいたんだ。［ストレージ］を発動させてみる。

あれ？

中の水が若干減っているな。

「そういえば、［ストレージ］はスキルレベルが低いと食べ物とかは普通に腐るんですよね？」

「そうだな。スキルレベルが上がると、保存期間も上がっていくって感じだ」

おそらく、密閉率も上がっていくということだろう。食べ物が腐るということは、外気で腐っていくってことだと思う。それで、水もおそらく蒸発してしまったんだ。

ってことは食べ物を入れておいても匂いがだだ漏れでは？

「［ストレージ］に食べ物を入れておいた場合、匂いってどうなるんですか？」

「［ストレージ］のものの匂いはしないな。まぁ普通［ストレージ］に食べ物なんて入れないがな」

蒸発はするし、腐るけど、それが外に漏れているわけではないのか。蒸発した成分はどこへ行ってしまうんだろうか。まぁ考えてもわからないけど。

そして、日本で［ストレージ］に入れた水を普通に取り出すこともできた。

よし！

これで身体が動くようになれば、アイテムを往復させることができる。カルディさんに文房具を持っていくこともできるな。

「そろそろ準備はできたな？　今日は合流地点まで一気に進むぞ」

僕は［ストレージ］を習得したので、ジョブを［見習い聖職者］にして進む。


魔物の割合がまた変わってきた。ポイズンフラワーとビッグアントがほとんど出てこない。シングルヘッドばかり出てくる。

「［円月斬］！」

「［旋風撃ち］！」

「［爆豪斬］！」

ラウールさん、カーシーさん、オルランドさんも惜しげもなくスキルを使いまくる。

「チッ！　これじゃきりがないな。［濁流槍］！」

おぉ！　すげぇ！　ジーンさんがスキルを使いだした。まさに槍の濁流だ。広範囲、特に前面の奥に向かって、流れるように槍が突き出される。今のだけで3体のシングルヘッドを仕留めたようだ。

今までジーンさんのスキルは［ストレージ］しか見たことがない。それも、最大ＳＰを上げるために［ストレージ］を使っていたようだ。

「うおぉぉぉ！」

ノーツさんの［咆哮］だ。魔物の攻撃が一気にノーツさんへいく。

僕はノーツさんに［ヒール］を重ね撃ちしていく。さすがにこの数だと、ダメージを受けることが多くなってきたようだ。


一通り殲滅して、素材を集める。

「はぁ……はぁ……」

「お疲れ……」

みんな呼吸を整えている。ジーンさんだけは、たいして呼吸が乱れていない。その間に一通り回復をしておこう。

「おい、狭間くん、ちょっと待ってくれ」

「はい」

「盾は全員こっちに来てくれ。それとダメージがある前衛も来てくれ」

各街の冒険者たちが集まる。

「［エリアヒール］頼む」

「はい、わかりました」

あぁ、そういうことか。一旦殲滅したあとなら、ゆっくり回復できるから、1箇所に集まって

［エリアヒール］のほうが効率がいいんだ。僕は［エリアヒール］を撃ってみる。

「全快したヤツから入れ替わってくれ」

「おぅよ」

おぉ、凄いなこれ。1回の［エリアヒール］で5、6人は回復できる。まだ範囲が狭いけど、スキルレベルが上がると、範囲、回復量ともに上がっていくらしい。

「よし、これくらいでいいだろう。あとは他のパーティーの回復職に単体回復をしてもらう。狭間くんはMPを温存しておいてくれ」

「はい、わかりました」


さらに奥へ進むと、魔物が完全にシングルヘッドのみになった。

「よし、そろそろ休憩を入れよう」

「だな。これ以上一気に進むのはまずい。1回SPを回復させよう」

森の少しひらけたところで休憩を入れる。前衛職の人たちがきつそうだ。回復職はそれほどダメージもないので疲れはそこまででもない。MPもまだそれなりに残っているしな。

「各パーティーの回復職は来てくれ」

「はい」

僕は呼ばれた方へ向かう。ノーツさんもいるな。回復職は僕を含めて4人だけだ。

「MPが半分を切っているヤツはいるか?」

「俺は半分切ったぞ」

「私も」

4人中2人はMPを半分切ってしまったらしい。

「騎士団と合流してからが本番だからな。その2人は今日はできるだけ回復は使わないでくれ。あとの2人、1人は戦闘中の回復を頼む。それから、お前は確か［エリアヒール］が使えたな？」

「はい」

「お前は、戦闘後にのみ［エリアヒール］でMPを温存しておいてくれ」

「わかりました」

そうすると、戦闘中の回復は1人だけか。結構きつそうだな。僕の場合は、MPが半分以下になっても明日には全快しているから使っても大丈夫そうだけど……。


しばらく休んだあと、さらに奥へ進む。シングルヘッドが次々に出てくる。

「ここを乗り切れば、合流地点だ。気張っていくぞ！」

「おぉ！」

前衛の皆さんががんばってくれているお陰で［見習い聖職者］の上がりが尋常ではない。ただし、戦闘中にやることもない。ただ盾を構えているだけだ。


おぉ！

「ウガァ！」

1体のシングルヘッドがこっちへ来た。前衛がさばききれなかったヤツだ。僕は率先して前に出て、盾を構える。

［ガード］！

ガギンッ！

「くっ！」

［ガード］の上からでも少しダメージがある。

「［3連撃ち］！」

カーシーさんが弓技で仕留めてくれる。シングルヘッドの攻撃は強力だが、［ガード］でしのげない程ではないな。その後も何体か前衛のさばききれなかったシングルヘッドがやってきたが、［ガード］で凌ぐことができた。他の回復職の人も、盾を持ってはいるが極力攻撃はくらいたくないようだ。

ということで、回復職のなかでは僕が先頭で盾を使う。安全とまではいかないが、それほど危険はない状態だ。盾で攻撃を少しの間凌いでいれば、パーティーの誰かが仕留めてくれる。できる限り盾スキルを上げておこう。


結局中央の広場、合流地点についたのは日が暮れてからだった。騎士団の人たちは既に到着しており、野営の準備も終わっていた。

僕も野営の準備をして、ジーンさんのところへ行く。

「おぅ、さすがに今日は無しな。お前もＭＰを完全に回復させておけよ」

「あぁ～……さすがにそうですよね……」

「ダブルヘッドってのは結構強いらしいからな。万全の状態にしておこうぜ」

「わかりました」

僕は渋々今日の訓練を諦めた。残ったMPをどうしようかと考えながら毒の実を食べる。

……あれ？　ちょっと甘い？

気のせいだろうか。毒の実にほんのりだが甘みを感じる。

少し前から毒の味、あの苦味と渋みがやや軽減されているような気がしていた。［毒耐性］の影響だろうか。あのクソマズイ味は毒特有の効果だったのだろうか。

もしかして……。

［アンチポイズン］！

僕は毒の実に［アンチポイズン］を使ってみる。黒紫色の毒々しい色がやや薄くなり赤みがかってくる。しかもMPが減り、きちんと発動している。［回復魔法］や［状態異常回復魔法］は対象が全快だったり、毒状態でなければ発動しない。これは毒の実の毒が抜けてるってことだろ。

もう1度だ。［アンチポイズン］！

もう1度。［アンチポイズン］！

毒の実が鮮やかな赤に変わる。試しに1口食べてみる。

甘っ！

すげぇ美味い。

こっちに来てから甘いものなどほとんど食べていない。めちゃくちゃうまいぞ。

その後僕は毒抜きの毒の実に夢中になり、MPを［アンチポイズン］で使い切った。

18　ダブルヘッド討伐

今日は朝からノーツさんが騎士団に呼び出されている。他の冒険者パーティーも騎士団の方へ向かったようだ。

「作戦会議でしょうか？」

「だろうな」

「今日はここで1日休憩じゃないか？　騎士団の方はどうか知らないが、こっちはまだＭＰが全快じゃないだろ」

ラウールさん、カーシーさんと話をする。そして、そんな話をしていると、ノーツさんがやってくる。

「今日は1日休憩だ。またここで野営だな」

「当たりだ」

うーん……ＭＰは全快なんだけど……。

「やっぱり去年に比べてシングルヘッドが多いらしい。北ルートも結構時間がかかったようだ。もしかしたら、ダブルヘッドが2匹以上出るかもって話だ」

「おいおい、マジかよ」

「まぁ2匹出たとしても、十分な戦力だから問題ないだろう。ただ、念には念を入れて回復職のＭ

Pを全快にしておけってことだ」

「なるほどな。そうすると、今日は1日暇だな。またオルランドが酒を飲みたがるぞ」

「あいつならもう飲んでるんじゃないか？」

「てことだ、狭間くんも今日はゆっくり休んでくれ。くれぐれもMPを使わないようにな」

「はい、わかりました」

んー……。

成長のために、MPはできるだけ消費したいんだけど、この状態でMPを使っているところはあまり見られたら良くないだろう。とりあえず、ジーンさんのところに行ってみるか。

「おはようございます！」

「おぅ、朝から元気だなお前」

「今日も訓練してもらってもいいですか？」

「お前さ……今日はMPを回復させる日だろ？　聞いてないのか？」

「いえ、知ってはいるんですけどMPは今全快でして……」

「あれ？　お前昨日［エリアヒール］結構使ってたよな？」

「はい、MPだけは結構あるんですよ」

「だとしてもやめといたほうがいいぞ。騎士団もいるんだから、全快だとしてもMP使ってたら印象悪いだろ」

「あぁ……確かに……そうですね」

「ダブルヘッドが控えてるからな。今回の狩りでは、もう訓練は無理だろ」

くそー……諦めるしか無いか……。

僕は自分の野営地に戻る。とりあえずできることをやっておくしか無い。今日は戦えないから、神聖以外のステータスは上げられないな。［ストレージ］に適当なものを入れては出す。ジョブを［斥候］に変えておき、SPが多い状態にしておく。最大SPが多いと、SPの回復速度がやや早い。

あとはジョブを［見習い聖職者］に変え、この大量にある毒の実に［アンチポイズン］をひたすら使っていく。毒抜きの毒の実はウマイのもそうだが、［状態異常回復魔法］と［アンチポイズン］のスキル上げにも使える。4分の1くらいを毒抜き状態にできた。MPは今半分くらいだ。まだ昼なので、さすがにMPを0にしてしまったらマズイだろう。ここは魔物が出現しないから、安全な場所ではあるらしいけど。

それから、HPや［毒耐性］を上げるために、毒の実の毒自体も必要だ。毒の実の有用性はかなり高いな。HP、［毒耐性］、［状態異常回復魔法］、［アンチポイズン］あとは少しだけど、神聖も上がる。これが捨てアイテムとは勿体ない。騎士団の方でも余っていないだろうか。

僕はノーツさんに相談してみることにした。

「毒の実か？　さすがは毒喰らいだな」

「騎士団のほうにも余ってないですかね？」

「しかし狭間くん、相当持っていなかったか？」

「はい、まだ結構あります。ただ、使いみちが増えたので余るならほしいなと思いまして」

「使いみち？」

「はい、毒を抜いたんですが、これがすごく美味しいんですよ。これ、食べてみます？」

「いや……俺はいらない」

ノーツさんがすげぇ引いている。食べれば絶対にウマイのに……。

「そんなに必要なのか？」

「まぁ緊急ではないのですが、捨てるとか安く売ってしまうならこっちで買い取りたいなと思いまして」

「了解、聞いておくよ」

「ありがとうございます」

しかし、やることがないな。みんなは昼寝をしている。騎士団の方々も稽古をつけていたりとか、そういうことは一切していない。体力を温存しておくってことだろう。

残りのＭＰはどうしようかな。［土魔法］でも使っておこうか。僕は手のひらからボロボロと土を出す。

おぉ!?

［形成：Ｌｖ０］Ｎｅｗ

今まで［土魔法］はレベルが４だったが、５に上がった。それで［形成］が出てきたわけか。これって前にカルディさんが言っていた魔法だよな。［形成］を使っていると［薬師］のジョブが出ることが多いらしい。

そもそも［土魔法］自体、何もないところから土を作り出している。［形成］ってことは、そこから何か作り出せるということだろうか。土といえばレンガだろう。さっそく発動してみる。

［形成］！

ゴトッ！

レンガが1つ出てくる。片手で持てるくらいの大きさだ。形が少し歪んでいる。これで建物を建てても傾いてしまいそうだ。MPも消費されているな。

あとはなんだろう。陶器って、基本的に土からできているよな。お皿とかいけるか？

［形成］！

ガタッ！

おぉ、歪んだお皿が出てくる。大きさは手のひらよりも少し小さいな。見た目はツヤが少しあるけど茶色い。陶器作り体験とかで作ったものに近いな。

しかし、だいぶ歪んでいる。これなら手作りのほうがきれいにできるな。スキルレベルが上がれば、仕上がりもよくなるんだろうか。

♻

今日も病室にはササモトが来てくれた。学校の出来事を一通り話してくれる。だけど、変だ。僕とササモト、それからアイザキはいつも3人で一緒にいることが多かった。2年生のときから同じクラスになり、そこから意気投合した。3人共理系で物理を選択していたこともあり、授業のスケジュールも同じだから、放課後遅くまで学校で話すことも多かった。

なのに、ササモトはアイザキの話を一切しない。昨日の様子からもそうだが、何かあったのだろうか。

「…………………」

「あぁ、わりぃわりぃ、昨日のアニメの続きだろ?」

いいや、まぁそれは嬉しいが、アイザキの話は無しか。ササモトは僕の耳にイヤホンをしてくれ、またスマホでアニメを見せてくれる。

異世界転生のアニメだ。やはり、チートハーレムものは鉄板だろう。面白い。最高だ。

僕の異世界での生活に、何か参考になるものがあればとも思ったが、全くならない。異世界で僕は弱すぎるからだ。さらに、周りの人間は年上の男性ばかり。チートハーレムとは程遠い。

そして今日は1つ検証したいことがある。ポットの代わりに［ストレージ］を使うことだ。［ストレージ］を使いながら［土魔法］を使うことはまだできていない。おそらく［ストレージ］［土魔法］ともにスキルレベルが低すぎるからだ。

だけど［炎魔法］と［水魔法］のスキルレベルは［土魔法］よりも高い。これなら［ストレージ］と同時に使うことができそうだ。昨日は実際［水魔法］を同時に使うことができた。そして現在は［ストレージ］をあえて空にしてある。

僕は［ストレージ］を使いながら［水魔法］を使う。［ストレージ］の中が水でいっぱいになり、SPが消費される。次に、［ストレージ］内に［炎魔法］を使ってみる。中の水が蒸発しているようだ。僕だけが中の様子を観察することができるのだが、水が沸騰し、蒸発する音は全く聞こえない。さらに水蒸気も出てこない。どこへいってしまうのだろう。不思議な現象だ。

僕はSPを確認する。たいして減っていない。この少量は水の分だけだろう。［ストレージ］内に水を入れた分だけSPが消費されている。［炎魔法］の炎を［ストレージ］内に発生させた分の消費SPは0だ。炎は質量が無いから？

その後［ストレージ］内に［水魔法］と［炎魔法］を交互に使っていった。1度［水魔法］を使い［ストレージ］内を水で満たし、［炎魔法］で全て蒸発させるには結構な時間がかかる。その時間で使ったSPの8割程度回復する。日本では魔素が超濃厚だから、MPはすぐに回復するが、SPはそうもいかない。異世界と全く同じ回復量だ。それでもSPを消費しているので、SP上げも兼ねて修行ができる。MPに比べ、超スローペースではあるが。

あとは、できれば異世界で［アンチポイズン］をもう少し上げておきたい。［ストレージ］と［アンチポイズン］のスキルレベルがある程度上がれば、病室で毒の実の毒を抜くことができる。

多分だけど、毒を抜いた毒の実は高く売れそうだ。なにせめちゃくちゃ美味い。

ん？

［ストレージ］のレベルが上がったか？　［ストレージ］の容量がやや大きくなった気がするな。

狭間圏《はざまけん》
［見習い聖職者：Lv25］＋14
HP：151／151＋1　MP：494／459＋4 見習い聖職者：＋35
SP：1／45＋5
力：22 見習い聖職者：－0　耐久：33 見習い聖職者：－0　俊敏：37 見習い聖職者：－5
技：22　器用：7＋1　魔力：31＋1 見習い聖職者：＋30

神聖：51＋4 見習い聖職者：＋35　魔力操作：39＋2 見習い聖職者：＋30
［炎魔法：Lv26］＋1 ［水魔法：Lv16］＋2 ［土魔法：Lv5］＋1
［形成：Lv0］New ［状態異常回復魔法：Lv4］＋3
［アンチポイズン：Lv7］＋5 ［毒耐性：Lv12］＋2 ［マルチタスク：Lv16］＋1
［ストレージ：Lv3］＋3 etc…18

今日は朝から作戦会議だ。各パーティーのリーダーが騎士団長のところで説明を受けている。僕たちのパーティーリーダーはノーツさんだ。

ノーツさんが駆け寄ってくる。どうやら作戦会議が終わったらしい。

「今騎士団長から説明があった。まず隊列だ。俺たち［盾戦士］などのタンクが先頭だ。その後ろにオルランド、ラウールたちの前衛。そのさらに後ろに物理攻撃後衛のカーシーだな」

［盾戦士］のノーツさんが先頭、その後ろに［斧戦士］のオルランドさん、［剣士］のラウールさん、さらに後ろに［アーチャー］のカーシーさんだ。

「1番後ろが回復だ。狭間くんもそこだな。それから、回復のところには副団長が入るらしい。副団長は［盾騎士］だ。回復が狙われたときに守ってくれるそうだ」

「はい、わかりました。ありがたいですね」

「先頭については、隊列を保ったままシングルヘッドをひたすら狩る。ダブルヘッドが出たら、騎士団長と槍使いのジーンで対応するようだ」

「あの槍使いか。確かにあいつと騎士団長がいれば、仮に2匹同時に出てきても倒しそうな勢いだな」

ラウールさんが軽く笑って言う。

「それから狭間くん、君は基本的に戦闘中は何もしないでくれ」

「え？」

「魔物の発生には一定のリズムがある。魔物の湧きが止まったら、副団長のところに怪我人が一気に集まる。そのときに「エリアヒール」を頼む。戦闘中は他の回復職に任せるんだ」

「なるほど、そういうことでしたか」

ＭＰ節約のためだろう。確かにその作戦なら、無駄なＭＰの消費は抑えられそうだ。


「作戦は聞いたか！」

大きな声が騎士の方から聞こえてくる。

「今年はシングルヘッドが多い！　ダブルが2匹でるかもしれん！　稼ぎどきだ！　我々で2匹仕留めれば、去年の2倍の報酬だぞ！　冒険者諸君！　共に来てくれ！」

「おおぉ！」

騎士団長だ。よく通るごつい声だな。思わず僕もみんなと叫んでしまった。士気が上がるとはこういうことか。ワクワクしてきた。

総勢40〜50人のパーティーだ。隊列を乱さないように進むと、最初の狩場が見える。

すげぇ……シングルヘッドがわんさかいる。

「うぉぉぉ!!」

ノーツさんの［咆哮］だ。こんなに敵がいるのに［咆哮］を使っても大丈夫なんだろうか。

と思った瞬間、他のタンクの人たちも叫んだり、光ったりしている。おそらくどれも魔物を引きつけるタイプのスキルだろう。

「ウガァッ！」

「ウゴォッ！」

ドドドドド……。

シングルヘッドの大群が、先頭のタンク集団に迫る。

バギンッ！

ザシュッ！

ドガッ！

凄まじい金属音が、地響きとともに響き渡る。前衛がスキルを使いまくっているのだろう。

「［ヒール］！」

「［ハイヒール］！」

「［プロテクト］！」

「［ヒール］！」

「［ヒール］！」

僕の周りの回復職も魔法を使いまくっている。すごい勢いだな。ＭＰはどんどん消費されるだろう。

しかし、僕は見ているだけだ……あぁ！　せめて［エアブレード］をぶちかましたい！

僕は士気が上がり、高揚感のみがあるが何もできずに戦場を見ている。

騎士団長の武器は大剣だ。両手でデカイ剣を振り回し、シングルヘッドの巨体を次々に吹き飛ばしている。騎士団長は相当な手練だろう。［剣士］のラウールさんが、1対1で仕留めたシングルヘッドを次々に吹き飛ばしているのだ。

そして、ジーンさんの動きも半端ではない。あれはおそらく、この前使った［濁流槍］だ。突きが速すぎて、残像が見える。

その他の前衛も、弓などの支援もあり、1対1、もしくは1対2くらいでシングルヘッドを圧倒している。ジョブレベルの上昇が半端ではない。あれだけいたシングルヘッドがあっという間に殲滅されていく。

「無傷のものは急いで素材を回収してくれ！」

騎士団長が叫ぶ。

「少しでもHPが減ったものはこちらへ来い！」

副団長が叫ぶと、前衛が小走りでぞろぞろと集まってきた。

「おい、［エリアヒール］を頼む」

「はい！［エリアヒール］！」

僕は［エリアヒール］を連発する。次々と人が入れ替わり、全員の回復が終わる。どうやら［エリアヒール］が使えるのは僕だけのようだ。もしや、かなり良いスキルなのでは……。

副団長が回復職の残りのMPを確認する。まだまだみんな残っているようだ。僕のMPもまだかなりある。

「よし！　素材回収が終わったな！　呼吸を整え、最低限のSPを回復させろ！」

数分間の休憩が入る。

「次のエリアへ行くぞ！」

「おぉぉ！」

僕はまた勝手に叫びだしてしまう。騎士団長は、なにか士気を上げるスキルでも発動させているのだろうか。

次のエリアが見えてくる。またもシングルヘッドがわんさかいる。

‼

いた‼

あれがダブルヘッドだ！

シングルヘッドより1回り大きく、鮮やかな銀色だ。頭が2つあるだけでなく、手足が4本ずつある。ボスキャラの威厳のようなものがあり、見るからにヤバそうだ。

ジーンさんと騎士団長が［盾戦士］よりもさらに前に出る。彼らはうなずくとダブルヘッドに突っ込んでいく。

［盾戦士］たちが、後ろから続き叫びだす。

「うぉぉぉ！」

魔物の、特にシングルヘッドたちの注意を引きつける。

「ウガァッ！」

「ウゴォッ！」

ドドドドド……。

大量の魔物、冒険者、騎士の移動で地響きがする。さっきと同じように、シングルヘッドたちが前衛と戦いだす。違うのは、ジーンさんと騎士団長がシングルヘッドの殲滅に加わっていないことだ。

ダブルヘッド相手に2人がかりで攻め立てている。

「[ヒール]！」

「[ヒール]！」

「[ハイヒール]！」

「[プロテクト]！」

周りの回復職が魔法を発動させる。僕はというと、また何もしていない。

ダブルヘッドの方を見ると、ジーンさんと戦っている。速すぎてよく見えない。

騎士団長は、大剣を大きく振りかぶる。

おぉ……大剣が青白く光る。

来るぞ！

「[大地斬]！」

ドゴォォォ！

轟音とともに、地面が揺れる。地面に数メートルの亀裂ができる。なんてこった。物凄い威力だ。

ダブルヘッドに直撃している。

「ウゴォォォ!!」

耳をつんざくような唸り声を上げる。あれをくらって生きているのか!?

ジーンさんが弱っているダブルヘッドに［濁流槍］を繰り出している。

周りの前衛も必死にシングルヘッドを殲滅している。ジーンさんと騎士団長が殲滅に加わっていないので、先程よりも殲滅力が落ちているのだ。

「来るぞ！　2匹目だ！」

騎士団長が叫ぶ。

マジかよ！

ドドドドド……。

奥からダブルヘッドがもう1体突進！

ドガッ！

ズザァー！

騎士団長を吹き飛ばす。

ちょっ！　これ、やばくないか!?

騎士団長はすぐさま受け身を取り、立ち上がる。

ガギンッ！

騎士団長が立ち上がった瞬間、ダブルヘッドが突進、衝突する。

「ウガァァァッ！」

ダブルヘッドの叫び声が辺りに響き渡る。シングルヘッドの雄叫びや、冒険者たちの声をかき消していく。

「［ヒール］！」

「[ハイヒール]！」

「[ヒール]！」

僕の周りの回復職が、[回復魔法]を唱え続ける。

まずい！　シングルヘッドの数が増えてきた。騎士団長とジーンがダブルヘッドと戦っているので、殲滅が追いつかないんだ。

「すまん！　そっちに1匹行ったぞ！」

前衛の方から声が聞こえる。

ドドド……。

シングルヘッドの突進だ。

「ハッ！」

副団長が盾で薙ぎ払う。

ドスドスドスッ！

シングルヘッドの背中に矢が突き刺さる。

「[エアブレード]！」

ブシュッ！

僕も攻撃に参加する。この最後尾には、魔物を近づけさせるわけにはいかない！　ダブルヘッドには魔法が効かないらしいが、シングルヘッドには多少効くようだ。しかし、致命傷にはならない。

「ガァッ！」

マズイぞ！　もう1匹来ている！

「［ガード］！」

僕は前に出て［ガード］を使う。

ガギンッ！

「くっ！」

［ガード］の上からでも結構なダメージをもらう。シングルヘッドでも今の僕には十分な脅威だ。

「でかした！」

ドスンッ！

副団長が横から突進する。僕の前のシングルヘッドを吹っ飛ばしてくれた。

「後衛は少しさがるぞ！」

僕たちは少し後ろへさがる。奥へ食い込んできたシングルヘッドは弓部隊が戦っている。マズイな。彼らは耐久が高くはない。

「［ヒール］！」

「［ヒール］！」

「［ハイヒール］！」

僕も［ヒール］を使っていく。これは、出し惜しみしている場合ではない。物理後衛職が1番ダメージをもらっている。

カチャリ……。

なにかのジョブが出たようだ。しかし、確認している暇など無い。

「騎士団長！　ここは任せてシングルの殲滅に行ってくれ！」

ジーンさんが叫ぶ。おいおい、マジか。１人で２匹のダブルヘッドを相手にする気か⁉

「少し耐えてくれ！」

騎士団長がシングルヘッドの群れに突っ込んでいく。

「［大地斬］！」

ドガァッ！

地響きとともに大地が裂けるほどの斬撃。シングルヘッドが次々に倒れていく。

すごい……殲滅力が上がっている。

「おい！　怪我人はまとまれ！」

よし、［エリアヒール］だな。

「［エリアヒール］！」

僕は［エリアヒール］を連発する。徐々にではあるが、シングルヘッドの数が減ってきた。戦況が好転したようだ。

僕はジーンさんのほうを確認する。

え？

既にダブルヘッドが１匹倒れている。マジかよ。１人で倒したのか？

ん？

ジーンさんの身体が揺らぐ。

ドサッ！

ジーンさんがそう叫ぶと、一瞬でダブルヘッドを突き抜ける。残像と淡い光がその後を追う。

「［清流槍］！」

2匹目のダブルヘッドが倒れる。

すげぇ……結局1人で2匹仕留めたようだ。

「勝どきだ！　ジーンがダブルヘッドを仕留めたぞ！」

「ウオォォォォッ!!」

地面が揺れるほどの叫び声。僕も叫ぶ。物凄い高揚感だ。

「っしゃぁ！　殲滅だ！」

「雑魚どもを蹴散らせ！」

残りがシングルヘッドだけになり、士気が最高潮に上がる。

それからしばらくすると、完全にエリアを制圧できた。

「よし、怪我人は集まれ、こっちだ」

副団長が怪我人を集める。

「［エリアヒール］！［エリアヒール］！［エリアヒール］！」

怪我人が入れ替わり、僕は［エリアヒール］を撃ち続ける。光る範囲が若干広がった気がする。

「おい君、まだMPはあるのか？」

「はい、まだ3分の1くらいはあります。戦闘中は他の方よりもMPを使っていませんでしたので」

「ほぉ、なかなかやるではないか」

「ありがとうございます！　［エリアヒール］！」

副団長に褒めてもらった。今回の狩りでの収穫は大きい。特に［エリアヒール］の習得だ。

あ、そうだ。何かのジョブが出たんだった。確認してみる。

［聖職者：Ｌｖ18］Ｎｅｗ

おぉ、見習いが取れたぞ。どうやら、［見習い聖職者］のジョブレベルが最大になったようだ。

最大レベルは30だったのだろう。それにしても、新しく習得した［聖職者］が既に18レベルだ。ダブルヘッドのジョブ経験値がいかに凄いかがよくわかる。


僕たちは、素材を回収し昨日の野営地へと戻る。もうじき日が暮れる。

「みんなよく頑張ってくれた！　今日は祝杯だ。存分に飲め！」

「おぉ！」

酒と肉が回ってくる。野営地にしては、かなり豪華だ。

僕はノーツさんたちと肉を食べる。この肉はシングルヘッドの肉だ。

「熊の肉ってこんなに美味しいんですね」

「ただの熊じゃねぇ、シングルヘッドだからな！」

オルランドさんが言う。完全に酔っ払ってるなこの人。

「魔物の肉は基本的に何でも美味いだろ。知ってんだろ？」

ラウールさんが言う。

「そういえば、魔物の肉って全般的に美味しいんでしたね」

そうだった。異世界に来て、意外と食事が悪くないと思ったのも、魔物の肉があったからだ。

「しかし、ジーンとかいう槍使い、凄まじいな。まさか１人でダブルヘッド２匹倒すとはな」

カーシーさんが肉を噛りながら言う。

「狭間くんも良いタイミングで「エリアヒール」を覚えたな。大活躍だったじゃないか」

ノーツさんも感心しながら言う。

「ありがとうございます！」

「また今度パーティーを組んでくれ」

「はい、是非こちらこそ！」

パーティーで狩ることの効率の良さといったらない。また是非ともお願いしたい。

「よぉ、ここにいたのか」

噂をすればということか、ジーンさんだ。

「あれ？　ジーンさん酔ってます？」

「ハッ！　バカかお前。俺が酒に酔うわけねぇだろ！」

顔が赤くて目が据わっている。やっぱり酔ってそうだ。

「ジーンさん、凄かったですね。強いとは思っていましたけど、ダブルヘッド２匹は驚きましたよ」

「ん？　あぁ、お前さ、そんなことより大事な話がある！」

「なんでしょう？」

「俺達は、今日戦場をともにした戦友だ。そうだな？」

「はい、一緒に戦い抜きました」

「よし！　今すぐ敬語をやめろ！」

「うん、わかったよ」

「…………」

ジーンが呆れたようにこっちを見ている。

「お前さ……修行中も話聞けよな」

狭間圏《はざまけん》
［聖職者：Ｌｖ18］Ｎｅｗ
ＨＰ：151／151　ＭＰ：54／460＋1 聖職者：＋48　ＳＰ：2／45
力：22　耐久：33　俊敏：37 聖職者：－2　技：22　器用：7
魔力：33＋2 聖職者：＋38　神聖：55＋4 聖職者：＋48　魔力操作：41＋2 聖職者：＋38
［回復魔法：Ｌｖ21］＋2　［ヒール：Ｌｖ22］＋2　［エリアヒール：Ｌｖ4］＋4
［ストレージ：Ｌｖ4］＋1　ｅｔｃ…23

19　帰還

今日はめずらしく病室に誰も来ていない。いつものように、［ストレージ］［炎魔法］［水魔法］を使っていく。MPの上がりがかなり悪くなってきた。［ストレージ］内に［エアブレード］を撃つことができれば、MPの消費効率が上がる。［エアブレード］の場合、発動時間が極端に短いからだ。ただし、［エアブレード］は今の［ストレージ］よりも若干大きい。はみ出た分風の音が漏れてしまうだろう。さらに、その方法だと、MPは強化できるが［ストレージ］とSPが強化できなくなる。

やはりこのまま［ストレージ］内に［水魔法］で水を入れ、［炎魔法］で蒸発させるしかないな。［ストレージ］の容量がもう少し大きくなれば、中に［ファイアボール］を入れて水を蒸発させたほうが効率が良さそうだけど、［ファイアボール］のスキルレベルも低いので、ストレージと同時に発動させることは難しいだろう。

病室での課題は多い……［マルチタスク］がもう少し上がれば、幅が広がり効率も良くなりそうだ。

そして、千羽鶴の英単語を覚えながらMPを消費させていると［氷結］を習得した。［水魔法］のスキルレベルも結構上がってきたからな。早速［氷結］を使ってみたい。スキルレベルが0なので、当然［ストレージ］と一緒に使うことはできない。

僕は一旦［ストレージ］を閉じてポット内に［氷結］を使ってみる。

メキ……。

あ！　やばい！

なにやら変な音が聞こえた。ポットの中が急激に冷えたことで、内部が少し変形してしまったかもしれない。ダメだ。

［氷結］［ファイアボール］［ウォーターガン］このあたりは、スキルを上げておかないと［ストレージ］と同時に使うのは無理だな。しばらくは寝かせておくしかない。

そして、異世界では毎日寝る前に毒の実を食べている。毒を抜かなくても、ほんの少しずつだが甘みが増している。毒耐性がもっと上がれば、［アンチポイズン］無しでそのまま毒の実をおいしく食べられるようになるかもしれない。

狭間圏《はざまけん》
［聖職者：Ｌｖ18］
ＨＰ：１５２／１５２＋１　ＭＰ：５１１／４６３＋３　聖職者：＋48
ＳＰ：２／48＋３
力：22　耐久：33　俊敏：37　聖職者：－２　技：22　器用：７　魔力：33　聖職者：＋38
神聖：55　聖職者：＋48　魔力操作：43＋２　聖職者：＋38
［炎魔法：Ｌｖ27］＋１　［水魔法：Ｌｖ17］＋１　［氷結：Ｌｖ０］Ｎｅｗ
［毒耐性：Ｌｖ13］＋１　［マルチタスク：Ｌｖ17］＋１　［ストレージ：Ｌｖ５］＋１

［自己強化：Lv9］＋1　［不屈：Lv22］＋2　etc…20

朝からとても気分が良い。メインの狩りも終わり、清々しい朝だ。

「あ、ノーツさん。おはようございます！」

「おい……あまり大きな声は出さないでくれ。頭がガンガンする」

「二日酔いですか？」

「まぁな……しかし狭間くん、君は全然平気なんだな。昨日は結構飲まされていただろうに」

「えぇ、僕自身も意外でした」

「よぉ狭間！　おめぇなかなか飲めるヤツなんだな！」

「おはようございます！　オルランドさん！」

オルランドさんは昨日ノーツさん以上に飲んだのにピンピンしている。

「ったくうるせぇな……」

「うっぷ……」

カーシーさん、ラウールさんは気分が悪そうだ。

そういえば、アルコールって毒なんだろうか。

「そうだ。［アンチポイズン］してみてもいいですか？」

「あぁ頼む。なんでも良いから試してくれ」

「［アンチポイズン］！」

お、発動している……。

「おぉ！　気分がスッキリするぞ！　もう1発頼む！」

「はい、［アンチポイズン］」

どうやら［アンチポイズン］は効いているようだ。この世界の毒は、痛みがあり、HPにダイレクトにダメージがあるようだったよな。二日酔いに［アンチポイズン］が効くのなら、普通の食中毒なんかにも効くのだろうか。

ということは……僕がアルコールに強いのは［毒耐性］のおかげか？

「おい……俺にも頼む……」

「あ、はい。［アンチポイズン］！」

僕はノーツさん、ラウールさん、カーシーさんを解毒していく。

「しかし、こんなMPの使い方すんのは良くないだろ。次から気をつけよう」

ノーツさんがきっちり反省をする。

「それ、毎回言ってるよな……」

「オルランドのせいな」

「なっ！　俺は二日酔いになってねぇぞ！」

「帰りのルートってどうなるんですか？」

僕は空気を読まずに聞いてみる。

「あぁ、来た道と同じだよ。もうシングルヘッドもいないだろう。割と安全に帰れるはずだ」

「もうシングルヘッドはいないんですか？」

「まぁな、ダブルを狩ってしまえばほとんど出てこない。去年もそんな感じだった」

「なるほど、それならポイズンフラワーの割合が上がりますね」

「おいおい……さすがは毒喰らいだな」

ラウールさんが呆れている。

「あ、そうだ。騎士団の方でも毒の実は余っているそうだぞ。もらってきたらどうだ？」

「そうですね！　行ってきます！」

騎士団のテントのほうへ行く。あの少し大きなテントが騎士団長のテントだろうか。

「すみません、どなたかいらっしゃいますか？」

「おや、君は？」

騎士団長がどっしりと座っていた。

「もし、毒の実が余っていたら、譲っていただきたいのですが……」

「あぁ、君はたしか［エリアヒール］を使っていたものだな？」

「はい、そうです」

「［アンチポイズン］を使えたりするか？」

「はい、使えます」

「そうか、それじゃ二日酔いの騎士たちに使いに行こう。それが終わったら毒の実をやろう」

「おぉ！　ありがとうございます！」

［アンチポイズン］が二日酔いに効くのは一般的なのだろうか。騎士団長はどうやら知っていたみたいだな。それにしても、騎士団長はビシッとしているな。身体に1本軸が通っているようだ。

「騎士団長は二日酔いにはならないんですか？」

「あぁ、俺には職務があるからな。いつでも動けるようにしてある。しかし、昨日のように大型の魔物を倒した日は、団員たちには羽を伸ばしてもらいたい。だから団員は二日酔いになることもある。今日はそれも想定して、このままここで野営の予定だ。それに、昨日の狩りでＭＰが枯渇しているからな。安全のためにだいたいこうなる」

おぉ、すげぇ……自分はピンピンしているのに、団員のために１日潰すのか。人格者だな。

「二日酔いの奴らは集まれ！　毒を抜いてもらえるぞ！」

「おぉ！　ありがてぇ！」

「今の団長の声で頭痛い……」

騎士の方々がぞろぞろと集まる。

「［アンチポイズン］！　［アンチポイズン］！　［アンチポイズン］！」

僕は［アンチポイズン］を連発する。

「こっちも頼むぜ……」

どうやら団長の声は冒険者たちのテントにも聞こえていたようだ。

「［アンチポイズン］！、［アンチポイズン］！　［アンチポイズン］！」

ちなみに、二日酔い冒険者の中には、ジーンもいた。僕は大量の毒の実をもらい、ノーツさんたちのところへ帰る。

「おい、どうする？　例年はここでもう１日野営だろ？」

「まぁな。回復職のＭＰが回復しきってないだろう」

「二日酔いがなければ、大した魔物も出ないし出発しちまってもいいんじゃねぇか？」

「そうだな、他のパーティーリーダーに相談してくるよ。

ノーツさんは他のパーティーのテントの方へ相談しに行った。

「今日はこのまま野営だそうだ。脅威の魔物はいないし、二日酔いも治ったが、昨日の疲れもあるからな。念の為にMPを回復するパーティーがほとんどらしい。狭間くんのMPはどうだ？」

げ……どうしようか。実は結構あるのだが。

「まだあるっちゃありますね……」

どうにも微妙な返答になってしまう。

「すごいな。昨日あれだけ［エリアヒール］を使って、さっきだって［アンチポイズン］を使っていただろう。俺たちも念の為今日はここで野営のほうがいいかと思っていたんだが……」

「そうだな。やめておこう。狭間のMPだって有限だろ？」

カーシーさんが気を使ってくれる。

「そうですね。念の為休んでおきます」

毎日MPが全快していることは言えない。なんだか嘘をついている気分になってしまうな。

「よぃ、俺たちも野営だ。明日にはある程度回復職のMPが回復するはずだ。今日の酒はほどほどにな」

「ったく、酒なんてもう残ってねぇよ」

うぉ……僕があれだけ必死で運んだ酒がもう無いのか。昨日はみんなどれだけ飲んだのだろうか。

そして特にやることも無く、ジーンのところへ来た。

「おぅ、さっきは助かったぜ」

「ジーンもお酒には弱いんだね」

「まぁな。けど、勝利の酒はやめられねぇだろ」

そういうものなのか。

「んで、今日からまた修行ってことか？」

「うん、頼むよ」

「お前さっきも魔法使ってたけど、ＭＰ大丈夫なのか？」

「あー……まぁ程々にはあるよ」

「よし、じゃぁいくぜ？」

「来い！」


今日もひたすらボコボコにされる。

「まるで攻撃が見えないよ……どうなってるわけ？」

「へへぇ～……昨日ダブルを２匹仕留めただろ？　久々にジョブが上がったわけよ」

マジかよ。じゃぁさらに強くなったってことか。

「そういえば、ジーンのジョブって何なの？」

「あぁ、言ってなかったか。［流水槍術士］ってやつだな」

おぉ、なんだか強そうだ。

「すごそうだね。［見習い槍術士］なんかから派生するの？」

「まぁな。［見習い槍術士］［槍術士］［上級槍術士］ってのを使ってたら出てきたんだよ」

先は長いな……。

「スキルもそうだけど、水属性なの？」

「だな。［濁流槍］とか［清流槍］には水属性がついてる」

凄いな。属性付きの技とか強そうだ。

「お前、昨日ジョブ上がっただろ？」

「うん、［見習い聖職者］から［聖職者］になれたよ」

「は？　お前［見習い聖職者］でそのMP量だったのか？　［エリアヒール］も使ってたし、とことんデタラメだな」

「そうなの？」

「そりゃそうだろ。相変わらずよくわかんねぇ野郎だな……」

「まぁいいや。もう少し耐久上げげに付き合ってよ」

「わかった。明日のMPも残しておけよ」

その後ジーンにさらにボコボコにされたのだった。

狭間圏《はざまけん》

［聖職者：Ｌｖ18］
ＨＰ：１０２／１５９＋７　ＭＰ：22／４６３　聖職者：＋48　ＳＰ：４／49＋１
力：22　耐久：36＋３　俊敏：38＋１　聖職者：－２　技：22　器用：７
魔力：33　聖職者：＋38　神聖：57＋２　聖職者：＋48　魔力操作：43　聖職者：＋38
［ヒール：Ｌｖ23］＋１　［状態異常回復魔法：Ｌｖ６］＋２
［アンチポイズン：Ｌｖ10］＋３　［盾：Ｌｖ16］＋２　［ガード：Ｌｖ９］＋２　ｅｔｃ…23

本日も清々しい朝である。僕は野営が好きなのかもしれない。

今日は病室で目覚めなかった。ただし、一晩寝たことでＭＰは全快している。僕が病室で意識が無いだけで、身体は向こうで目覚めているのだろうか。

［水魔法］のレベルも徐々に上がり、生活用の水には困らない。夜も［水魔法］で身体を拭くことができる。

「おはよう狭間くん、今日も早いな」

「ノーツさん、おはようございます！」

「今日は出発だ。準備ができたら騎士団の方に軽く挨拶をして帰ろう。帰りは来たルートと同じく南ルートだな」

「はい、わかりました」

僕たちは出発の準備をして、騎士団の方に挨拶へ行く。報酬は帰ったあとにギルドでもらえるらしい。

「来年も頼むぞ」

「そうですね。時期が来たらやりましょう」

ノーツさんが騎士団長に挨拶をする。


帰りは騎士団と別ルートだ。僕たち冒険者は南ルートから帰る。ジーンたちとは同じルートなので、帰りもみっちり修行してもらおう。

ノーツさんが言っていたとおり、帰りはシングルヘッドもまばらだった。

「おい、シングルヘッドがまだ少しいるな」

「今年はダブルヘッドが2体だったからな。多少残ってるんだろ」

まぁ数はほとんどいないな。ジーンもいるし、来たときよりすんなり進む。何より荷物が少ないしな。酒を消費した分、ドロップアイテムがあるが、シングルヘッドとダブルヘッドの素材はみんな騎士団いきだ。僕個人でいうと、毒の実が大量にあるが。

そして、帰り道でさらに毒の実が増える。[アンチポイズン]で少し食べて数を減らそう。

サクサクと進むので、夕方には初日の合流地点まで着いてしまった。一応ノーツさんに聞いたが、帰りのジョブは何にしていても良いらしい。[見習い魔法士]のジョブレベルが3しかなかったので上げておいた。シングルヘッドがあまり出ないとはいえ、ジョブレベルは11になった。

今日はここで野営のようだ。各自野営の準備をする。

「しかし、今回は5万くらいいくんじゃないか？」

「かもな。去年は3万だったろ。今年はダブルが2体だったからな」

「報酬ですか？」

「そうだ。今年はダブルヘッドが2体だったし、シングルヘッドの素材も多い。5万セペタくらいは報酬が支払われるだろう」

「おぉ、5万は大きいですね」

「それにお前［エリアヒール］が評価されてれば、少しプラスされるかもよ」

「え！　マジですか!?　全員同じ報酬じゃないんですか？」

「そりゃそうさ。あの槍使いは最低でも20万くらいはもらえるだろ。4人分どころの働きじゃねぇからな」

「確かに……」

そうか。全員同じ報酬にしたら、強い人はこういうのに参加しにくくなるもんな。しかし、5万は大きい。


一通り野営の準備が終わったので、ジーンのところへ行く。

「今日もよろしく！」

「毎日元気だな、お前。まぁ今日がラストだ。思いっきり来いよ！」


思いっきりいって、ボコボコにされた。

「おぅ、落ち着いたら王都にでもいかねぇか？　少し遠いけど、ポータル使えばいいし」

ポータルというのは転移魔法陣だ。僕はまだ使ったことはないけれど、お金を払って他の都市へ移動できるらしい。

「おぉ！　そしたらまた修行をしてくれるの？」

「あぁ、いいぜ。あとは王都でなんかクエストしてぇな」

「だったらもっともっと強くならないと。それじゃ、もう少し頼むよ」

「おぅ！」

僕はさらにボコボコにされた。

残ったＭＰは毒の実に使っておく。


カチャリ。

あれ？　ここでジョブ？

［薬師：Ｌｖ０］Ｎｅｗ

確認すると、［薬師］が出ている。これは［土魔法］の［形成］を使っていると出てくるって前にカルディさんが言ってたけど。

毒の実から毒を抜きまくっていたら出てきた。習得条件は何通りもあるし、個人差があるって話だからな。僕の場合はこれで習得できたのだろう。

［薬師］のジョブを上げておくと、［錬金術師］も出てくるらしい。明日のジョブは［薬師］にしておくのもありかもしれない。

狭間圏《はざまけん》
［斥候：Lv17］
HP：82／166＋7　MP：22／463　SP：2／55＋6　斥候：＋64
力：22　耐久：39＋3　俊敏：39＋1　斥候：＋32　技：22　斥候：＋32　器用：7
魔力：33　神聖：59＋2　斥候：－9　魔力操作：43
［回復魔法：Lv22］＋1　［ヒール：Lv24］＋1　［状態異常回復魔法：Lv8］＋2
［アンチポイズン：Lv12］＋2　［盾：Lv17］＋1　［ガード：Lv10］＋1
［毒耐性：Lv14］＋1　［ストレージ：Lv6］＋1　etc…20

今日はイケザキ先生が来ている。

「これだこれ。もう1つ持ってきてやったぞ」

そう言うとイケザキ先生は千羽鶴を持ってきてくれた。2つ目だ。

「1000単語くらいじゃ共通テストは乗り切れないだろ？　クラスのみんなも折ってくれたからな」

「……………………」

おぉ……みんな、ありがとう。

「しかも喜べ！　品詞によって、色を変えてあるぞ！」

「……………………」

これは正直ありがたい。［マルチタスク］上げに使わせていただこう。［マルチタスク］を上げるためって思うと、いつもよりも集中力が上がる。以前はあれほど単語を覚えるのに時間がかかっていたのに、今は相当早く覚えることができるようになった。やることが無いっていうのも1つの要因だけど、［マルチタスク］のためって思うと意欲が出てくる。

イケザキ先生は、品詞と色について説明してくれる。いや、先生、凄いです。ありがたいんです。ありがたいんですけど……クラスのみんながどういう流れで千羽鶴を作ってくれたのか、とかそういった話は一切してくれない。イケザキ先生らしいといえばそうだが……。

そして異世界では、明日か明後日には街に帰れるな。あれほどジョブレベルに効率のいい狩りはしばらくできないだろう。ジーンとの修行も終わりだし、どうしようか。［薬師］が出たから、帰ったら生産職を鍛えてみるのも楽しいかもしれない。

【見習い魔法士：Lv11】＋8
HP：148／166 見習い魔法士：−18
MP：518／466＋3 見習い魔法士：＋52 SP：1／58＋3
力：22 見習い魔法士：−8 耐久：39 見習い魔法士：−8 俊敏：39 技：22 器用：7
魔力：33 見習い魔法士：＋26 神聖：59 魔力操作：44＋1 見習い魔法士：＋21
【炎魔法：Lv28】＋1 【水魔法：Lv18】＋1 【毒耐性：Lv15】＋1
【マルチタスク：Lv18】＋1 【ストレージ：Lv7】＋1 【自己強化：Lv10】＋1
【不屈：Lv24】＋2 etc…21

「おい、本当にいいんだな？」

「うん、頼むよ」

僕は朝からジーンに修行を頼んだ。冒険者たちは今日、それぞれの街へ帰る。だから、今回のクエストはここで解散だ。

それで、このままじゃもったいないと思い、ジーンのスキルをくらってみることにした。

「水属性の技は1番弱いので［流《る》突《づ》き］。それでもいつもの突きの数倍は攻撃力があんぞ？」

「おぉ！　すごい！」

「お前さ、怖くないわけ？」

「いや、怖いよ」

「それ……怖がってるヤツのテンションじゃねぇだろ。お前セリフと表情があってねぇぞ」

「[ガード]いつでも発動できるよ！」

「じゃぁいくぞ！　[流突き]！」

ダッ！

ジーンが踏み込む瞬間に[ガード]を発動させる。

ドガッ！

凄まじい威力だ。いつもの鋭さに加えて、重みもある。

僕の身体が軽々と吹っ飛ぶ。

ガッ……ゴロゴロ……ガッガッ……。

僕は地面を転がり続ける。


カチャリ。


意識はあるので、転がりながら[ヒール]を使う。

なんつー威力だ。

ズザァー……。

やっと止まった。

「おい！　大丈夫か？」

僕はとにかく[ヒール]を重ね撃ちする。[ガード]をしたのにＨＰを半分以上もっていかれた。

場所やタイミングによっては、1発で即死じゃないだろうか。

「いてて……まぁ、なんとか」

僕は［ヒール］を使い続けながら立ち上がる。地面を転がり続けたせいで、泥だらけだ。

「んで、どうだった？」

「凄い威力だったよ！」

「いや、そうじゃねぇだろ……スキル出たかって聞いてんだよ」

「あ、そうだったね……て、すご！」

「何が出たんだ？」

「［盾戦士］のジョブと［水耐性］、それから［補助魔法］と［プロテクト］が出たよ」

「は？　ジョブとスキル３つ？」

「そうだよ！　ありがとう！」

「さすがに1撃でジョブとスキル３つは聞いたことねぇぞ……お前、化けるかもしれねぇな」

「［プロテクト］は耐久があがるのかな？　使ってみよう。［プロテクト］！」

「話聞いてねぇな、これ……」

おぉ！　身体の周りに薄い膜ができたようだ。魔素を目に集めれば、良く見える。

「よし！　これなら［プロテクト］と［ガード］を同時に使って、もう少し攻撃に耐えられるようになるよ」

「よかったな！　じゃ、こっちに来るときは顔を出せよ」

「うん、また修行を頼むよ」

僕たちは軽く挨拶をして、解散をする。ノーツさんパーティーと僕たちの街、アインバウムへと戻る。

道中は手強い魔物が出るはずもなく、シングルヘッドも出ない……はずだった。

狭間圏《はざまけん》
[盾戦士：Lv0] New
HP：148／170+4 盾戦士：+50 MP：338／466 盾戦士：－40
SP：1／58
力：22 耐久：42+3 盾戦士：+30 俊敏：40+1 盾戦士：－20 技：22
器用：7 盾戦士：－20 魔力：33 盾戦士：－20 神聖：59 盾戦士：－10
魔力操作：44 盾戦士：－20
[炎魔法：Lv28] [ファイアボール：Lv1] [風魔法：Lv42]
[エアカッター：Lv20★] [エアブレード：Lv14] [水魔法：Lv18]
[ウォーターガン：Lv0] [氷結：Lv0] [土魔法：Lv5] [形成：Lv0]
[回復魔法：Lv22] [マイナーヒール：Lv20★] [ヒール：Lv24]
[エリアヒール：Lv4] [状態異常回復魔法：Lv8] [アンチポイズン：Lv12]
[補助魔法：Lv0] New [プロテクト：Lv0] New [体術：Lv1]

［短剣：Ｌｖ10］［ガウジダガー：Ｌｖ11］［炎耐性：Ｌｖ６］［水耐性：Ｌｖ０］Ｎｅｗ
［盾：Ｌｖ17］［ガード：Ｌｖ10］［毒耐性：Ｌｖ15］［痛覚耐性：Ｌｖ０］
［マルチタスク：Ｌｖ18］［ストレージ：Ｌｖ７］［自己強化：Ｌｖ10］［不屈：Ｌｖ24］

取得ジョブ
［見習い聖職者：Ｌｖ30★］［聖職者：Ｌｖ18］［見習い魔法士：Ｌｖ11］
［盗賊：Ｌｖ26］［斥候：Ｌｖ17］［盾戦士：Ｌｖ０］［薬師：Ｌｖ０］Ｎｅｗ

書き下ろしSS　兄

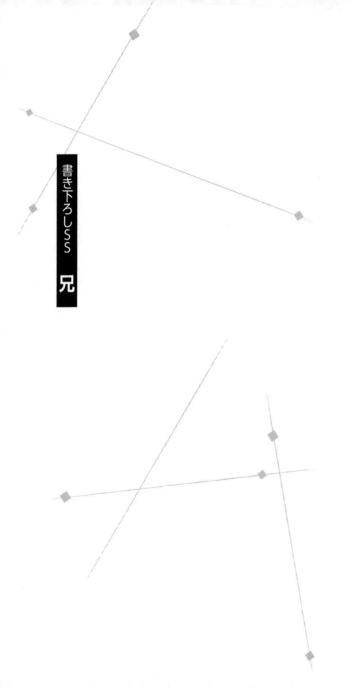

「ウィ〜！」

兄がまたわけのわからないノリで帰宅する。テンションが高いときは、だいたい酔っ払っているときだ。しかし、表情を見る限りどうやらそんなことは無いようだ。

両親が亡くなって半年が経つ。僕たち兄弟は、今の生活にやっと慣れてきたところだ。

「おい圏、これが分かるか？」

左手に持ったビニール袋を僕へと見せつける。

それは！

アイスケーキ！

僕が大好きなフィフティーンアイスのアイスケーキである。

「アイスケーキだ！　よし！　すぐ食べよう」

「ダメだぞ、圏。デザートは食事の後だ」

「は……よく言うよ。普段ラーメンとお酒で生活しているくせに」

「わかってねぇなぁ、二十代ってのはジャンクフードと酒でできてんだよ。お前も二十歳になれば分かる」

「いやぁ、ジャンクフードは好きだけど、お酒はどうかなぁ」

「たまには俺に付き合えよ、酒飲むか？」

「いや、僕は高校生だよ……」

「相変わらずクソ真面目だな。真面目が得をするのは高校までだぞ？」

「へぇ〜……じゃあその後は、なにが得するわけ？」

「要領だ、要領。それと、顔だな。俺のようなイケメンは、だいたい得をする」

「はぁ……それなら僕は、得をしなくても別にいいよ」

「だから、そういうところがクソ真面目なんだっつーの」

「とりあえず、それ、冷凍庫入れよう」

♻

「いやぁ、圏、お前料理上手くなったな」

「兄さんがやらないからね……僕がやるしかないじゃん」

僕たちは、食事を終えて、アイスケーキを食べ始める。

「それで、今日はなにかあったの？」

兄がわざわざアイスケーキを買ってきた。アイスケーキは、高級品とまではいかないが、それなりに高い。いつもはお祝いのときに食べるんだ。

「これだ、これ」

兄が一通の手紙を僕へと見せる。

「合格通知？　なにか受験してたの？」

「受験ってゆうかな、よく見てみろ」

「えっと……あなたは、公務員採用者選考試験に合格し……」

え……？

「ちょっと待って、どういうこと？」

「公務員よ、公務員。安定してて最高だろ？」

「それはわかったよ。なんで採用試験を受けたかってこと!!」

「いや、これからさ、お金とか必要だろ？」

「………………」

「俺さ、この家気に入ってるんだよ。ローンもまだ残ってるからな」

僕たち兄弟は一軒家に住んでいる。父さんと母さん、僕と兄さんが育った家。両親が亡くなってからは、少し広く感じている……。

「兄さんの大学は？」

兄さんは、今大学生だ。普通は大学を卒業してから就職のはずだ。

「あぁ～……辞めたよ」

「は？　なんで!?」

「公務員いいかなぁ……と思ってさ」

「なんだよ……それ……」

兄さんは、生活費や、僕の大学の学費を気にしていた。あまりそういう話はしなかったけど、僕には分かる。

自分はたいしてしてもいない勉強を、僕にはしっかりやれと言ってくるようになった。両親が亡くなってからだ。

「父さんがさ、お前の成績見る度に喜んでたろ？　お前は、俺と違って出来がいいからな。そんで、お前には絶対に大学に行ってほしいわけよ」

「…………………」

「県外の大学に行くなら、一人暮らしの金もかかるし、俺もさぁ、大学飽きてきたし」

「なんだよ……そんなの聞いてないよ‼」

「そりゃ、言ったら止めるだろ？」

「当たり前だよ！　何勝手に大学辞めてんだよ！」

「そんなに怒んなよ、収入が増えるのはいいこったろ？」

「ふざけんなよ！　そんな金でなんて、大学行きたくないよ！」

ドンッ！

僕は怒りが抑えきれず、テーブルを叩きつけて立ち上がる。

「おい……」

僕は無言で自分の部屋へと向かおうとする。兄さんが肩を掴むが、振り切って部屋へと行く。

ガシャン！

兄さんの手を振り切ったはずみで、アイスケーキのお皿がテーブルから落ちる。

とてもではないが、アイスケーキなど食べる気にはなれない。

バタンッ！

僕は、部屋に入り、ベッドへ寝転ぶ。

「圏、話を聞けよ」

兄がドアの向こうから声をかけてくる。

「聞きたくない……聞きたくないよ……」

自分のせいで兄が大学を辞めてしまった。そんな罪悪感がどっと押し寄せてくる。

「悪い、圏。なんつーか、見栄張ったっつーか……まぁ、あれだ。本当の事を言うと、大学の単位がやべぇんだわ」

「…………………………」

ウソだ。両親がいたときも、兄さんの単位について、話が出ていたことがある。成績が悪いなんて話は今まで出ていないし、単位が足りないなんて初耳だ。

「大学自体はまぁまぁ楽しかったんだけどなぁ。ほら、俺勉強好きじゃねぇだろ？　夏はテニスサークルで、冬はスノボだ。あれがやばかったな。季節限定のスポーツは、授業をサボる言い訳になっちまうんだわ」

「…………………………」

「だから、お前の学費とかは実際関係ねぇんだ」

「ウソだ……」

「おいおい、バカ言うなよ。そんなくだらねぇウソつくかよ」

「…………………………」

「ったく、クソ真面目頑固が。じゃ、まぁいい。大学ってのは、学生がサボってることを親に知らせるんだよ。後期の成績がもうすぐこの家に届くから、お前、見ていいぞ」

「…………………………」

「だけど、誰にも言うなよ。ったく、留年しそうな成績を弟に見せることになるなんてな……。じゃ、俺はもう少し酒飲んで寝る。アイスケーキは好きなときに食えよ」

「…………」


数日後、大学から両親宛に兄の成績が届く。

兄から許可は出ているからな。封筒を開け、中身を確認する。

狭間《はざま》涼介《りょうすけ》可、可、不可、不可、良、不可、不可。

単位自体は、そこまで取れていないっていう感じは無さそうだけど。うーん……大学の成績についてはよくわからないな。ネットで調べてみよう。

「…………」

これか。この必修科目っていうのを落とすとマズインだ。どうやら、必修科目は卒業するために絶対に取らなければいけない単位のようだ。その成績が軒並み不可。単位自体はある程度取れているから、父さんも母さんも、兄さんが危機的状況だったことがわからなかったのかもしれない。

兄さんが大学を辞めたかったのは、どうやら本当のようだ。それにしても、辞める前に僕になにか言ってほしかったよな。こういう大事なことは勝手に決めないでほしい。


数週間前。

「だから授業来いって言ったろ?」

涼介が呆れたように言う。

「やべぇよ！　やべぇって！　俺マジで留年するかも」

もうすぐ後期が終わる。後期が終わるということは、テストがあるということだ。涼介の友人であるオオバヤシは、テスト直前でようやく自分の危機に気づく。しかし、これはいつものことである。

「なぁ涼介。なんとかレポート手伝ってくれよ。飯おごるからさ」

「いいぜ。なんならテスト、なんとかしてやろうか？」

「マジで⁉　どういうこと⁉」

「俺、大学辞めるわ」

「はぁ⁉」

「ま、いろいろあったからな。次のテスト、お前の名前で受けてやるよ」

「いや、さすがにそれは……」

「いけるだろ。教室に入るのはチェックするけど、それが誰なのかまではいちいち調べねぇって。それで、お前代わりに俺の名前でテスト受けろよ」

「それならいけそうだけど……てか、お前マジで大学辞めるの？」

「マジだ」

こうして涼介の必修科目に不可がついたのだった。

あとがき

はじめまして、橋下悟です。

このたびは、「二拠点修行生活～異世界転移したと思ったら日本と往復できるらしい。異世界で最弱だが、日本だと魔法が無限に使えるので修行し続ける～」をお手に取っていただきありがとうございます。


皆様はゲームがお好きでしょうか。私は大好きです。学生時代はＲＰＧで育ったと言っても過言ではありません。小学校、中学校、高校、大学とゲーム機は私達とともに進化をしてきました。画質や音質もどんどんよくなっていき、様々なシステムも導入されました。しかし、私の親世代は「ゲームや漫画は悪いもの」として捉えていました。親にゲーム機本体を破壊された経験があるのは、私の世代には多いはずです。「これはお前にとって、害悪だ。自分にとって悪いものなのだから、自分で壊しなさい。」父にそう言われ、私は泣きながらハンマーを振りかざし、自宅の庭でゲーム機本体を破壊しました。

そんな時間があるなら、勉強や部活動をしろと言うのが当時の大人の大半だったと思います。しかし、本当に時間の無駄だったのでしょうか。

当時は、攻略サイトなど無い時代です。攻略本を買ったり、学校の休み時間に友だちと話し合うなどして情報を得ていました。私は某大作ＲＰＧのマップが頭に入っていました。ゲームをやっていたことで、友達との会話がはずみました。

そしてこの作品は、ＲＰＧに大きな影響を受けています。時間を忘れてゲームにハマったからこそ、この作品を書くことができたのです。

当時、ゲームは時間の無駄だと言われ続けていました。そんなことをしていると、頭が悪くなると散々言われました。さらに、ゲームや漫画、アニメなどを趣味に持つことはあまり良いイメージではありませんでした。ゲームなどよりも、運動部で汗水を流すことが美徳とされているような風潮がありました。

しかし、今は違います。そのような時代に比べ、非常に良くなったと思います。ゲームや漫画が当時よりも、随分と認められていると思います。これは、素晴らしい作家の方々や、出版社、アニメやゲームの制作会社の方々の努力の結果だと思っています。

そして、ライトノベルも例外ではありません。私は以前ほどゲームはしませんが、ライトノベルを読むようになりました。趣味として、それほどお金がかかりませんし、カフェでライトノベルを読むときほど幸せな時間はありません。是非とも、皆様にもライトノベルを趣味として、読んでいただきたいです。そして、できれば私の作品を……。

最後に、応援してくださった読者の皆様、ＴＯブックスの皆様、素晴らしいイラストを描いてくださったＮｏｙ様、本当にありがとうございました。心から御礼を申し上げます。

そしてこの本を読んでくださった読者の皆様、本当にありがとうございます。

第二巻でも狭間の成長をお楽しみいただけると幸いです。

最強の魔物
三尾
修行へ！
修行チートで限界突破！
型破りな努力家の
成り上がりファンタジー！
コミカライズ
決定！
2KYOTEN SHUGYO SEIKATSU
二拠点修行生活
～異世界転移したと思ったら日本と往復できるらしい。
異世界で最弱、日本では全身麻痺だが、魔法が無限に使えるので修行し続ける～
2

自爆する
爆弾小僧
いざ、命懸けの
炎魔法を放つ
炎狐
2023年冬
第2巻発売予定!

小説
第14巻
2023年
9月9日
発売!
シリーズ累計
140万部
突破!
(紙+電子)
TVアニメ放送開始!
帝国物語
餅月 望 著
Gilse イラスト
式HPへ!
原作HP
TVアニメHP

Comics
ティアムーン帝国物語
ティアムーン帝国物語
ティアムーン帝国物語
ティアムーン帝国物語
ティアムーン帝国物語
コミックス
第7巻
2023年
10月14日
発売！
漫画：杜乃ミズ
2023年10月より
MBS・TOKYO MX・BS11にて
ティアムーン
断頭台から始まる、
姫の転生逆転ストーリー
詳しくは公

ほのぼのる500シリーズ
最弱テイマーはゴミ拾いの旅を始めました。
The Weakest Tamer Began a Journey to Pick Up Trash.
原作
9巻
イラスト：なま
好評発売中!
コミックス
5巻
漫画：蕗野冬
好評発売中!
ジュニア文庫
4巻
イラスト：Tobi
好評発売中!
スピンオフ
1巻
漫画：雨話
好評発売中!
24年TVアニメ放送予定!
詳しくは公式サイトへ
©ほのぼのる500・TOブックス／「最弱テイマー」製作委員会

二拠点修行生活
～異世界転移したと思ったら日本と往復できるらしい。異世界で最弱、日本では全身麻痺だが、魔法が無限に使えるので修行し続ける～

2023年9月1日　第1刷発行

著　者　橋下 悟

発行者　本田武市

発行所　TOブックス
〒150-0002
東京都渋谷区渋谷三丁目1番1号　PMO渋谷Ⅱ　11階
TEL 0120-933-772（営業フリーダイヤル）
FAX 050-3156-0508

印刷・製本　中央精版印刷株式会社

ISBN978-4-86699-932-6